DER MORGENKRISTALL[8]

FINLEY MOUNTAIN

AF189935

Das Buch

Auf der Suche nach ihren Erzfeinden haben die Urigoren die Erde entdeckt. Vor etwas mehr als zweitausend Jahren sind die Menschen noch nicht so weit entwickelt, als dass sie den Urigoren gefährlich werden können. Auf ihren getarnten Erkundungsflügen entdecken sie arimeanische Technologie. Einen Hinterhalt vermutend, gehen sie in die Offensive. Waylon Latham, der sich zusammen mit Deborah Sheffield, der terranischen Gewahrerin, auf der Insel Nosy Be aufhält, wird irrtümlich als Angehöriger Arimeas gehalten und mit einem Antischwerkraftfeld verschleppt. Alles Leugnen ist zwecklos; Waylon kann die Urigoren nicht davon überzeugen, dass er kein Arimeaner ist. Erschwerend wirkt die DNA-Analyse, welche die Urigoren durchführen und somit einwandfrei das Gegenteil von Waylons Aussage beweisen. Damit wird er genötigt, sich an der Suche nach dem Wanderer zu beteiligen. Die zurückgebliebene Gewahrerin kommt auf Uridräo einem Komplott auf der Spur, dass alles Leben im Universum bedroht. Und ausgerechnet ein atmanischer Hüter steht ihr dabei zur Seite, als ein Angriff erfolgt ...

Der Autor

FINLEY MOUNTAIN wird 1965 geboren. Büchern kann er anfangs nur sehr wenig abgewinnen. Schullektüre, zu der damals zum Beispiel auch Robinson Crusoe gehörte, legt er achtlos beiseite. Erst ein Jugendbuch erregt seine Aufmerksamkeit und entfesselt eine bis dahin verborgene Leidenschaft. Von nun an verschlingt er alles, was er zwischen den Fingern bekommt. Darunter alte Klassiker wie Charles Dickens, Daniel Defoe, Kurt Laßwitz, Jules Verne. Durch einen Comic kommt er zum Schreiben. Zeichnet er anfangs versuchsweise noch seine Charaktere, stellt er bald fest, dass ihm das Wort besser liegt. So entstehen erste, zaghafte Versuche. Unter Pseudonym veröffentlicht er Anfang 2000 im Internet zahlreiche Texte. Mit dem Morgenkristall legt er 2014 sein Debüt in der Fantasy-Literatur vor. Zur Zeit arbeitet er am letzten Band der Ennealogie.

FINLEY MOUNTAIN

DER MORGEN KRISTALL

ZEITPARASIT

FANTASY

Bibliografische Information Der Deutschen Bibliothek
Die Deutsche Bibliothek verzeichnet diese Publikation in der
Deutschen Nationalbibliografie; detaillierte bibliografische
Daten sind im Internet über http://dnb.ddb.de abrufbar.

Covergestaltung: Finley Mountain
Herstellung und Verlag: BoD- Books on Demand, Norderstedt
Printed in Germany

ISBN 978-3-7504-2585-9

WIR KÖNNEN ZEIT ERKENNEN,
ABER WIR VERSTEHEN SIE NICHT.
JULIAN BARBOUR, PHYSIKER

Handlungen und Personen sind frei erfunden.
Jede Ähnlichkeit ist rein zufällig und unbeabsichtigt.

Eins

Über die Jahrhunderte hinweg haben sich kluge und wenige dieser Begabung mächtige Köpfe mit dem Mysterium *Leben* beschäftigt. Selten gelangen Ansätze, die es umrissen und nachhaltige, bis in die Gegenwart reichende Betrachtungen herüber retteten. So manches wurde und wird in einschlägigen Fachmagazinen, Büchern oder digital publiziert. Vieles geriet auch in Vergessenheit, schaffte es nicht, niedergeschrieben und vervielfältigt zu werden.

Daraus resultierende Philosophien werden belächelt, verspottet, vergessen. Wenige Wissbegierige haben im Laufe von Jahren große Sammlungen angelegt. Sie hatten den Wunsch, damit das Wissen Tausender von Menschen an nachfolgenden Generationen weitergeben zu können, im Glauben, dass diese irgendwann das Mysterium des Lebens umfangreich entschlüsseln. Je älter sie werden, umso tiefgreifender entwickeln sich deren Gedanken; was nicht mit Einfachheit gleichzusetzen ist. Verwirrend winden sie sich im Labyrinth des Geistes.

o o

United States of America, Gegenwart.

Nur langsam legt sich der Staub. Träumt Caitlin? Ihre Augen tränen. Das Herz schlägt gegen ihre Brust und bis in den Hals hinauf. Bisher hat sie noch nie so einen *echt* anfühlenden Traum gehabt. Die Gestalt des Mannes ist fremdartig – und doch vertraut. Es fällt ihr wahnsinnig schwer, den Blick abzuwenden.

Stille. Völlige, *absolute* Stille.

Inzwischen ist der Mann stehen geblieben. Er scheint sich

nicht zurechtzufinden. Wo kommt er her? – Wohin will er? – Was ist passiert? – Wer ist er?

Nach und nach dringen die Umgebungsgeräusche zu ihr durch. Auffrischender Wind wirbelt Wüstenstaub auf. Leicht prasseln Sandkörner gegen den Wagen. Das Autoradio spielt einen Song.

Als Caitlin wieder in der Wirklichkeit angekommen ist, hat sie das Bedürfnis, die Geräuschkulisse zu mindern. Ohne die Augen von dem Fremden abzuwenden, geht sie zum Wagen und schaltet das Radio ab. Gleichzeitig wird ihr bewusst, welch Stille noch vor wenigen Augenblicken geherrscht hat. Sie erinnert sich an Hollywoodstreifen – meist Blockbuster, mit gewaltig monumentalen Katastrophenszenen – die völlig frei schienen von Geräuschen.

Unbeirrt kommt der Fremde näher. Schritt um Schritt. Caitlins Augen tasten den Körper des Kommenden ab, in der Hoffnung, irgendeinen Hinweis zu finden. Ihr erscheinen die Bewegungen des Herannahenden zeitlupenartig. Oder – um bei den Filmen zu bleiben – Stroboskopartig.

Unwillkürlich kneift Caitlin die Augen fest zusammen. Es muss wohl viel zu heftig gewesen sein, denn sie hat im Anschluss Mühe, wieder normal zu sehen. Noch ist zu viel des Staubes aufgewirbelt, um gute Sicht zu haben.

Wenn es kein Traum ist, was ist es dann? Wird sie soeben Zeugin einer ganz großen Story? Und sie kann etwas spüren, dass nicht in die Szenerie passt.

○

Umgeben vom dichten Nebel ist es mir unmöglich, mich zu orientieren. Nicht einmal die ausgestreckte Hand kann ich erkennen. Und dazu kommt noch, dass der Luftdruck drastisch abfällt. Das Ganze wird von einer, bis in die Knochen gehende Eiseskälte, begleitet. Ich bin auf den Weg in meine Unterkunft. Von Weitem rauscht der erst vor Kurzem entstandene Wasserfall. Weit ist es also nicht mehr.

Der Wasserfall entstand durch ein Erdbeben. Der Fels war seid langer Zeit rissig geworden und es drohte ein großer Felsblock herabzustürzen. Ich mied großräumig das Gebiet. Dann kam das Beben. Ein Rauschen verkündete erneutes Unheil. Und schon wenig später ergoss sich mit Getöse das gespeicherte Erdennass und Lebensquell über den felsigen Abhang. Das tief im Berg schlummernde Wasser sammelt sich einen halben Tagesmarsch von hier in einem stetig anwachsenden See. Ehrlich gesagt, ist mir der Wasserfall nicht ganz geheuer. Sein plötzliches Auftauchen muss ein *Zeichen* sein; nur kann ich nicht einschätzen, wie lange das Wasser fließen wird. Was hinzukommt, ist der salzige Geschmack. Ungenießbar. Außerdem erinnert der Geruch hier an verfaultes Fleisch.

Inzwischen befinde ich mich auf dem Pfad, der hinunter ins Tal führt. Oft liegt dort schwerer Nebel, der an manchen Tagen bis hier herauf drückt. Das Tal ist eine Feuchtzone. Wenn man vom Weg abkommt, gibt es kaum eine Möglichkeit dem Labyrinth zu entkommen. Nur wenige kehren zurück und wenn, fehlt dem Unglücklichen die Erinnerung.

Doch wie bereits erwähnt: Ich will schnellstmöglich heimkehren. Und Gefahren werden nicht weniger, wenn sie gemieden werden.

Spürbar wird es wärmer. Das Licht des Himmelsballes durchdringt spärlich den Pflanzenwuchs. Ich fühle einen immer weiter anwachsenden Druck auf mir lasten. Kurzatmig komme ich sehr langsam voran; jeder Schritt wird schwerer als der

Vorige. Schweißgebadet mache ich halt. Es fühlt sich nicht richtig an. Fast wie ein Traum … Alles …

○

Noch immer wirbelt aufgewühlter Wüstenstaub herum. Caitlin kann den Blick nicht von der herannahenden Silhouette lassen. Aus dem vorher konturlosen, schwarzgrauen Brei hat sich tatsächlich die Gestalt eines Mannes herauskristallisiert. Ist das alles nur geträumt oder halluziniert sie? Caitlin wendet alle Kraft auf, um endlich den Blick abzuwenden. Wenigstens kurz – damit sie wieder atmen und klarer denken kann.

Während die letzten Wüstenstaubpartikel herabrieseln, schwillt die Umgebungslautstärkekulisse schlagartig an. Der Wagen, der vor dem Auto der Journalistin stehen geblieben war, startet und rauscht mit laut quietschenden Reifen davon. Caitlin ballt beide Hände zu Fäusten, bis die Knöchel weiß hervortreten. Die Handinnenflächen sind mit einem klebrigen Schweißfilm überzogen. Sie fühlt sich schmutzig.

Ein tiefer Atemzug reißt Caitlin endlich aus ihrer Starre. Alle anderen Autos sind entweder schon weggefahren oder gerade in Begriff, dies zu tun. Niemand schenkt ihr oder dem Fremden Beachtung. Darüber verwirrt (und es als Unverschämtheit empfindend), wendet sich Caitlin wieder dem Manne zu. Zum wiederholten Male überkommt sie dieses beunruhigende Gefühl.

Allerdings werden allmählich weitere Einzelheiten erkennbar. Neben seiner Kontur trägt er etwas Unförmiges mit sich. Gekleidet ist er in einer zerfledderten Jurte – genau kann sie es im Augenblick nicht sagen. Die Erscheinung des Fremden hat etwas animalisch Anarchisches. Etwas geht von dem aus dem Nichts Erschienenen aus, was sie als erotisch empfindet, doch eine Faszination zieht sie in den Bann, der sie sich nur schwer zu entziehen vermag. Nicht einmal Steward kann dies von sich behaupten.

Steward! Ruckartig wendet sich Caitlin ab und kramt nach dem Smartphone. Geübt wählt sie die Kamera-App. Vielleicht kann Steward ja was damit anfangen. Eine gute Story verspricht es allemal zu werden.

Endgültig aus der Starre gelöst, macht die Journalistin mehrere Fotos. Dann gibt sie sich einen Ruck und geht dem fremden Jurtenträger beherzt entgegen ...

○

Das Geknatter der Motoren dreier Helikopter erfüllt die Luft. Im Tiefflug schießen sie in Formation dahin. Dabei überqueren sie bewirtschaftete Farmen, leerstehende Häuser, eine Tankstelle und den Highway.

»Auf drei Uhr, Sergeant!«

»Aye!«

Vor einer halben Stunde hat die Luftüberwachung Alarm gegeben, nachdem ein Phänomen unbekannter Herkunft gesichtet worden ist. Man vermutet eine nichtmilitärische Aktion. Die nationale Sicherheit sehen die Militärs als bedroht und gaben entsprechende Befehle. Der Abwehr-Apparat nahm sofort die Arbeit auf. Terroristen schlafen nie! Auch wenn einige Beweise im Netz kursieren, die daraufhin zielen, dass vieles von höchster Stelle geschürt worden sei.   Politik eben. Die Freiheit sei in Gefahr, also muss man sie schützen. Selbst wenn das bedeutet, die Freiheit des Einzelnen einzuschränken. *Nine Eleven* kann jederzeit wieder passieren! Verschwörungstheorien entstehen im Minutentakt und lenken von den wirklichen ungelösten Problemen der Gesellschaft ab.

»Noch zwanzig Meilen, Sir!«

»Halten Sie die Augen auf, Sergeant! Niemand weiß, woher die Anomalie kommt!«

»Yes, Sir!«

Der Sergeant denkt unweigerlich an ein Zeit-Tor, vielleicht geschuldet der TV-Soaps seiner Jugend. Adrenalin pur der Gedanke – und ziemlich heiß. Wird er Zeuge einer neuen Entdeckung? Sind vielleicht Außerirdische im Spiel?

Er stößt einen Jauchzer aus. Und er wird dabei sein!, kommt es ihn überschwänglich in den Sinn.

»Sergeant … melden …«

»Ja?«

»Anflughöhe auf hundertdreißig Fuß steigern. Terrorgefahr! Ich wiederhole – Terrorgefahr! – Roger.«

»Verstanden! Gehe auf hundertdreißig … Roger.«

Der Soldat schüttelt missmutig den Kopf. Doch ein neues *Nine Eleven*?

○

Zur gleichen Zeit strahlt CNN eine Live-Schalte zum Ort des Geschehens. Dem Sprecher ist anzusehen, dass er nicht weiß, was er davon halten und berichten soll. Stockend sucht er nach Worten.

»… kann niemand sagen … woher … Diese … diese Anomalie … kommt – Bei der … Gestalt handelt es sich möglicherweise … um einen Mann … Die … die bekannte Journalistin Caitlin Fraser … hat sich dem Mann … soweit genähert, dass sie sich mit ihm … verständigen kann … Bislang wissen wir nichts Näheres … Die Anomalie scheint … scheint an Kraft zu verlieren. Unterdessen ist einer der herbeorderten Helikopter der

Army … in ihr … eingetaucht und spurlos verschwunden. Jeglicher Kontakt soll abgebrochen sein …«

Der Sprecher verstummt und greift sich ans Ohr.

○

Er ist verrückt! Er *muss* verrückt sein! Auf keine Frage hat er eine Antwort gegeben. Seine Augen nehmen sie zwar wahr, doch der Blick des Mannes geht durch sie hindurch.

»Mister … Verstehen Sie mich …?«

Zum x-ten Male wiederholt sie diese Frage. Null Reaktion! Innerlich verzweifelt Caitlin. Es kommt äußerst selten vor, dass sie keine Antworten bekommt. Vielleicht steht er ja unter Schock? Hat sie wegen des Quotendranges etwa ihre Menschenkenntnis und das journalistische Kalkül verloren?

In ungefähr hundert Metern Entfernung, aus der Richtung, aus der der Fremde gekommen ist, bemerkt sie seltsame Lichtblitze. Überall sind Kameras zu sehen, die das Ereignis live in alle Welt übertragen. Sogar Drohnen drehen unentwegt ihre Runden und zeichnen auf. Wieder laufen eisige Schauer über ihre Haut. Die Lichtblitze werden stärker. Ein aus den Tiefen der Hölle herrührendes Grollen wird laut.

Der Fremde bleibt erstaunlicherweise ungerührt.

Zwei

Wie lang die Schwerelosigkeit anhält, ist irrelevant und spielt keine Rolle. Allerdings hätte Waylon das Gefühl gerne noch länger genossen. Leider hat er darauf keinen Einfluss. Er ist einer höheren Instanz ausgeliefert, die ihn still und heimlich von der Erde entführt hat. Bis jetzt weiß er aber noch nichts davon. Er hängt dem schwerelosen Traum nach, der gerade eben zu Ende geht.

Waylon schlägt die Augen auf. Hat er geschlafen? Er hat die Aussicht der Insel erwartet, wenigstens den Kratersee und die üppig gewachsenen Pflanzen Nosy Bes. Erstaunt stellt er nunmehr fest, dass er das ganze Gegenteil vorfindet. Zwar ist es außerordentlich hell, wenn auch künstlicher Natur. Wo ist er?

Die Weite erinnert an eine riesige Halle. Wände und Fußboden ähneln Holz oder einer sehr gelungenen Nachbildung. Interessiert und nicht anders gewohnt kommt bei ihm der Handwerker durch; er geht runter auf die Knie und streicht tastend über die Bodenfläche. Es ist glatt und griffig, aber Holz fühlt sich anders an!

Ein hochfrequentes Sirren erfüllt die Halle, und Waylon kommt es vor, als vibriere leicht der Boden. Sinnestäuschung? Darüber verblüfft achtet er nicht weiter darauf; ein Schatten erregt seine Aufmerksamkeit. Gemächlich schreitet er hinüber. Moment – bewegt sich dort nicht etwas? Waylon bleibt stehen, bereit, sich zu ducken oder gegebenenfalls zu flüchten. Doch wo kann er hin? Die Halle ist leer, soweit er es überblickt. Ein Versteck gibt es nirgends!

Der Schatten bleibt unbeweglich an Ort und Stelle. Die Nerven haben ihn einen gehörigen Streich gespielt. Als er wenig später weit genug heran ist, erkennt er, dass es ein ganz normaler

Schatten ist. Waylon ist beruhigt, bleibt aber auf der Hut. Erst muss herausgefunden werden, wo er ist. Dann wird man weiter sehen.

Von seiner jetzigen Position aus betrachtet funkeln die Wände metallisch. Dort, wo eben noch der Schatten war, leuchtet es gleichmäßig. Einige Schritte weiter verschwindet das Dunkel immer mehr, dafür wird der andere Teil der Halle auffällig schattiger. Standort-Sensoren sorgen für eine gleichbleibende Ausleuchtung in Gehrichtung. Nützlich und effektiv, findet Waylon. Seltsam nur, dass die Halle völlig leer ist …

Wenn sie neu sein sollte, würde es das erklären. Wände und Boden sind ohne Schrammen, Kratzer oder sonstige Gebrauchsspuren. Und die Decke … Waylon staunt: Es gibt keine. Selbst in einer Kathedrale ist eine zu sehen! Was um Himmelswillen ist hier los!? Eine Halle, bei der die Decke nicht einsehbar ist, muss ein unerhörtes Ausmaß haben. Oder die Beleuchtung verhindert, dass man sie sehen kann. Doch warum? Was hat das zu bedeuten? Hat es überhaupt eine Bedeutung?

So kommt Waylon nicht weiter! Er geht bis zur Wand, die eben noch im Schatten gelegen hat und schreitet sie – den Blick nicht davon lassend – ab. Nicht die kleinste Unebenheit und keine einzige Fuge! Und je näher er heran geht, umso mehr spiegelt sich sein Abbild. Automatisch hebt er die Hand und ballt sie. Dann klopft Waylon an die Wand, wie er an eine fremde Tür pochen würde. Das Material ist sehr hart, also schon mal kein Holz, wie anfangs vermutet, doch auch kein Stahl. Kein metallischer Klang und es fühlt sich völlig untypisch an.

Jede näher in Augenschein genommene Stelle bietet das gleiche Bild, bringt Waylon allerdings nicht weiter. Die Länge der Halle schätzt er auf derer von zwei Fußballfeldern, bei der Breite ist er noch unsicher, doch soweit kommt er nicht. Plötzlich spürt

Waylon Bodenvibrationen. Aufgeschreckt unterbricht er seine Untersuchung. Vom Gefühl her schwellen die Schwingungen rapide an, was jedoch auch an seiner Anspannung liegen kann. Was er sich aber nicht einbildet, ist das Flackern des indirekten Lichts.

So schnell wie möglich begibt er sich in die nächstgelegene Ecke der Halle. Irgendetwas sagt ihm, dass gleich etwas passiert, was womöglich Licht ins Dunkle bringen wird. Und er will vermeiden, mitten im Raum zu stehen; Eigenschutz eben. Kaum erreicht Waylon das Ende der gerade abgelaufenen Wand, flackert die Beleuchtung nochmals, wenn auch kurz, dafür aber extremer. Dem Kommenden halbwegs geistig gewappnet, geht er in die Hocke. So harrt er einige, sich endlos hinziehende Augenblicke aus. Dann rumpelt es hart; ein unsichtbarer Mechanismus wird hörbar in Gang gesetzt. Gleichzeitig dröhnt die Luft und der Boden wird beängstigend durchgerüttelt.

Über ihn wird es grandios hell. Zu Waylons Überraschung wird allmählich die Hallendecke sichtbar, verschwindet jedoch sofort darauf wieder. Es erinnert ihn an einen Laderaum, aber in XXXXL! Er hält schützend die Hand vor und blinzelt geblendet, was aber die Sicht trotzdem nicht verbessert.

Irgendwo ächzt es in der Konstruktion dumpf und eindringlich. In seiner Sturm- und Drang-Zeit war Waylon oft mit einem damals alten Kutter unterwegs gewesen, der nur noch vom Rost zusammengehalten wurde. Sobald die   Maschine lief und das Boot Fahrt aufnahm, gab es ähnliche Geräusche.

Schleppend langsam wird das grelle Licht von einer dunklen klobigen Masse – dessen Form unerschlossen bleibt – durchbrochen. Ins Zwielicht getaucht, erkennt Waylon noch immer nicht, was gerade vorgeht. Einzig und allein die Fülle der Masse versetzt ihn in einen Zustand erschrockenen Erstaunens. Ihn beschleicht eine bis dato nie gespürte Angst – die Angst des Zerquetscht-Werdens.

Rasant füllt die Masse den freien Platz der Halle aus. Erste Formen kann Waylon flüchtig ausmachen. Mal eine Rundung, da ein Dreieck oder eine aus der Masse hervortretende Kugel. Das Monstrum senkt sich scheinbar immer schneller, was eine optische Täuschung ist und daran liegt, dass der Zwischenraum sehr eng bemessen ist. Gleich wird nichts mehr von der endlos erscheinenden Leere vorhanden sein.

Soweit wie möglich drückt sich Waylon an die Wand. Als Briefmarke hatte er nicht vor zu enden, denkt er sarkastisch in einem Anflug von Galgenhumor. Seltsamerweise wird die Angst nicht stärker. Vor einigen Sekunden noch hörte er sich winseln und flehen. Klar, es wäre auch unlogisch, wenn man ihn erst hierher gebracht hat, um ihn dann …

Abrupt verschwinden die Vibrationen des Bodens mit einem laut vernehmlichen Klacken. Die von der Masse erzeugte Dunkelheit wird durch die konstant schimmernde Wandbeleuchtung ausgeglichen. Und Waylon erkennt eine Tür …

∘ ∘ ∘

Isador sinkt erschöpft zurück. Der Flug war anstrengend gewesen. Was ihn besonders die Kraft raubte, war der Beinahe-Crash mit dem Schwarzen Riesen, der seine Bahn weit außerhalb des Sonnensystems zieht und für einen Umlauf etwa achttausend Jahre braucht. Der Gigant ist meilenweit vom Zentralgestirn entfernt, als dass man ihn hätte rechtzeitig ausmachen können. Das System wurde zwar bereits kartografiert, aber wie sich herausstellte, war damals ein Randplanet wohl übersehen worden, was bei diesem Umlauf nachvollziehbar ist. Glück im Unglück hatten sie nur, weil gerade ein Alarm los schrillte, da auf dem Fünften Planeten das gesuchte Leben vermutet wird. Das eingeleitete Bremsmanöver ermöglichte dem Frontalzusammenstoß zu entkommen. Die Masse des Schwarzen Riesen war enorm und seine Anziehungskraft hielt das Schiff lange Zeit fest. Erst in letzter Sekunde gelang das Ausweichmanöver.

Doch das ist nun Geschichte. Wieder einmal hat die Crew bestätigt, dass man Ausnahmesituationen mit Bravour meistern kann. Jeder war auf seinem Posten, als es darauf ankam und traf zum richtigen Zeitpunkt die erforderlichen Entscheidungen. Und er, Isador, gehört dazu.

Im Nachhinein betrachtet war die Exkursion ein grandioser Erfolg, von der ursprünglichen Aufgabe einmal abgesehen. Denn das gesuchte Leben konnte nicht aufgespürt werden. Es ist das beherrschende Thema urigorischen Seins, Arimeaner im Universum zu finden. Arimeaner sind Erzfeinde und müssen ausgetilgt werden! Seid die Urigoren denken können, führen beide Rassen einen erbarmungslosen Vernichtungskrieg. Doch dann verschwand der Planet Arimea spurlos. Jahrzehntelang suchte man nach seinem Verbleib vergebens. Nicht einmal Trümmer, die von einer möglichen Katastrophe zeugen, wurden gefunden.

Doch daran glaubte kaum ein Urigor. Arimeaner sind viel zu gerissen, als dass sie sich offenen Kampf stellen. Aber Arimea war und bleibt verschwunden. Man lebte damit. Urigorien veränderte sich im Laufe der Zeit. Die Bevölkerung akzeptierte die angebrochene Friedenszeit. Freigewordene Ressourcen fielen in die Hände von Zivilisten. Nur hart gesottene, an die alte Ordnung festhaltende Militärs rüsteten auf und schmiedeten im Stillen Pläne. Man darf den Feind niemals unterschätzen. Wenn auch Arimea als feige galt, traute man ihnen alles Mögliche zu;

ganz besonders Hinterhalte.

Speziell entwickelte Technik zur Auffindung arimeanischer Individuen ist es zu verdanken, nach unendlich langem Zeitraum nun endlich doch einen aufzuspüren und habhaft zu werden. Leider war Isador nicht dabei gewesen. Der heutige Tag ist ein historischer Meilenstein urigorischer Geschichte. Dafür aber kommt er nun zum Zuge.

Was er nicht begreifen will oder nicht kann, ist die Tatsache, wo sie den Arimeaner aufgegriffen haben wollen; nämlich in der Nachbargalaxie, am Rande einer unscheinbaren Spirale. Soweit nach draußen waren sie noch nie vorgestoßen! Dorthin also haben sich die feigen Arimeaner verkrochen!

Langsam nähern sie sich dem Hangar. Nur noch wenige Minuten, dann wird er einen dieser verfluchten Bestien gegenüberstehen. Im Mutterschiff haben sie bereits alles in die Wege geleitet. Noch weiß dieses arimeanische Exemplar nichts von seinem Glück. Isadors Vorfreude auf die bevorstehende Begegnung wächst ins Unermessliche. Er malt sich alles in den schillerndsten Farben aus, stellt sich vor, wie er quält, peinigt, demütigt. Der Arimeaner wird schreien wie ein Tier. Jahrhundertealter Hass wird ihm entgegenschlagen und seine Zeit im Universum wird am längsten gedauert haben.

In Isadors Geist entsteht das Bild von Ahram.

«Arimeaner noch nicht fixiert, gib also acht.»

Wieso das denn? Haben die im Kommandodeck Schiss?

«Haben wir nicht», meldet sich das geistige Abbild nochmals. «Wir wollten dir nur nicht vorgreifen. – Verbindung Ende.»

Passiert schon mal in der Aufregung, dass Isador die Neuralkommunikation nicht blockiert, und dadurch eigene, nicht für den Gesprächspartner bestimmte Gedanken übertragen werden.

Manchmal ist er eben unbeherrscht, was soll's.

Der Autopilot bugsiert das Raumschiff zentimetergenau an den vorgesehenen Landeplatz. Isador nimmt das mit Genugtuung wahr und wirft einen prüfenden Blick auf die Monitore.

»Wir sind angekommen«, dröhnt die Piloten-Stimme aus dem Lautsprecher. »Anti-Schwerkraftfeld permanent null.«

›Endlich!‹

Er kann es kaum erwarten. Denn ein Lebenstraum wird gleich in Erfüllung gehen …

○ ○ ○

Waylon kann sich nicht bewegen. Irgendetwas hält ihn fest. Seine Glieder sind schwer wie Blei. Etwa drei Meter sind es bis zu der Tür, deren Umrisse er zu erkennen glaubt. Vielleicht täuscht er sich auch und es ist gar keine, sondern konstruktionsbedingt. Doch weshalb ist er bewegungsunfähig?

Derartig die Grenzen aufgezeigt zu bekommen, ist eine seiner schwärzesten Erfahrungen überhaupt. Er fühlt sich wie ein Gefangener im eigenen Körper, dessen Haut die Gitterstäbe des Gefängnisses bilden. Im Augenblick klarer Gedanken beraubt, bleibt ihn nur abzuwarten. Und da öffnet sich auch die vermeintliche Tür …

Eine menschenähnliche Gestalt tritt aus dem zwielichtigen Halbschatten. Von ihr geht eine dominierende Arroganz ohne gleichen aus. Waylon schätzt die Gestalt auf eine Größe um eins neunzig; nicht gerade beängstigend groß, aber von der Gestalt geht etwas extrem Beunruhigendes aus. Die Person tritt aus dem Schatten und Waylon sieht ihr Gesicht. Die Augenbrauenpartie tritt stark hervor, was schon allein ein finsteres Aussehen verleiht. Dort, wo bei Menschen die Nase ist, hat die Gestalt eine querlaufende, das gesamte Gesicht überziehende Nasenfalte, die bei jedem Atemzug feine, hellrosa schimmernde Lamellen freigibt.

Der Blick, der Waylon aus stechenden, ovalen Augen trifft, ist purer Hochmut und die abfälligste Geringschätzung, die es nur geben kann. Waylon liest darin Verachtung, Hass und unendliche Feindschaft. Und Waylon glaubt, eine Ahnung zu haben, was ihm bevorsteht.

Drei

Uridräo ist zweifelsfrei ein idyllisches Plätzchen. Wer Entspannung sucht, wird auf dem Mond fündig. Strategisch gesehen spielt Uridräo keine Rolle, dafür liegt er zu weit ab und begehrte Rohstoffe hat er ebenfalls nicht. Seine Vorzüge sind sowohl in der Abgeschiedenheit, in der der Mond seine Bahnen zieht, als auch im stabilen ökologischen System zu finden.

Der Riesenplanet Zartak, den der Trabant elliptisch umrundet, zeigt sich undeutlich als große, milchige Scheibe und verdeckt den Himmel teils zu einem Viertel. Dennoch taucht der Mutterplanet Uridräo niemals in den eigenen Schatten, was an den einzigartigen Umlaufbahnen liegt.

Trotz aller Voraussetzungen gibt es auf Uridräo keine Tiere oder höher entwickelte Wesen. Deborah wundert sich immer wieder darüber, doch sie kann niemanden fragen, warum das so ist. Nirgends gibt es Aufzeichnungen oder verräterische Fossilen. Offenbar haben sich die Arimeaner nie dafür interessiert. Auch etwas, was nicht ins Bild passt. Wie kann eine Spezies, die von sich behauptet, das allererste Leben im Universum zu sein, nur so borniert denken? Was wäre, wenn Menschen diesen Himmelskörper finden würden? Sie kann sich lebhaft vorstellen, dass sich unzählige wissenschaftliche Teams auf den Weg machen würden, um auch die letzten Geheimnisse des Mondes zu entdecken.

Deborah hält im Gedanken inne. Es stimmt schon, dass der Mensch wissbegierig ist und alles Mögliche erforscht. Doch ihr fällt ein, dass es sogar auf der Erde noch weiße Flecken gibt …

Sie seufzt.

In der Vergangenheit zu leben bringt nichts. Darüber nachzudenken, was wäre wenn … dafür ist die Zeit zu schade. Sie muss eine Entscheidung treffen. Atman Ora'kunac wartet auf eine Antwort. Doch wie sie sich auch entscheiden wird, ein Rest von Zweifeln wird sie begleiten. Deborah hat Angst vor der Zukunft. Hinzu gesellen sich nagende Versagensängste und insgeheim wünscht sie sich ihr altes Leben zurück.

Die Ängste vor Kommendes hat auch das Geistwesen in ihr geschürt. Einige Äußerungen, die Deborah ganz und gar nicht versteht, sind besorgniserregend. Sie nimmt für sich in Anspruch, weit über den sogenannten *Tellerrand* zu blicken. Aber das übersteigt all ihre Vorstellungskraft! Nach Aussage des Atman sind sie Abkömmlinge eines Mutteruniversums.

Doch das ist noch nicht alles: Angeblich gibt es auf dem Mond der Erde Hinweise, die dies belegen sollen. Allerdings haben die NASA im Auftrag der US-Regierung im Jahre 2009 den größten Teil davon vernichtet. Deborah kann sich dunkel an ein Ereignis erinnern, was mit einem Absturz einer Sonde auf dem Mond zu tun hatte. Offiziell wollte man herausfinden, ob es Wasser auf dem Erdtrabanten gibt.

Deborah hadert. Es klingt absurd und wie einem SF-Film entnommen. Ihre eigene Fantasie galt im Freundes- und Bekanntenkreis zwar als stark ausgeprägt, doch so weit reicht es dann doch nicht. Wo bleibt da die viel gepriesene Einzigartigkeit des jetzigen Seins? Alles Science-Fiction in ihren Augen!

Andererseits würde sie auch nicht glauben, wenn ihr jemand erzählen würde, was sie gerade erlebt …

Deborah seufzt. Sie wird darauf eingehen, was Ora'kunac ihr angetragen hat. Schon allein Nayati zuliebe. Nayati! Wie mag es dem Dakota jetzt gehen? Der Atman deutete am Rande an, er würde sich ebenfalls auf Uridräo aufhalten; aber nicht freiwillig, jedenfalls hat Deborah ihn so verstanden.

War sie zu naiv gewesen, als sie die Pflichten des Gewahrers leichtgläubig von Nayatis altem Ich, Mr Dako, übernommen hat? Mittlerweile kommt es ihr vor wie ein Traum; einer dieser Sorte, die nie enden will und einem voll im Griff hat. Beinahe albtraumhaft …

Deborah starrt endlos währende Augenblicke auf einen weit in der Ferne liegenden Punkt, welcher nebulös ihre Sinne für die Realität trübt. Es ist einer jener Momente, in der sie in einer anderen Welt verweilt, in der sie schon als ganz junges Mädchen stets flüchtete. Hier ist sie sicher. Niemand kann ihr etwas anhaben!

«Hast du eine Entscheidung getroffen, Cheveyo?»

Äußerlich völlig erstarrt und mit versteinertem Gesicht antwortet sie: »Habe ich …«

∘ ∞ ∘

Zeitgleich auf Atamorenus, der Sterneninsel.

Umgeben von absoluter Leere zeigt sich der Nachthimmel im tiefgründigen Schwarz. Je nach Umlauf des Zwillingsplaneten zeichnet sich dessen Silhouette am nächtlichen Himmel silbern ab. Doch im Moment stehen beide ungünstig zueinander.

Der Zwergplanet Atamorenus ist prädestiniert für die Zwecke der *Hüter*. Er liegt weitab von möglichen interstellaren Routen und ist unbedeutend, trägt er doch keinerlei wertvolle Ressourcen in sich. Atamorenus ist ein unscheinbarer wertloser Klumpen. Wie geschaffen für die Atmane, die keine Atmosphäre, kein Wasser, keine Sonne benötigen. In ihrer eigentlichen Form der Existenz sind sie für das restliche Weltall unsichtbar.

Eine Gruppe der *Hüter* überwacht die laufenden Transfers. Die Überwachungszentrale ist direkt mit dem Archivtempel verbunden. Die einzelnen Kanäle verlaufen gebündelt durch den Sekundär-Analysator, der ein korrektes Abbild in Kopie des gerade Geschehenen aufzeichnet und mit dem des vorgesehenen, der Seelenkapsel vergleicht. Bereits kleinste Abweichungen lösen einen Alarm aus. Normalerweise geschieht dies nie. Doch es existieren Überlieferungen, dass es anfangs der Transfers vor Jahr-Äonen hinsichtlich des Verlaufs Komplikationen gab, was nach mehreren Verbesserungen nach kurzer Zeit abgestellt werden konnte. Seither funktionierte alles wie vorgesehen und das Lebensauswahlangebot wurde schrittweise ausgeweitet.

Bis ein assimilierendes Ereignis stattfand, das alles auf den Kopf stellte. Leider konnte der Auslöser bisher noch nicht aufgespürt werden. Immer wieder zeigt der Analysator Abweichungen an, die nicht erklärbar sind. Außerdem lassen sie sich auch nicht zurückverfolgen.

Seit Beginn an leitet Tzúk'ranac die Ermittlungen. Einmal war Tzúk'ranac nahe dran gewesen, den Störer dingfest zu machen. ›Störer‹ erscheint der treffende Begriff für den herumirrenden Atman zu sein. Ein untypisches Verhalten für eine hochintelligente Wesenheit! Was steckt dahinter? Ist es die Handlung eines Einzelnen oder einer Gruppierung? Dies käme einer Revolution gleich. Eine Verletzung grundsätzlicher Direktiven.

Hüter Tzúk'ranac verfolgt noch eine weitere Spur, die auf den ersten Blick nichts mit den aktuellen Abnormitäten zu tun zu haben scheint. Atmane kennen nicht den Rhythmus, der unterteilt wird in den Lebenswelten zwischen Schlaf- und Arbeitszeit. Atman sind Existenz-Wesen, ohne jegliches Bedürfnis. Finden sie einmal eine Tätigkeit, füllt sie fortan die Wesenheit aus. In all ihrem Sein tut sie nichts anderes mehr. Anders Tzúk'ranac, der sich nebenher noch mit Dingen befasst, die weit darüber hinausgehen. Und dabei fand die Wesenheit eine seltsame galaktische Konstellation unbekannter Elemente. Diese folgen offenbar einer wiederkehrenden Strömung.

Die Signaturen sind widersprüchlich und weisen keinerlei Wiederholungen auf. Von Wesen stammen sie nicht, ebenso wenig von technischen Gerätschaften. Dafür sind die Muster nicht statisch genug. Es wird unumgänglich sein, das betreffende Gebiet näher zu untersuchen. So trifft die Wesenheit die notwendigen Vorbereitungen.

○ ∞ ○

Diesmal ist der Eintritt in Uridräos Vergangenheit holprig. Enorm starke Vibrationen lassen den Gleiter an seine Grenzen kommen. Es ist das erste Mal, dass Deborah Angst und sich im arimeanischen Gefährt unwohl fühlt. Plötzlich bekommt die Skepsis, angesichts der dünnen und filigranen Wände, neue Nahrung. Es kann nicht sein, was nicht sein darf! Völlig ausgeschlossen! Und doch sitzt sie darin.

Abrupt verebben die Vibrationen. Der anschließende Ruck presst Deborah unsanft gegen das Rogalit, den sie aber irgendwie vorausgesehen hat und abfedern kann. Trotzdem sitzt der Schreck tief, als das Material wiederholt gefährlich knirscht.

Nachdem sie sicher ist, unbeschadet zu sein, nimmt sie auch die Umgebung wahr, die sich völlig anders darstellt, als wenige Momente zuvor. Statt dem Felsvorsprung erhebt sich ein Bergmassiv, auf dessen Kamm der Schnee die Sonnenstrahlen reflektiert. Anstelle des späteren bekannten Dschungels ragen Ruinenreste in die Luft. Verfall und Zerstörung – soweit das Auge reicht!

Vom Ozean geht ein schrecklicher modrig-beißender Gestank aus. Auf der Wasseroberfläche schwimmt ein Teppich von abgestorbenen Pflanzenresten. Dazwischen ragen bis zur Unkenntlichkeit verweste Kadaverstücke heraus.

Das soll Uridräo sein? Wo ist all die Pracht hin, die eine friedliche Idylle ausstrahlt?

«Der Mond ward einst bewohnt», spukt es durch ihren Kopf. Ora'kunac! Die Wesenheit hat Deborah glatt vergessen.

»Was ist ... Wo sind sie?«

«Die meisten sind nicht mehr. Wenige leben unterirdisch.»

Unterirdisch? Deborah ist erschüttert. Ihr Blick nimmt die Ruinen ins Visier. Scharfkantige Gesteinsbrocken mit Eisenverstrebungen, ehemals zu Gebäuden verbaut, geben einen trostlosen Anblick ab und sind Zeugen von zerstörerischer Gewalt ohnegleichen. Fand hier ein Krieg statt?

«Weit im Landesinneren gibt es einen Krater, der hierfür verantwortlich ist.»

»Es gab eine Explosion?«

«Geh dorthin, Cheveyo. Dann wirst du sehen.»

Deborah runzelt die Stirn, kommt aber der Aufforderung nach. Wider Erwarten bleibt der Zeitgleiter ruhig, als sie diesen startet. Wie üblich erhebt er sich völlig geräuschlos. Alles scheint in Ordnung, so konzentriert sich Deborah voll aufs Umland …

Vier

Gegenwart, United States of Amerika.

Drohnen umschwirren Caitlin und den Fremden. Mittlerweile hat das Militär eine strikte Nachrichtensperre verhängt, sehr zum Leidwesen anwesender Journalisten. Anfängliche Proteste erstickten bald im Jargon militärischer Floskeln, unter anderem, dass die nationale Sicherheit auf dem Spiel steht. Somit gibt es keine Chance auf die Meinungsfreiheit zu verweisen.

Von alldem weiß Caitlin nichts. Sie hat nur den Fremden vor Augen und Tausende ungestellte Fragen brennen ihr auf der Seele. Fürs Erste starrt sie den Mann unverhohlen an, wie man etwas anstarrt, was man noch nie gesehen hat und nicht hierher gehört. In ihrem Kopf herrscht ein Gewirr von unausgegorenen Gedanken. Immer mehr drängt sich Caitlin das Gefühl auf, dass Steward möglicherweise hiervon etwas weiß …

Ihr sträuben sich die Nackenhaare. Ist er deswegen nicht am vereinbarten Treffpunkt aufgetaucht? Kann er es nicht mehr? All die Drohnen und Helikopter sprechen eine eindeutige Sprache und halten ihr plötzlich vor Augen, in was sie da hineingeraten ist.

Die völlig zerrissene Kleidung des Fremden scheint diesen nicht im Geringsten zu stören. Caitlin glaubt, er nimmt sie überhaupt nicht wahr.

»Ich bin Caitlin, Mister …«, stellt sich die Journalistin zum wiederholten Male vor. Und zum genauso wievielten Male erhält sie auch jetzt keine Antwort. Der Blick des Mannes ist auf einen Punkt in einer unerreichbaren Ferne gerichtet, den nur er selber erblickt. Seine Augen sind seltsam glasig; wirken fast unwirklich und verstärken den Eindruck.

Unbeweglich steht der Fremde da. Ganz offensichtlich ist er verstört, weilt im Geiste nicht in der Gegenwart. Steht er unter Drogen? Für einen Junkie hat er aber ihrer Meinung nach nicht das richtige Aussehen. Überhaupt passt alles nicht wirklich in Caitlins Weltbild. Fast kommt es ihr vor, der Typ stammt aus einer völlig anderen Zeit …

Sie überlegt, ihn nochmals anzusprechen, als direkt hinter ihm erneut eine Staubwolke aus dem Nichts erscheint. Während der Fremde auch diesmal keinerlei Regung zeigt, erkennt die Journalistin voller Schrecken, wie gefährlich nah die Wolke ist. Wiederum beginnt etwas *anders* zu sein – ähnlich wie auf dem Highway.

Die Zeit wird deutlich langsamer. Caitlin kann es nicht beschreiben, was gerade passiert. Vom Gefühl her aber nimmt sie nun Dinge wahr, die bisher keine Rolle gespielt haben. Der Flug eines Insekts etwa, dessen Flügelschlag sich plötzlich kristallklar ihren Augen zeigt. Oder das Fallen eines vom Winde getragenen Sandkornes, welches sich aus der Unscheinbarkeit hervorhebt. Überall schweben feinste Partikel, die unter normalen Umständen für Menschen unsichtbar sind. Caitlin kommt über die neuen Eindrücke aus dem Staunen kaum heraus, bis ihr Blick auf den des Fremden trifft.

Sie fühlt einen Stich bis ins Mark. Sie zuckt zusammen und kann sich doch nicht bewegen. Sie kann etwas darin sehen, was absolut keinen Sinn ergibt. Doch dann gibt der Fremde ihr ein unmissverständliches Zeichen: Er zwinkert kurz. Als sie reagieren will, wird das Umfeld unscharf, bis alles ringsum hinter einer alles verschleiernder Unschärfe verschwindet. Es ist ähnlich eines Tunnelblicks, mit dem Unterschied, dass man sich fühlbar im Tunnel befindet und egal in welche Richtung man blickt, stets sieht man auf die Röhrenwand.

Nachdem Caitlin sich endlich vom Anblick losreißt und wieder in die Augen des Fremden sieht, glaubt sie, einen völlig veränderten Mann vor sich zu haben. Seine Gesichtszüge sind freundlich entspannt. In seinem Blick findet Caitlin im Grunde genommen einen warmherzigen Menschen, der offen in die Welt schaut und auch seinen Mann an den ihm angedachten Platz im Leben steht. Doch ein winziger Funke durchbricht diese Oberflächenfassade.

Caitlin erblickt eine furchterregende, zwielichtige Persönlichkeit …

○ ∞ ○

Bereits früh am Morgen brennt die Sonne. Es verspricht ein wunderbarer Sommertag zu werden. Nach wochenlangen Regenfällen – hervorgerufen durch El Niño, eine direkte Auswirkung des Klimawandels –, ist der Wetterumschwung wohltuend. Die Menschen in dieser Gegend sind ausgehungert nach Sonnenschein und erträglicheren Temperaturen. Ewiges graues trist belastet die Seele und fördert depressives Denken, dem ein Entkommen kaum mehr möglich ist.

Einige Bewohner im Viertel sind seit den ersten Sonnenstrahlen auf den Beinen. Jede Gelegenheit nutzend, genießen sie den Tag. Eine in die Jahre gekommene Frau mit schlohweißem Haar sitzt im Vorgarten und beobachtet das Treiben. Hin und wieder fängt sie für einen kurzen Moment die Blicke vorbeigehender Spaziergänger auf. Ihre Miene bleibt unbeweglich und teilnahmslos. Kaum einer, der sie da sitzen sieht, käme auf die

Idee, sie würde es genießen.

Doch das tut sie.

Die alte Frau hängt alten Gedanken und verblassten Erinnerungen nach, die mit dem Heute nichts zu tun hat. Mit jedem weiteren kommen neue Szenen hinzu, die sie vor langer Zeit erlebt hat. Und mit jedem weiteren Tag findet sie mehr und mehr zu sich. Es ist, als erwache sie aus einem schier nicht enden wollenden Traum; ein Duell zwischen Realität und Einbildung, wobei der Geist allmählich seine erworbene Dominanz verliert. Diesen Effekt könnte man auch umgekehrte Demenz bezeichnen, doch das Phänomen ist in der Wissenschaft unbekannt.

Jeden Tag sitzt die alte Frau an gleicher Stelle. Bei Wind und Wetter – tagein, tagaus. Ihr Gedächtnis saugt schwammartig alles auf, was die Netzhaut projizieren. Dann beginnt eine Art Suchroutine, die alles Gesehene mit Erinnerungen abgeglichen wird. Dabei fließen auch Informationen wie Gerüche, Laute oder Gefühle mit ein. Den Rest erledigt das Unterbewusstsein.

Manchmal vergehen Wochen, bevor die Eindrücke durchdringen und noch länger, bis verkrustete Erinnerungsfragmente hervorbrechen. In letzter Zeit allerdings hat sich dieser Prozess überraschend beschleunigt. Hätte die alte Frau Familie, würden die Veränderungen garantiert auffallen.

Wie sie überhaupt in ihrer gesundheitlichen Verfassung so alt hatte werden können, ist ein Rätsel. Nicht wenige in der Straße haben sich das schon öfters gefragt und unzählige Gespräche darüber geführt. Natürlich hinter dem Rücken der Betroffenen und immer dann, wenn sichergestellt ist, sie könne es nicht hören.

Über all die Jahre – es muss dabei schon von Jahrzehnten gesprochen werden – lebt die alte Frau in ihrer eigenen Scheinwelt; nur ihre Instinkte verweilen im Jetzt, all ihr Denken, Fühlen und Handeln dagegen im Gestern. Es kommt einem Drahtseilakt gleich, aber aus unbekannten und für Außenstehende nicht nachvollziehbaren Gründen gelingt es ihr vortrefflich.

In der Gemeinschaft als eigenwillig und seltsam abgestempelt, lässt man sie in Ruhe. Manche machen um ihr sogar einen großen Bogen. Wieder einige sagen ihr nach, sie sei eine Hexe, und im von ihr bewohnten Haus spuke es. Sicher ist nur, wenn sie zu Zeiten der Inquisition gelebt hätte, wäre ihr Ende am Scheiterhaufen besiegelt worden. Sie könne froh sein, dass dieses finstere Zeitalter vorbei ist.

Schandmäuler wird es immer geben! Man wird mit vermeintlichen Tatsachen ›bombardiert‹, dichtet etwaige pikante Details hinzu und die Gerüchteküche brodelt. Einen Nebeneffekt hat das: Es lenkt hervorragend von eigenen Problemen ab.

An diesem ersten sonnenverwöhnten Sommertag seit Wochen wird die ausgelassene Stimmung im Ort immer spürbarer. Überwiegend gehen die Bewohner mit einem Lächeln durch die Straßen und Gassen, unterhalten sich angeregt und haben stets einen Gruß auf den Lippen. Auch die alte Frau wird freundlich gegrüßt. Zwar reagiert sie kaum, aber ihr Gesicht verrät, dass es ihr gefällt.

Mister Edlund, unmittelbarer Nachbar der alten Dame, lebt wie sie zurückgezogen, und vermeidet jeglichen Kontakt zur Umwelt. Er geht nur dann einkaufen, wenn am wenigsten im Supermarkt los ist. Böse Zungen behaupten, er spaziere des Nachts, um mit den Geistern zu sprechen. Wie es manchmal so ist, wurde er einmal erwischt, wie er am Rande des Friedhofs grundlos niederkniete und irgendetwas murmelte. Natürlich machte auch dies schnell die Runde. Daraufhin mied man ihn erst recht. Niemand hinterfragte seine Beweggründe oder machte sich die Mühe, ihn zu verstehen. Aus Sicht der anderen ist und bleibt Mr Edlund ein Einzelgänger.

Vor mehr als vierzig Jahren hat er seine kleine Familie verloren: Sein Sohn war eine Totgeburt, seine Frau starb einige Tage später an einer Blutvergiftung. Kaum jemand im Dorf weiß davon. Seither verlässt er äußerst selten das Haus. Sein Vorgarten wirkt verwildert und ungepflegt. Eine Hecke, einst gut geschnitten und gehegt, ist teilweise ausgetrocknet, während an anderer Stelle Wildtriebe die Sicht ins Grundstück verwehren.

Mr Edlund ist über die Jahre ein mürrischer, alter Mann geworden. Sein volles, grau meliertes Haar hängt ihm strähnig über die Schultern. Die schwarz eingefasste Hornbrille sticht hervor und passt so gar nicht zu seinem Typ. Die unsichtbare Last der Vergangenheit lässt Mr Edlund gebückt gehen. Dabei hebt er nur selten den Kopf. Dadurch wirkt er noch griesgrämiger und älter, als er tatsächlich ist.

Mit seiner Nachbarin, der alten Frau, wechselte er nie ein Wort. Auch ihm kommt sie nicht ganz geheuer vor. Allein der wirre Blick stört Mr Edlund. Es ist ein Blick, der einem bewusst werden lässt, wie schmal der Grat des Wahnsinns ist. Deswegen sieht er sie auch heute nicht an, als er am Haus vorbeigeht.

»Bist du es, Steward?«

Mr Edlund reagiert nicht.

»Steward! Beim Leibhaftigen … Du lebst …

Fünf

An Bord des urigorischen Raumschiffs, Gegenwart.
Er liegt festgeschnallt und mit fixierten Kopf auf eine schwenkbare Konstruktion, die ihn in jede denkbare Position bringen kann. Zudem ist er körperlich ruhig gestellt und bekommt alles nur durch einen dichten Nebelschleier mit. Klare Gedanken kann er nicht fassen, sei es, dass man ihn unter Drogen gesetzt oder anderweitige Mittel verwendet hat. Das ist ihm schlicht und einfach *scheißegal.* Ohnehin hat ihn eine ›Leck-mich-am-Arsch-Stimmung‹ erfasst. Vor wenigen Minuten noch hätte er schwören können, sich mit allen Kräften zu wehren ...

Isador wohnt den Vorbereitungen bei. In einigen Augenblicken werden neurologische Strahlen den gewünschten Erfolg bringen. Dadurch wird der innere Widerstand des Vernehmenden aufgeweicht und gebrochen. Ein bewährtes Vorgehen bei wichtigen Verhören. Es ist von größter Wichtigkeit endlich Erfolge vorweisen zu können. Lang ist es her, dass man eine Spur hatte. Leider erwies sie sich – wie so oft vorher auch – als falsch. Fehlinterpretationen der Daten wurden dafür verantwortlich gemacht. Doch in Wahrheit gärt es auf dem Raumschiff unterschwellig. Die gesamte Führungscrew hat das Vertrauen verloren. Es muss doch möglich sein, endlich die Arimeaner aufzuspüren!

»Er ist so weit«, dröhnt die Stimme des Genanalysten, der sich auf arimeanische Physiognomie spezialisiert hat. »Wir können beginnen.«

Es ist also soweit, denkt Isador mit einem aufschwappendem Gefühl momentanen Glücks. Endlich würde man Gewissheit erlangen!

»Die Werte sind deutlich. Bei dem Individuum handelt es sich einwandfrei um einen Arimeaner.«

Jubel bricht aus. Das lange Warten hat sich gelohnt! Über Generationen endlich ein Erfolg! Ausdauer wird eben doch belohnt.

»Irrtum ausgeschlossen?« Isador traut dem Frieden nicht so recht. Rückschläge haben ihren Ursprung in wenig durchdachten oder grundlegend falschen Überlegungen und daraus resultierenden Handlungen.

»Wir haben die Auswertung durch den Analysator machen lassen. Das Ergebnis ist positiv.«

Isador nickt.

»Haben wir euch endlich …«, murmelt er für die Umstehenden unverständlich.

Die weiteren Schritte sind vorgeschrieben. Es folgen detaillierte Tests, und wenn diese ebenfalls positiv ausfallen, wird der Arimeaner befragt. Tests! Darauf freut sich Isador besonders. Der harmlose Begriff umschreibt nicht einmal annähernd, was der Arimeaner wird aushalten müssen. Die Dosierungen sind gut gewählt, dass er so lang wie möglich durchhält. Der verfluchte Arimeaner wird für den Jahrtausenden währenden Kampf büßen. Bei *Troxodra*! Sein Leid wird für alles stehen, was Arimea seit Urzeiten den Urigoren angetan haben.

»Und er war wirklich allein?«

Es wird still im Raum. Xedron senkt den Blick. Jeder, den Isador ansieht, wendet sich seltsam berührt ab.

»Was ist los?«

»Wir entdeckten den Arimeaner auf einem Randplaneten der Spiralgalaxie.«

Isador hat die Augen weit aufgerissen, als ahne er, dass etwas Ungeheuerliches kommt. Um seinen Zorn nicht noch weiter herauszufordern, fährt Xedron fort.

»Er war mit einem dieser Gleiter unterwegs, durch die man durch die Zeit reisen kann …«

Der sagenumwobene Zeitgleiter?

Die alten Schriften erwähnen solch ein Gefährt, doch die Verantwortlichen taten dies als haltlose und unmögliche Gerüchte ab. Hatten die Geheimdienste versagt?

»Wo ist dieses …«

»Noch am Aufgriffsort …«

Er weiß nicht, was ihn gerade am meisten beschäftigt: Der fehlende Gleiter oder das, was Xedron noch verschweigt. Seine Ungeduld wächst und droht mit einer gewaltigen Entladung.

»Die Daten, die erst jetzt ausgewertet worden sind, zeigen noch ein ähnliches Individuum …«

Mehrere? In Isadors Gesicht arbeitet es. Er ist bekannt für explosionsartige Ausbrüche. Doch diesmal verzieht er nur die Miene.

»Wir könnten zurückkehren und …«

Isador wendet sich unerwartet um und geht hinaus.

Die körperliche Fixierung hat zweifelsohne auch Vorteile. Das stetige Auf und Ab der Konstruktion würde ihn ansonsten herunterfallen lassen. Er hält die Augen geschlossen. Ein angedeutetes Lächeln umspielt seine Mundwinkel. Als die stählerne Trage sich mehrfach um die Achse des Tragarmes dreht, überkommt ihn Übelkeit. Die verfliegt jedoch schnell wieder, nachdem die Bewegungen weniger werden. Im Moment gleitet die Trage nur selten und äußerst sanft.

Langsam lässt die Wirkung der verabreichten Drogen nach. Es gibt klare Augenblicke, in denen er das Umfeld deutlich erkennt. Noch driftet sein Geist kurz darauf ab, doch die klaren

Momente werden häufiger.

Xedron atmet auf. Jeder ist über die bisher harmlose Reaktion Isadors froh. Als Kybernetiker ist Isador unentbehrlich und wirklich eine Koryphäe, allerdings als Privatperson völlig unausstehlich. Er gilt insgeheim als Unruhestifter, der es darauf anlegt, dass ein Jeder jedem misstraut. Isador hat sich aus ärmlichen Verhältnissen hoch gekämpft. Niemand schaffte es vor ihm. Diese Ausdauer imponierte den Entscheidern, die gerade einen Trupp zusammenstellten, der ins Weltall aufbrechen sollte, um die nächstliegenden Planeten auf Bodenschätze hin zu untersuchen. Der immerwährende Krieg erfordert Unmengen an Ressourcen. Ihr Heimatplanet ist schon längst ausgebeutet und stellenweise verwüstet. Der Abbau des Lyghnatiths erfordert einen immensen, nicht immer gerechtfertigten Aufwand. Skrupellose Leute sind stets gefragt, und Isador bedient diese Attribute.

Lyghnatith ist ein äußerst seltener Botenstoff, der aus tief liegenden Bodenschichten gefördert wird. Die Gesteinsschichten bedürfen ein gewisses Alter und eine ganz bestimmte Zusammensetzung. Sind die Kriterien erfüllt, wird das geförderte Gesteinsmaterial unter hohem Druck gepresst. Die so erhaltene öl-lähnliche Substanz muss weiteren aufwendigen Prozeduren unterzogen werden, um endlich an das Lyghnatith zu gelangen.

Die kleinste Verunreinigung macht das Lyghnatith zunichte. Da es in der Gewinnung teuer und exorbitant eitintensiv ist, und auch die Nachfrage sehr hoch ist, gilt die stoffliche Substanz als extrem wertvoll. Heutzutage sind astronomische Mittel notwendig, an Lyghnatith heranzukommen. Und bereits wenige Gramm sprengen die Kosten.

Isador schert sich einen Dreck darum! Er hat kein Gewissen, um an die unzähligen Opfer während des Abbaus zu denken. Für ihn zählt nur das Ergebnis. Und dafür schreckt er vor nichts zurück …

Ein klarer Moment verdeutlicht ihm seine Lage, deren Aussichtslosigkeit Grenzen aufzeigen, die er sich niemals in Albträumen hätte vorstellen können. An Armen und Beinen sind überall winzige periphere Venenkatheter mit den Venen verbunden. Allein am linken Arm zählt er mehrere Dutzende. Er spürt sie kaum. Allein die Hälfte davon sind Infusionsläufe. Sie unterscheiden sich nur durch unterschiedliche Farben.

Ihm spukt ein schrecklicher Gedanke im Kopfe herum. Die Schläuche, die Nadeln, das Gestell, auf das er liegt erinnern an einen Untersuchungsraum im Krankenhaus. Da ihm nichts fehlt – davon geht er jedenfalls aus –, drängt sich unweigerlich der Gedanke auf, dass er studiert wird. Je länger er darüber nachdenkt, desto bedrohlich nah scheint er der Wahrheit zu sein. Und wie zur Bestätigung öffnet sich zischend die Tür des Untersuchungsraumes …

Isador persönlich will den Arimeaner verhören. Er will sichergehen und sich vom Wahrheitsgehalt selbst überzeugen. Keine Aufnahme kann Schwingungen während des Verhörs aufzeichnen. Die will er unbedingt einfangen. Das Unterfangen ist auf richtige Schlussfolgerungen angewiesen. Und er braucht den Erfolg!

Mit angespannten Gesicht betritt Isador den Raum und verharrt augenblicklich.

Blicke berühren sich, versuchen die Seele des anderen zu erreichen. Zwei als intellektuell zu bezeichnende Wesen stehen sich das erste Mal gegenüber …

Sechs

Uridräo, tausend Jahre vor der arimeanischen Entdeckung.

Schon oft haben die unterschiedlichsten Wesen den Mond betreten; jedes unter anderen Vorzeichen. Der Zartak-Trabant wurde im Verlauf der Geschichte zu einem festen Bestandteil in den schicksalhaften Ereignissen um die ›Sternenbruderschaft‹. Offensichtlich stehen beide seid jeher in bestimmter Beziehung zueinander.

Deborah ist etwa in zweihundert Metern von besagter Stelle gelandet. Von dem Atmanen spürt sie nichts, was nicht heißt, Ora'kunac ist nicht da. Die Gewahrerin interessiert es im Moment tatsächlich nicht. Denn das Bild, welches sich ihr darbietet, nimmt ihre Gedanken vollends in Anspruch.

Der Krater reicht bis zur Horizont. Aufgrund des Monddurchmessers, der viel kleiner ist, als der der Erde, und sie demzufolge der natürlichen Begrenzungslinie auch näher ist, schätzt sie das Ausmaß dennoch auf mehrere Kilometer. Wäre das Loch mit Wasser gefüllt, gäbe es einen passablen See ab. Doch von Idylle fehlt jegliche Spur. Hier herrscht totale Zerstörung. Von Vegetation Fehlanzeige. Es gibt noch nicht einmal verkohlte Rückstände. Deborah atmet schwer. Damit hat sie nicht gerechnet. Soweit ihre Augen die Gegend überschauen können, gibt es nur triste Ödnis.

»Oh mein Gott«, stöhnt sie nach einer Weile auf, nachdem der Anblick auf sie eingewirkt hat.

Der Atman meldet sich in Deborahs Gedanken zu Wort. «An dieser Stelle stand eine Stadt.»

Deborah zuckt zusammen. »Sind sie …«

«Es gibt Überlebende, Cheveyo.»

Die Gewahrerin sucht nach Ora'kunacs Abbild, findet ihn

aber nicht. Traurig lässt sie geschlossenen Auges den Kopf sinken. Die Verwüstung legt die Vermutung nahe, dass es einen Angriff von außerhalb gegeben hat. Langsam geht sie einige Schritte, stochert hin und wieder mit dem Fuß auf etwas anscheinend Verdächtiges, was sich allerdings als falsche Fährte entpuppt. Auffällig dagegen sind etwa faustgroße, milchweiß schimmernde Gebilde. Sie geht in die Hocke und berührt eines zaghaft. Es ist glatt – fast samtig. Seine Symmetrie ist nicht besonders ausgeprägt, aber erkennbar. Ein wenig verträumt umspielen Deborahs Finger die Konturen. An der hinteren, ihr abgewandte Seite wird das Gebilde scharfkantig. Ehe sie begreift, ist es schon passiert; ärgerlich zieht sie ihre Hand zurück. Eine kleine Wunde klafft am Zeigefinger und blutet. Jetzt, nachdem sie die Verletzung realisiert hat, kommt auch der Schmerz. Und der ist heftig.

Deborah saugt das quellende Blut ab, spuckt es aber gleich angewidert aus. Der Geschmack kommt ihr seltsam vor.

«Du solltest die Wunde fachmännisch versorgen», tönt es in Deborahs Kopf.

Sie lacht auf. ›Der hat gut reden‹, denkt sie erbost. Sie kann sich nicht vorstellen, dass es hier einen Arzt gibt …

«Einen Arzt braucht es nicht», kommt prompt als Antwort. «Dein Gefährt führt eine Medizin-Einheit mit sich.»

Deborah runzelt die Stirn. Kann Ora'kunac etwa auch Gedanken lesen?

«Lesen nicht, da ich auf Neuronal-Ebene mit dir kommuniziere, Cheveyo.»

Ein Aufschrei entfährt ihrer Kehle. Jetzt erst wird ihr klar, welche Auswirkungen das alles hat. Der Gedanke ängstigt sie zutiefst. Der Atman verfügt über unvorstellbare Fähigkeiten, vor denen nichts sicher ist!

«Versorge deine Wunde, sonst wird es für dich gefährlich», mahnt Ora'kunac, und sie glaubt echte Besorgnis herauszufiltern.

Irritiert geht Deborah zum Zeitgleiter. Dort nimmt sie gewahr, dass das Gerät bereits wartet. In unmittelbarer Nähe erhebt sich das *IATRA* und beginnt die Behandlung. In dieser Zeit wälzt sie Gedanken von der einen auf die andere Seite. Erfolglos. Sie weiß aus dieser bedrückenden Misere keinen Ausweg und wird damit leben müssen, nichts geheim halten zu können.

Zehn Minuten später steht Deborah wieder inmitten des Kraters. Überall sieht sie diese milchigen Gebilde, die Glas ähneln. Vorsichtig geht sie Richtung Zentrum weiter. Augenscheinlich liegt es tiefer, doch sie bekommt das Gefühl nicht los, dass das Terrain bergauf führt. Eine optische Täuschung?

Anfangs dieser zweiten Tour denkt die Gewahrerin so gut wie nicht – jedenfalls hat sie den Eindruck –, weswegen wohl auch der Atman schweigt. Ein Irrglaube, wie sich bald herausstellen wird. Es gehört schon eine gewisse Übung dazu, Gedanken unzugänglich zu machen. Gehirne sind unentwegt im Einsatz, und in Ruhephasen arbeitet das Unterbewusstsein. Demzufolge macht es kaum einen Unterschied, ob sie bewusst denkt oder nicht. Andererseits gibt es die Möglichkeit, *Gedankeneindringlinge* abzublocken.

Da eine gewisse Volt-Zahl notwendig ist, um die Hirnfunktionalität zu gewährleisten, erscheint es unmöglich, Gedankenströme zu unterbinden. Deborah hat von solchen Experimenten schon einmal etwas gehört, sich aber nie weiter damit beschäftigt.

Inmitten des Trichters ändert sich drastisch das Bild. Das Erdmaterial ist verklumpt und schwarz. Es muss eine sehr hohe

Temperatur ausgesetzt worden sein. Mit dem Fuß scharrt sie über den Boden – vergeblich; der Schuh hinterlässt keinen einzigen Kratzer. Das gesamte Gebiet im Bereich des Einschlags ist geschmolzen. Der Boden ist rissig und es entweicht zischend geruchloser Dampf. Ein unterirdisches, tief liegendes Wasserreservoire muss wohl in Mitleidenschaft gezogen und stark erhitzt worden sein. Unvorstellbar, mit welchen Kräften die calderaähnliche Kessel von gewaltigen Kräften modelliert wurde.

Kaum vorstellbar, dass dieser Hölle jemand entkommen kann. Es gibt noch nicht einmal Anzeichen, dass hier einst eine Siedlung war. Wenn das alles stimmt, was Ora'kunac berichtet hat, und tatsächlich welche überlebt haben: Wo sind sie? Deborah sucht in allen Richtungen nach möglichen Hinweisen. Eine Frage drängt sich auf: Woher nimmt der Atman das Wissen? Hat er in die betreffende Zeit geschaut? Deborahs Geist sträubt sich bei dieser Idee.

Erschrocken hält sie inne und sieht sich irritiert um. Unbewusst hat sie mit einer Antwort Ora'kunacs gerechnet, doch es bleibt still in ihrem Kopf.

Beim nächsten Atemzug wird Deborah klar – sie ist allein.

○ ○ ○

Sterneninsel Atamorenus, Gegenwart.

In der gesamten Anlage blinken die Alarmlichter. Der ›Lebenswandler‹ wurde lokalisiert! Die Datenströme verzeichnen einen potenziellen Anstieg, der ihn als nicht autorisiert entlarvt. Daraufhin gab das Überwachungsprogramm Alarm, der Ora'kunac sofort herbeorderte.

Das Programm ist so spezifiziert worden, dass problemlos der Datenwust verfolgt und kenntlich gemacht werden kann. Der zurückbleibende Signatur-Korridor dient gleichzeitig als Orientierungskarte, die kartografisch abgespeichert wird. Die Wesenheit Tzúk'ranac lässt ihre Energieströme begeistert aufleuchten.

«Gute Arbeit», lobt Ora'kunac erfreut. «Die Modifikation zahlt sich aus. Ich denke, wir haben sie, die Wandler-Existenz.»

«Lob nie das Licht- vor dem Atomteilchen», gibt Tzúk'ranac zurück. «Zuerst sollten wir ihn im *Anenergetiker* haben, um uns zu sehr zu brüsten!»

Einige Neuronen Ora'kunacs glühen auf und hinterlassen einen entrüsteten, kurzzeitig hellaufblitzenden Teilchenregen.

Auch für die Wesenheiten spielt die Zeit eine Rolle, denn der Korridor bleibt nicht ewig bestehen. Die beiden *Hüter* vertagen ihren kleinen Disput und Folgen der Spur.

Sie waren bereits schon einmal hier. Es ist noch gar nicht lange her, als die *Hüter* einer Signatur folgten, die Deborah hinterließ. Auf einer Strecke, die leicht den gesamten Erdball umziehen konnte, glich ihre Signatur derer, wegen der sie auf die Erde gekommen waren.

Heute liegt die Lage anders. Durch die spezielle Datenkennzeichnung können sie die Spur von anderen Signaturen deutlich unterscheiden. Zielstrebig steuern die *Hüter* das Ziel des Datenwulstes an.

In sicherer Entfernung sondieren sie die Örtlichkeit. Die Wandler-Existenz beweist Geschmack, findet Ora'kunac. Ein großes Stück des Anwesens ist naturbelassen, im hinteren Teil sogar verwildert. Von der Pflanzenfülle lassen sich die Atmane nicht ablenken; schon mehrfach waren sie auf dieser Welt und kennen die Lebensvielfalt der Arten. Damit die *Hüter* kein Unheil über Leben tragende Planeten bringen, müssen sie unentdeckt bleiben.

Das Anwesen gehört einer Person, deren Initialen E. M. lauten. Da die *Hüter* aus erwähnten Gründen nicht verstofflichen dürfen, können sie nicht einfach mal so klingeln. Während Tzúk'ranac durch die Mauern schwebt, begibt sich Ora'kunac an den Endpunkt des Signatur-Korridors. Mitten in der wild sprießenden Gartenlandschaft ragt ein völlig von Efeu eingeranktes Häuschen heraus. Auf dem Dach sind noch Überreste einer Kuppel zu sehen.

Hinter dünnen, stark verwitterten und ausgeblichenen Holzwänden, registriert der *Hüter* einen regelrechten Wirrwarr elektromagnetischer Wellen. Ora'kunac muss vorsichtig sein. Sein Gegenüber ist schließlich ein direkter artverwandter, mit ähnlichen Eigenschaften wie er selbst. Bleibt zu hoffen, dass die Wandler-Existenz gerade mit etwas anderen beschäftigt ist.

«Im Haus ist niemand», übermittelt Tzúk'ranac.

«Der Wandler ist hier», antwortet Ora'kunac auf gleicherweise. «Halt mir den Rücken frei. Ich gehe rein …»

Die Kommunikation wird aufs Nötigste beschränkt, damit die Wandler-Existenz nicht vorzeitig gewarnt wird. Damit der Zugriff gelingt, haben die *Hüter* eine geeignete Maßnahme entwickelt.

Durch eine Ritze zwischen zwei Brettern dringt Ora'kunac ins Innere vor, gleichzeitig bemüht, so wenig wie möglich Energie zu produzieren. Mysteriöses Zwielicht empfängt ihn und ein flackernder Sphärenschein. So also sieht die Schnittstelle aus, wenn der Wandler transferiert. Genial.

Die Sphärenhülle schirmt verräterische Signale ab, sodass Ora'kunac nicht befürchten muss, entdeckt zu werden. Dennoch übermittelt er gedämpft die erste Statusmeldung. Gleich darauf erscheint auch Tzúk'ranac in der Hütte.

Gemeinsam beraten sie, wie weiter vorzugehen ist. Warten,

bis die Sphäre die Wandler-Existenz freigibt, oder bereits jetzt zuschlagen? Da die Sphäre das Tor zur atmanischen Welt darstellt, würde es genügen, die Verbindung zu trennen; die Wesenheit wäre darin gefangen. Nur was dann passiert, ist nicht vorhersehbar. Verbleibt der Wandler darin auf dieser Welt, könnte es unvorhersehbare Folgen für das ökologische System haben. Um kein Risiko einzugehen, werden sie warten.

Sieben

Uridräo, tausend Jahre vor der arimeanischen Entdeckung.

Deborah fühlt es – der Atman hat sie allein gelassen. Nicht, dass es einen Unterschied macht. Aber es hat geholfen, ihn in unmittelbarer Nähe zu wissen.

Plötzlich überkommt sie Angst. Was soll sie tun?

Ein seltsames Gefühl beschleicht sie. Deborah blickt hinüber zum Gleiter. Was hindert sie daran, einfach von hier zu verschwinden? Dieser Ort hat etwas Trostloses, Depressives an sich. Unentwegt warnt die innere Stimme. Doch dann prangt an ihrem geistigen Horizont das Konterfei Nayatis. Deborah erschrickt. An ihn hat sie nicht mehr gedacht! Beschämt schließt sie die Augen, ringt um Fassung. Nayati! Wegen den jungen Dakota ist sie hier.

Neuen Mut schöpfend, wendet sich Deborah vom Zeitgleiter ab. Doch diese Ödnis hemmt ihre Gedanken. Um sich abzulenken, schlendert sie – mehr oder weniger gelassen – über die geschmolzenen Trümmer …

∘ ∘ ∘

Zweitausend Meter tiefer, unterirdisches Labyrinth. Zeitgleich.
Die Höhlennische, in der Nayati untergebracht wurde, wird nach seinem erfolglosen Ausflug gut bewacht. Soltectorin Arclay weicht nicht einen Schritt. Noch einmal wird das nicht vorkommen! Dafür wird sie sorgen!

Momentan benimmt sich der Fremde für Arclays Verständnis eigenartig. Er scheint nicht hier zu verweilen, obwohl er körperlich da ist. Auch seine Augen sind entrückt, so wie sie es nur von denen kennt, die durchgedreht sind und am Ende recycelt wurden. Etwas stört Arcley mächtig, wofür ihr aber noch die Erklärung fehlt. Zwischen getanem und jetzigem Verhalten gibt es offenbar keinen Zusammenhang. Es scheint, als handelt es sich um zwei unterschiedliche Individuen! Entweder ist er so gerissen und verstellt sich, oder … Doch tief in ihr fühlt sie etwas, was sie nicht versteht. Der Mann hat etwas an sich, das Arclay anzieht und gleichzeitig schreckt. Gefühlswallungen sind ihr fremd – bisher … Etwas erwacht, und dieses Etwas lehrt sie das Fürchten.

Vorsicht ist dringend geboten!

Zurzeit verhält sich der Gefangene ruhig. Arclay bleibt auf der Hut; sie traut der Sache nicht …

○

Pearce ist in die Schriftrolle vertieft. Stellenweise ist die Tinte stark verblasst, daher sind etliche Passagen nur schwer zu lesen. Darin allerdings ist Pearce Meister. Er kennt fast den gesamten Wortlaut der Überlieferung. Im Grunde genommen könnte er besagte Zeilen seinem Gedächtnis entnehmen. Doch seit einiger Zeit entfallen ihn ganze Abschnitte; erste Anzeichen des vorgeschrittenen Alters. Die Einsamkeit trägt ebenfalls dazu bei.

Kaum das sein Gedächtnis gefordert wird in dieser Monotonie. Um diese Blöße seinem alten Freund nicht kundtun zu müssen, verschafft er sich dadurch Zeit.

Adabay ist gelangweilt. Das Warten zehrt an seine Nerven. In regelmäßigen Abständen geht er zur Tür und lauscht. Die Geräusche in den Ruinen haben eine erschreckende Wirkung auf den Soltectoren. Da lobt er sich, nicht für immer hierbleiben zu müssen. Die Kolonie ist seine Heimat geworden, auch wenn diese Mauerreste einst sein Leben bestimmten. Doch das ist lange her.

Irgendwo tropft Wasser herab. Leere Hohlräume verstärken den Schall und vermengt sich mit dem Knistern des Feuers, welches Pearce entfacht hat. Die andauernde Feuchtigkeit kriecht unbarmherzig in die Knochen, worunter das Allgemeinbefinden leidet.

Ob die Prophezeiung wirklich vom aufgegriffenen Fremden berichtet? Oft hat er sich gefragt, ob die Schriften nicht nur dazu dienen, einen Teil uralter Geschichte zu bewahren. Wörtlich genommen erwähnt sie mit keiner Silbe die jetzige Situation der Anomaliten. Spräche die Prophezeiung von der künftigen Zeit ihrer Welt, würde sie die derzeitige Konstellation ebenfalls beschreiben. Aber genau das tut sie nicht! Ein gefundenes Fressen für Skeptiker, denen er mittlerweile selbst angehört.

Ein nicht eindeutig zu beurteilender Ausruf schreckt Adabay aus seinen Überlegungen.

»Hast du etwas gefunden?«

Der Angesprochene sitzt vornübergebeugt reglos da.

»Pearce! So sprich doch …«

Verstört blickt Pearce auf. Er hat etwas gefunden, da ist sich Adabay sicher! Doch weshalb sagt er nichts? Ein Grauen liegt in der Luft, das zur Örtlichkeit passt und nun auch den Soltectoren packt. Die Augen des Alten zucken wirr.

»Was sagt die Schrift, altwürdiger Freund?«

Drei, vier Atemzüge vergehen, bis in Pearce wieder Leben einkehrt und noch einmal so lang, bis dessen Augen Kontakt zu Adabay hergestellt haben. Ein Funke Erinnerung flackert durch den Alten; Erinnerung, an den einzigen Grund des Besuchers.

Während die Hände leicht zittern, stammelt er mit rauer Stimme. »Neun … Heilige Zahl … Nayati …«

»Ich verstehe nicht … Pearce! Sprich deutlich …«

Statt Adabays Wunsch zu folgen, murmelt er mit entsetzter Miene das betreffende Zitat.

»Wird er finden letztes Glied / Geschlossen das Band im Kreis der Zeit / Entflieht dem Ort, der fortan vergehet / Verderb zurückbleibenden Kinds …«

○ ○ ○

Es dunkelt. Der Übergang vom Tag in die Nacht verläuft rapide im Zartak-System. Als die Dämmerung einsetzt, ist es so dunkel, dass Deborah ohne künstliches Licht kaum noch etwas erkennt. War sie bis jetzt gedankenversunken weiter gelaufen, steht sie nun in totaler Finsternis gehüllt. Es war töricht gewesen, so wenig darauf zu achten, wohin sie geht. Jetzt hat sie sich völlig verirrt. Für die kommenden Stunden ist der Zeitgleiter unerreichbar.

Die Nächte sind auf Uridräo im Allgemeinen tropisch. Ob das auch für diesen Landstrich zutrifft, kann Deborah nur hoffen. Weiter als bis zum Stützpunkt hat sie persönlich nie die weitere Gegend erkundet; ein fataler Fehler, der sich nun rächt.

Sie wird wohl oder übel die Nacht hier verbringen müssen. Weitergehen würde gefährlich werden. Am Boden lauern besonders bei Dunkelheit überall Gefahren. Solange noch ein paar

Umrisse und Schemen erkennbar sind, sollte sie einen Platz finden für die Nacht. Später – und das wird schon sehr bald sein! – wird Deborah sich mit dem Erstbesten begnügen müssen. Im Hinterkopf immer die scharfkantigen, glasähnlichen Gebilde. Auf noch eine Verletzung kann sie unter den gegebenen Umständen wirklich verzichten!

Gebückt sucht Deborah den Bodenbereich ab, der gerade noch erkennbar ist. Eine Kuhle! Vorsichtig tasten ihre Fingerspitzen darüber. Der Untergrund ist glatt und geschmeidig und überraschend angenehm warm! Behutsam lässt sie sich nieder. Eine Weile bleibt sie in Hockstellung, doch allmählich gewinnt der Wunsch Oberhand, sich auszustrecken. Der Tag hat Deborah einiges an Energie gekostet. Ein wenig Ruhe wird guttun.

Die Fläche ist einigermaßen komfortabel und schon bald fällt Deborah in einen Dämmerzustand. Unruhig dreht sie sich mehrfach, wirft den Kopf hin und her, stöhnt auf. Nur langsam findet ihr Geist Ruhe. Und dann, nachdem sie endlich bequem liegt, rutscht ihr Arm ab. Es ist nur ein kurzer Ruck, der Deborah nicht weckt, aber er genügt, dass sie sich am Unterarm eine winzige Schnittwunde zufügt.

In der Folge dieser Verletzung befällt sie ein schwerer Schlaf. Plötzlich erfasst sie ein wahrer Strudel von Gefühlen, denen sie sich nicht entziehen kann. Zuerst öffnet sich der Boden unter Deborah und es beginnt ein lang währender Fall. Sie will schreien, doch die Stimme versagt. Während sie fällt, dreht sie sich unkontrolliert um die eigene Achse. Ihr wird schwindlig. Brechreiz kommt auf. Deborah würgt.

○

Im Labyrinth gibt es keine tageslichtbezogene Einordnung im

Alltag. Irgendwann nach der Zerstörung begann willkürlich die Stundenzählung, die seitdem die Worker zur Schicht rufen. Jahreszeiten kannte Uridräos Urvolk noch nie, und das Klima sorgt für gleichbleibendes Wetter. So war die Hauptumstellung das Leben in ständiger Finsternis. Generationen später kennen kein natürliches Sonnenlicht. Für sie ist ihr Dasein normal. Wege, die an die Oberfläche führen, wurden aus Angst vor Eindringlingen gekappt. Bis auf einen, allerdings unwegsamen und sehr gefährlichen Pfad. Nur zwei wissen um ihn: Pearce und Adabay. Beide haben geschworen, dieses Geheimnis niemals offenzulegen. Der Schwur wurde mit Blut besiegelt; das Blut Vertrauter. Diese gemeinsam ausgeführte Bluttat schweißte die Männer schicksalhaft zusammen. Redet einer, wird der andere mit untergehen.

Der geheime Pfad war die Folge des massiven Angriffs gewesen, der die tektonischen Platten bersten ließ. Durch die enorme Hitze, die tief ins Mantelgestein des Mondes hinabreichte, und den abgekühlten Kern des Trabanten Energie zuführte, erwachte der bis dahin schlummernde Himmelskörper. Erdbeben gestalteten das Land neu. Inseln wurden geboren und wieder verschluckt. Die im Bereich der Detonationen liegende Schmelzmasse blieb starr. Eines der letzten Beben war so gewaltig, dass das Gestein an der Schmelzkante einfach brach. Und dieser Riss formte nicht nur weitere Hohlräume, die heute zum Labyrinth gehören; sie schufen auch den letzten noch verbleibenden Weg hinauf. Von alldem handeln die Fiebervisionen, die Deborah in dieser Nacht erfährt. Unweit ihrer Lagerstatt befindet sich ein unauffälliger Aufwurf von Gestein, der beide Welten verbinden.

Ein weiterer Fieberschub setzt ein und bäumt ihren Körper unnatürlich auf …

Acht

An Bord des urigorischen Raumschiffs, Gegenwart.

Das also ist der Arimeaner! Dem Feind von Angesicht zu Angesicht gegenüber zu stehen, lässt das Adrenalin in die Höhe schnellen. Für Augenblicke versagt Isador die Stimme. Ein berauschendes Gefühl, nach unendlich langer Zeit endlich einen Arimeaner gegenüberzutreten! Genüsslich kostet er den Moment aus. Spöttisch mustert Isador den Gefangenen, der auf der Vernehmungspritsche gefesselt ist. Isadors Blick will ihn durchbohren. Doch was ist das? Der verfluchte Kerl zeigt keine Reaktion!

Vor Isador hat die Mannschaft großen Respekt. Erscheint er, weicht man ehrfürchtig zurück. Sofort verstummen die Gespräche. Und der Arimeaner!? Würdigt ihn mit keinem Blick und zeigt noch nicht einmal, dass er Angst hat!

Isador ist fassungslos. Er empfindet es als bodenlose Frechheit! Zorn wallt auf. Tiefer, gnadenloser Zorn …

Der Arimeaner hat die Augen geschlossen. Schläft er? Isador setzt einen Fuß vor den anderen, bleibt stehen, lauscht. Der Gefangene atmet gleichmäßig. Er lebt also. Simuliert der etwa? Diese Idee nagt zusätzlich und erhöht den Wut-Pegel.

Kurzerhand lässt er sich dazu hinreißen, die Infusionen allesamt einfach abzustellen. Mit weit geöffneten Augen beobachtet er das Gesicht des Arimeaners. Wenn Isador richtig liegt, dann sollte der Arrestant bald die Lider aufschlagen.

Für Momente hält Isador den Atem an. Innerlich kocht er. Wer ist dafür verantwortlich? Der Gefangene sollte leiden und die Prozedur nicht verschlafen! Sabotiert hier jemand sein Vorgehen? Ihm schwirren mehrere potenzielle Namen durch den Kopf, die einen Erfolg verhindern wollen. Denkt Isador gündlich darüber er nach, steht er ziemlich allein da. Man neidet ihn sein Emporkommen. Nur eine straffe Kommandoführung hält die Besatzung auf Kurs.

Plötzlich tut sich etwas. Der Arimeaner atmet schwer, bewegt den Kopf und schlägt die Augen auf. Endlich! Isadors Blutdruck steigt. Die Erregung kostet er aus, denn so schnell wird dieses Gefühl von Macht nicht wiederkehren.

Der Blick des Arrestanten streift wirr und orientierungslos umher, bleibt letztendlich an Isador haften. Nach einer Weile des gegenseitigen Musterns beginnt der Arimeaner in einer unverständlichen Sprache zu sprechen. Der Urigor lauscht angestrengt den Lauten, die sich ihm in keiner Weise erschließen wollen.

Isador überblickt den Monitor der *Anlage*. Zu seinem Leidwesen erkennt er, dass der Sprachisator nicht eingeschaltet ist. In seinem Inneren brodelt ein Vulkan von Wut und Unverständnis darüber. Er stößt einen kurzen, prägnanten Laut aus. *Wenn man nicht alles selber macht!* Ein geübter, schon mehrfach ausgeführter Handgriff reicht, und das System beginnt mit der Arbeit. Für den Arrestanten bleibt alles unverändert; lediglich mehrere LED-Leuchtreihen zucken auf, während der Computer in beide Richtungen Sprache übersetzt. Der Apparat arbeitet über den neurologischen Wellenbereich, empfängt und sendet über diese Frequenz direkt zum Gehirn der Anwesenden.

Isador nimmt das vertraute Gefühl wohlwollend wahr, das sich bei Verbindungsaufnahme einstellt. Der Gefangene hingegen verharrt, lauscht in sich hinein und sieht sich irritiert um. Für Isador das Zeichen, dass die Kommunikation aufgenommen worden ist.

Einige Atemzüge wartet Isador ab. Er genießt die Unwissenheit seines Gegenübers und kostet dessen Verwirrtheit voll aus. Nicht zu wissen, was da in einem vorgeht, muss den Arimeaner an den Rand des Wahnsinns treiben. Die Werte scheinen Isadors Überlegungen zu bestätigen.

»Mein Name ist Isador, Oberbefehlshaber des urigorischen Flottenverbands«, beginnt er gelassen, aber mit Nachdruck, zu sprechen. »Wie ist dein Name?«

Das Gehirn braucht einige Zeit, um zu begreifen, dass die über die Ohren aufgenommenen fremdartigen Laute, im Denkvermögen als verständliche Worte ankommen. Zu vergleichen etwa mit einem schlecht synchronisierten Film, bei dem der Ton nicht zu den Lippenbewegungen passt. Doch daran gewöhnt man sich schnell.

»Wie ist dein Name?«, fragt Isador noch einmal.

Der Arimeaner hadert. In seinen Augen flimmert etwas auf, was Isador nicht zu deuten weiß. Zeit, darüber zu grübeln, bleibt nicht. Vorsichtig formt der Arrestant Worte.

»Wo … wo bin … ich …?«

Der Sprachisator funktioniert!

»Du bist im Hoheitsgebiet unseres Volks, Arimeaner«, antwortet Isador mit Stolz in der Stimme. »Du bist auf unserem Hauptschiff.«

Die Augen des Arrestanten strömen Unglaube und – wie Isador zu entschlüsseln glaubt – blankes Entsetzen aus. Seine Genugtuung darüber lässt ihn unvorsichtig werden. Er tritt einige Schritte auf den Gefangenen zu, was er sonst nicht getan hätte. Diesmal ist sich Isador seiner Sache besonders sicher.

»Ich habe mir euch Arimeaner anders vorgestellt. Muskulöser und eindrucksvoller. Eure Statur ist erbärmlich.«

Der Gefangene schweigt, was Isador als Angst interpretiert.

»Meine Wissenschaftler werden dich stückchenweise auseinandernehmen. Jedes Atom wird genauestens untersucht. Ich wette, euer Hirn wird um ein Vielfaches kleiner sein, als dass der überlegenden Form von uns Urigoren.«

Der Arimeaner schweigt; allerdings arbeitet es in ihm.

»Doch vorher«, Isador kommt, gegen seine sonstigen Gepflogenheiten, ganz nah, »werde ich dich ausquetschen. Du wirst mir alles über deinesgleichen erzählen. Nichts, wirklich gar nichts, wirst du mir verschweigen.«

»Und wenn doch?!«

Isador weicht zurück. Der Kerl zeigt keinerlei Respekt!

»Dein Frevel wird dir leidtun, Arimeaner!«

Der Arrestant hat wieder diesen ungläubigen Blick.

»Was ist das: Arimeaner?«

Das letzte Wort aus dem Munde des Gefangenen klingt unbeholfen. Auf Isadors hoher Stirn zeichnet sich eine tiefe Faltenstruktur ab.

»Es wird dir nicht gelingen, mich zu täuschen.«

»Hab nicht die Absicht, Isa … Sag mir nur, was das ist.«

Die Wut wird stärker und er könnte platzen. Was bildet sich der Arimeaner ein?! Verkennt er seine Lage? Tief im Unterbewusstsein schreien erste Zweifel auf. Isador wird zunehmend unsicher. Haben sich seine Leute vertan? Aber die Werte belegen eindeutig …

»Mein Name ist Isador, Arrestant!«

»Angenehm«, erwidert dieser äußerlich gelassen. »Und meiner Waylon Latham.«

Nach Waylons Zeitempfinden sind zwei Stunden vergangen, nachdem der seltsame Kauz den Raum wieder verlassen hat. Jetzt geht das Schott geräuschlos auf und ein ganzer Trupp der fremden Wesen kommt feierlich herein. Mitten unter ihnen findet Waylon Isador, der etwas an sich hat, was er am liebsten als einen Usurpator umschreiben möchte. Intelligent und mit archaischen Ansätzen versehen, traut er diesen Typ alles zu. Was auch dafür spricht, dass er noch immer auf dieser beweglichen Trage fixiert ist.

Bequem ist anders, geht es Waylon durch den Kopf. Die Liegefläche ist stark begrenzt und er bekommt das Gefühl nicht los, jederzeit herunterzufallen. Was natürlich unmöglich ist, denn mehrere Bänder pressen ihn fest in Position. Keine Regung ist möglich, nur den Kopf kann er ein wenig drehen.

Bis die Hereingekommenen sich endlich aufgestellt haben, vergehen mehrere Augenblicke. Waylon zählt in Gedanken aufwärts, und bis es still wird, ist er bei einhundertundfünfzig angekommen. Wenn er richtig liegt, hat das Ganze ebensoviele Sekunden gedauert. *Geht ja noch ...*

»Das Tribunal der ›Azeptus‹ ist zusammen gekommen, um über den Arrestanten zu befinden«, beginnt ein sehr aufwendig Gekleideter die Ansprache. Dann stellt er alle mit Rang und Namen vor. Anschließend gibt er den Ablauf bekannt, der einem starren Schema folgt. »Den Vorsitz führt unser ehrenwerter, über alles geschätzte Oberbefehlshaber Isador.«

Hätte Waylon die Hände frei gehabt, hätte er jetzt applaudiert. Das ganze Ambiente und Drumherum ist filmreif und wert, es dementsprechend zu würdigen.

»Ist es dem Tribunal nicht würdig genug, mich, einen freien Bürger der Erde, loszubinden?«

Waylons Frage löst blankes Entsetzen aus. Wie kann er es wagen, unaufgefordert das Wort ans hohe Tribunal zu richten?

»Das Tribunal möge den Unwürdigen seine unüberlegten Worte verzeihen«, sagt Isador. »Wir sollten auf diese Art der Konversation verzichten.«

»Ach ja?«, unterbricht Waylon das Geschwafel. »Gerade dachte ich, dass du intelligent bist. Doch nun ...«

Ein heftiger Schmerz lässt Waylon verstummen. Sämtliche Nerven seines Körpers sind betroffen. Er ringt um Atem.

»Dies soll eine Lehre sein, Arimeaner«, grinst Isador triumphierend. »Nur zu! Dein Leiden wird mich ergötzen.«

Waylon ist klug genug, die auf der Zunge liegende schroffe Antwort hinunterzuschlucken. So einfach will er es diesen Hasardeur nicht machen!

»Das Tribunal wird dir Fragen stellen. Beantwortest du nur eine nicht, dann weißt du, was geschieht.«

Waylon deutet ein Nicken an.

Neun

Irgendwo in Amerika – achtunddreißig Jahre später.

Steward ist perplex! Für ihn interessiert sich niemand, und er sich nicht für andere. Viele Jahre lebt er in diesem Haus, was er zur Miete bewohnt. Und nach all der langen Zeit, in der er lernte, mit der Einsamkeit umzugehen, mit ihr umzugehen, und sie nun sogar liebt. Übrigens das Einzige. Alles ist ganz anders gekommen, als einst gedacht. Viele Jahre sind ihm im Gedächtnis geblieben. Ebenso viele verschwunden. Es ist, als gäbe sie es nicht. Und doch, schaut er in den Spiegel, sind diese Jahre vergangen. Was tut man, wenn eine so lange Zeitspanne fehlt? Man verschweigt sie gegenüber anderen!

Mitmenschen sieht Steward als Feinde an. Er begegnet ihnen äußerst zurückhaltend; sie sind ihm schlicht und einfach suspekt. Sein Argwohn und Misstrauen ist so enorm, dass er sogar gegenüber sich selbst starke Zweifel eigener Integrität hegt.

»Steward … Erkennst du mich denn nicht?«

Zweifelsfrei – Stimmlage und Mimik passen und lösen in dem gealterten Manne wahre Stürme von Emotionen aus. Ein regelrechter Gefühlsstrudel reißt Steward von einer, auf die anderen Sekunde mit sich. Tränen rinnen über seine stark zerfurchten Wangen; unmöglich sie zurückzuhalten. Es ist seine alte Liebe – Caitlin!

Unfähig seiner Stimme Kraft zu verleihen, schluckt er ununterbrochen, als könne er somit den Tränenfluss eindämmen. Doch es ist vergebens. Caitlin bemerkt seine Gefühlsregung. Sie ist derweilen aufgestanden und kommt mit weit ausgebreiteten Armen auf ihn zu.

Überwältigt stützt sich Steward schwer auf seinen Stock, schließt die Augen und weint hemmungslos. Nie hätte er damit gerechnet, der Frau, die er einst geliebt hat, jemals wieder zu begegnen. Und auch die Erinnerung an Caitlin der letzten Zeit fehlt …

Caitlins Gesicht ist ebenfalls von Tränen benetzt. Emotionsbeben schütteln die alte Frau zusehends und sie droht den Halt zu verlieren. So glücklich das Zusammentreffen auch ist, so herzzerreißend das Erkennen verloren geglaubter Jahre. Nun erfüllt sich, was hätte nie unterbrochen werden dürfen.

»Ich … ich … dachte schon …«, schluchzt sie.

Steward nickt nur. Sein Blick ist wässrig und er ringt um Fassung. Plötzlich ist alles wieder da. Alte Gefühle brechen hervor, die in den Tiefen gelauert haben, als haben sie genau auf diesen Augenblick gewartet. Die unerwartete Präsenz schlägt aus heiterem Himmel ein und löst einen weiteren Gefühlstornado aus.

Beiden erscheint es, als bliebe die Zeit stehen. In Steward blitzen Bilder von Früher auf. Im Geiste durchlebt er nochmals die schlimmsten Stunden seines Lebens …

✦

Das *Tock – Tock – Tock* dröhnt hämmernd in seinen Ohren. Aus der Wand zu seinen Füßen rieselt feiner Staub aus den bislang entstandenen Rissen. Der dadurch entstehende Takt bestimmt sein ganzes Denken. *Eins – zwei – eins – zwei …*

In den Unterschenkeln macht sich ein unangenehmes Ziehen bemerkbar, dass Steward einfach ignoriert. Irgendwann muss diese *Scheiß*-Wand doch nachgeben! Er ist vom Wunsch beseelt, diesem Albtraum zu entrinnen, und wenn aus eigener Kraft, dann umso besser! Da bröckelt ein erstes Stück Mauer ab. Steward hält inne, nutzt die so gewonnene Pause zum Durchatmen. Etwa ein faustgroßes Loch klafft an der von ihm bearbeiteten Stelle, von unzähligen Rissen umgeben. Feuchte Luft dringt herein.

Für mehrere Atemzüge verharrt Steward in dieser Stellung und lauscht. Was befindet sich auf der anderen Seite? Kein Lichtstrahl dringt herein. Ob er sich in einen Keller befindet? Jedenfalls ist es stockdunkel. Ein ausgedienter alter U-Bahntunnel kommt Steward in den Sinn. Hört er genauer hin, hallen die Geräusche von Wassertropfen wider.

In den vorhergehenden Stampf-Rhythmus wieder zu kommen, gestaltet sich als schwierig. Zumal einzelne Brocken aus der Wand gelöst sind. Das Mauerwerk ist instabil geworden. Motiviert stampft er weiter. Es können zwanzig Fuß-Stöße gewesen sein, oder einhundert – er kann es nicht genau sagen –, als ein großes Stück der Mauer wegkippt. Das erwartete Getöse bleibt aus. Nur der dumpfe Aufprall des herausgebrochenen Gesteins in nicht abschätzbarer Tiefe dringt zu ihn.

Steward atmet schwer. Sein Gesicht ist vom Schweiß überzogen. Jetzt, da frische Luft hereinweht, kühlt es stark ab. Langsam legt sich der feine, aufgewirbelte Staub. Bisher scheint sein Ausbruchsversuch niemand bemerkt zu haben. Entweder fühlt man sich sicher, oder aber … Doch daran will er nicht denken!

Da es auffallend ruhig bleibt und sein Gestampfe nicht aufgefallen ist, rappelt er sich auf, was gefesselt schon an eine Glanzleistung erinnert. Steward hält immer wieder inne. Es scheint niemanden zu interessieren, was er gerade macht.

Doch davon will er sich nicht leiten lassen. Viel steht auf dem Spiel. Gefesselt kann er nicht viel ausrichten. Steward konzentriert sich auf die Handgelenke, spannt die Muskeln an und beginnt zu zerren. Keine gute Idee, wie er sofort feststellt. Der Strick schneidet tief ins Fleisch und drückt die Blutzufuhr ab. In der Folge schwellen die Hände extrem an. Der Blutstau bewirkt zudem, dass die Fesseln noch mehr einschneiden und ein unsägliches Taubheitsgefühl verursachen.

Mit viel Anstrengung kommt Steward auf die Knie. Im Rhythmus des Pulses pocht das Blut in seinen Adern, fließt rauschend das Adersystem hindurch und verursacht kurzzeitig Schwindel. In seiner Lage ist jede Überanstrengung zu viel; dies begreift Steward schmerzhaft.

Er muss eingenickt sein. Der Schmerz in den Knien ist kaum auszuhalten. Ein Krampf im Oberschenkel macht Steward fast wahnsinnig. Doch ein anderes Gefühl überlagert alle anderen. Irgendwie ist es unwichtig geworden, hier herauszukommen. Ebenso wie es nicht weiter wichtig ist, was zu dieser Situation beigetragen hat. Viel eher fühlt es sich an wie ein Traum.

Steward schüttelt heftig den Kopf. Er macht dies immer, wenn unnütze Gedanken sein Empfinden stören. Eigentlich hat er damit auch Erfolg. Doch dieses Mal ist es hartnäckiger.

Steward beißt die Zähne aufeinander. Jede Bewegung löst

unangenehmes Prickeln in den Beinen aus, das bis in den Unterleib zieht, und ihm die Sinne zunehmend vernebelt. Er könnte schreien, unterlässt es aber, aus ureigener Rücksichtnahme. Mag die Situation auch noch so verkappt sein: Einen gewissen Respekt, gegenüber die eigene Person, hält er aufrecht.

Diese Charakterstärke zeichnet ihn aus. Sich nur nicht gehen lassen, ist sein Hauptcredo. Damit ist er immer gut gefahren, warum es also jetzt ändern?

Steward stöhnt auf. Allmählich werden die Beine wieder durchblutet. Die Abermillionen Nadelstiche nehmen ihn den Atem. Er versucht, sich zu konzentrieren. Atmet bewusst tief ein und wieder aus. Das Stechen wird schwächer und er ist in der Lage, sich endlich soweit aufrichten, dass er die Beine strecken kann. Steward steht unsicher, lehnt sich schwerfällig an die Wand, in der das Loch klafft. Der hereinwehende Duft stößt seine Erinnerung auf eigenartigerweise an. Während es in seinem Kopf arbeitet, werden weit entfernt Klopfgeräusche laut, deren Schall sich widerhallend mehrfach an den Wänden bricht.

Bedeutet dies Rettung?

Geruch und Geräusche vermitteln eine nur selten erfahrene Vertrautheit. Eine, der man sich nur allzu gern hingibt und am liebsten festhalten würde. Doch stets gleitet sie einem durch die Finger. Überhaupt verschwindet sie fast augenblicklich wieder.

Jetzt hingegen hält die Vertrautheit an. Stewards Kopf fühlt sich an wie in Watte gepackt. Tief aus dem Inneren steigt eine Entspannung auf, die für diese Situation völlig untypisch ist. Steward hat plötzlich sichtlich Mühe, die Augen offen zu halten.

Der Bach rauscht. Kleine Forellen suchen am Wassergrund nach Nahrung. Manchmal springt eine übermütig heraus, um das fixierte Insekt zu erhaschen. Der Erfolg liegt ausschließlich in der Schnelligkeit des Angriffs. Leider entzieht es sich dem Betrachterauge, ob die Forelle erfolgreich gewesen ist.

An anderer Stelle des Bachlaufs quakt es. Ein Frosch hüpft durchs nassfeuchte Gras Richtung Wasser. Dort angekommen springt er im hohen Bogen hinein und verschwindet am seichten Rand.

Ein schriller Schrei durchdringt das Plätschern. Steward hebt den Kopf, kann aber nichts ausmachen, was dazu passt. War es ein Vogel? Oder ein Schrei eines anderen Tiers? Egal. Nichts kann die Idylle dieses Plätzchens schmälern.

Steward sitzt vor einem verwitterten Baumstamm. Vermutlich hat in ihn einmal vor langer Zeit der Blitz eingeschlagen. Von der Nordseite überzieht ein feiner Moosteppich die äußere Schicht des Stamms. Es war ein Riese, findet er. Gern hätte Steward den Baum gesehen. Dann wäre dieser Ort noch vollkommener. Paradiesisch ist er auch jetzt. So könnte der Garten Eden ausgesehen haben. Fehlen nur noch der Apfelbaum und die Schlange.

Steward lächelt verschmitzt. In der Fantasie sieht er sich *den* Apfel pflücken. Eva schaut herüber, kommt neugierig näher. Die Baumfrucht sieht köstlich aus. Er führt den Apfel an seine Lippen. Doch Eva kommt ihn zuvor, beißt ein Stück ab und kaut schmatzend. Steward will protestieren. Der Baum trägt doch genügend Früchte. Doch als er einen weiteren pflücken will, greift seine Hand ins Leere.

Als Steward Eva fragend ansieht, erblickt er das Antlitz von Caitlin. Verstört kneift er die Lider zusammen. Im Augenblick des inneren Verharrens durchzuckt ihn ein vager, flüchtiger Gedanke. War da nicht etwas, was er Caitlin fragen wollte? Doch so, wie der Gedankenblitz seinen Geist durchzuckt, verpufft er.

Als Steward die Augen wieder öffnet, sitzt er gegen den verwitterten Baumstamm gelehnt. Schlagartig kehrt sein Bewusstsein zurück. Es ist wie ein unerwarteter Regenschauer, der sich plötzlich über ihn ergießt und durchnässt. Nun – nass wird Steward nicht, dafür aber im Geiste hellwach.

Die letzten Stunden rücken in den Vordergrund. Oder sind es Tage gewesen? Die Erinnerungslücke ist unheimlich. So was hat er noch nicht einmal gehabt, als er in der Lehre seine Fast-Alkoholvergiftung hatte! Damals fehlten auch einige Stunden, die er sich allerdings logisch erschließen konnte. Jetzt ist es anders. Das Letzte, was er weiß, ist, wie er gefesselt an der Mauer lehnte …

Als sei dies noch nicht genug, beginnt unmittelbar vor Steward in Augenhöhe die Luft zu wabern. Zuerst denkt er an eine Sinnestäuschung, verwirft aber die Idee sofort wieder. Überwiegt noch die Faszination, beschleicht ihn langsam Angst.

Anfangs scheint es, dass feine Partikel durch die Luft schwirren, die das Sonnenlicht reflektieren. Schon im nächsten Moment wird klar, dass mehr dahintersteckt. Gleich darauf entstehen freischwebende Schlieren, die um ein imaginäres Zentrum tänzeln. Dieses Chaos wird durch eine sich entwickelnde Symmetrie durchbrochen. Ein Windstoß verwirbelt alles miteinander, jedenfalls hat es den Anschein. Steward zweifelt, und nach einem wiederholten Wirbel glaubt er, ein gewisses Muster einer Regelmäßigkeit zu erkennen.

In Stewards glänzenden Augen widerspiegelt sich das Geschehen. Kleine, dunkel gefärbte Moleküle vollführen die akrobatischsten Bewegungen. Je länger er zusieht, umso mehr erkennt er darin: Kreise, Wellen, Konturen.

Aus dem Nichts wird Neues geboren, denkt Steward noch. Gerade, als er sich an den Anblick gewöhnt hat, und auch nichts Schlimmes daran findet, nimmt unerwartet eine Gestalt Formen an, die ihn nervös werden lässt. Was er sieht, passt nicht in sein Weltbild, dürfte es praktisch nicht geben! Und doch wird aus Tausenden dieser Moleküle eine männliche Gestalt mit menschlichen Zügen.

«Ich habe dich gesucht, Steward», erklingt eine monotone Stimme in seinem Kopf.

»Wer … wer bist … du …« Steward fällt das Sprechen und auch das Denken schwer.

«Ich werde dich auf eine Reise mitnehmen, Steward. Bist du bereit?»

»Bereit? Wozu …«

«Du weißt es.»

Steward überlegt krampfhaft, doch ihm will partout nicht einfallen, was die Molekülgestalt meint.

«Es geht schnell und dein bewusster Geist bekommt nicht viel mit. Erwehre dich nicht. Denn ich werde dein Selbst sein.»

Kaum sind die Worte in ihn gedrungen, wird Steward schwarz vor Augen …

Zehn

Erde, Vereinigtes Königreich, Gegenwart.

Innerhalb der Sphäre läuft ein Prozess, der die *Hüter* zur Vorsicht mahnt. Ora'kunac ist der künstlichen Hemisphäre am nächsten, kann am ehesten etwaige Veränderungen erkennen. Der zweite *Hüter* hält einen Sicherheitsabstand und bereitet indes alles vor. Es gilt an vieles zu denken. So nah waren sie den Wandler noch nie. Mithilfe eines speziellen Kraftfeldes wollen die *Hüter* seiner habhaft werden. Allerdings existiert ein Quantum unkalkulierbaren Risikos, das es gilt, weitestgehend einzudämmen. Da es sich bei dem Lebenswandler um einen der Ihren handelt, besteht die Gefahr während des Einsatzes, dass sie sich selbst ebenfalls außer Gefecht setzen. Deshalb ist eine penible Vorbereitung äußerst wichtig.

Die Sphäre hält den Körper in dieser irdischen Welt am Leben, während der Atman in die Existenz eines anderen Individuums geschlüpft ist.

«Ich habe Ähnliches noch nie gesehen», übermittelt Ora'kunac gedanklich. «Wie hat sie das nur gemacht?»

«Sie muss einen Weg gefunden haben, jederzeit in eines der Leben eindringen zu können», telepatiert Tzúk'ranac zurück.

Mit ›sie‹ wird umgangssprachlich die atmanische Existenz benannt, da es keine sonstigen geschlechtsspezifischen Merkmale gibt.

«Das geht?» Es klinkt aberwitzig und gilt als unmöglich. Allein um in die jeweiligen Leben zu schlüpfen erfordert es einen hohen Aufwand. Erste Versuche endeten mit der totalen Vernichtung der Probanden. Alles muss stimmen! Jede noch so kleine Abweichung bedeutet das endgültige Aus für beide Beteiligte.

«Offenbar ja. Denk an die Switch-Sprünge innerhalb weniger Coda'ans. Und an die Sphäre …»

«Ist der Atman vom Forscher-Kreis?»

«Das Wissen wird von dort stammen», bestätigt Tzúk'ranac die Idee. «Wir werden bald die Wahrheit erfahren; so oder so.»

Tzúk'ranacs Moleküle halten inne. In die Sphäre kommt Bewegung. Vorsichtshalber passt Tzúk'ranac seine Atome der Umgebung an, um nicht sogleich erkannt zu werden. Für jemand, der ihn nicht erwartet, bleibt der *Hüter* unsichtbar.

Inmitten der Schutzatmosphäre wirbeln chaotisch Energiestränge umher, aus denen ein blasser Nebel austritt. Zaghaft entstehen daraus wiederum weitere Energiebündel, die bald einem Menschenkörper ähneln. Tzúk'ranac gibt dem zweiten *Hüter* ein Gedankenzeichen, dass der Wandler gleich der Sphäre entsteigt.

Dann geht alles furchtbar schnell.

Ohne vorherige sichtbare Anzeichen öffnet sich sporadisch die Sphäre. Mit aufrechtem Gang verlässt der Wandler in Menschengestalt das Schutzfeld. Anfangs hat der Mann sichtlich Probleme, die nach derartiger Transformation auch nicht verwundern. Immer wieder knicken seine Knie ein und er stößt mehrmals an einem Schrank. Wahrscheinlich ist auch das Sehvermögen noch nicht vollständig wiederhergestellt.

In diesem Augenblick schlagen die beiden *Hüter* zu. Tzúk'ranac aktiviert gleichzeitig das Energiekraftfeld und das Antifeld, um sich selbst und den Partner zu schützen. Ora'kunac allerdings befindet sich im Einflussbereich des eingesetzten dunklen Energiefeldes – mit verheerenden Folgen.

Zwischen dem sibyllenhaften Energiefeld und den Strömungsfeldern der Atmane entsteht ein erbitterter, unbarmherziger Kampf. Moleküle und Atome vermengen sich, verlieren ihre ursprüngliche Bindung, finden sich neu. Das Aufeinandertreffen verursacht unzählige, farblich voneinander abweichende Blitze, deren Entladungen in totaler Stille erfolgen. Ein versengter Geruch elektrisierter Luft erfüllt die Glaskuppelhütte.

Für ein Eingreifen Tzúk'ranacs ist es zu spät. Einmal freigesetzt, verrichtet die dunkle Energie unaufhaltsam ihren Dienst. Sind die betroffenen Atome neutralisiert – was mit einem komatösen Zustand vergleichbar ist –, werden die umherirrenden Moleküle vom Retàk aufgefangen und verwahrt. Bis dahin schwebt jeder Atman ohne Antifeld in Gefahr. Tzúk'ranac will gerade den Retàk auslösen, als etwas passiert, was er für unmöglich gehalten hat. Eine nicht zu autorisierende Macht widersetzt sich seinem ausgesandten Energiefeld! Und eindeutig geht sie vom Lebenswandler aus …

∘ ∘ ∘

Kurz vorher in der Sphäre.

Ethan ist bereit für weitere Monate in dieser Welt. Gleich wird er sie wieder mit neuer Kraft betreten, und seinen Weg fortsetzen. Der Ausflug des Atmanen in ihm hat Erkenntnisse gebracht, die Ethan spezieller handeln lassen werden. Auch der Abstecher nach Atmanicum, die Heimat der Existenzen, war außerordentlich aufschlussreich; erfuhr er doch aus erster Hand näheres von der Sterneninsel in der fernen Leere.

Der Körper in dieser Welt ist lästig: unpraktisch und ineffizient. Dass die Evolution nicht gegensteuert, ist ihm ein Rätsel. Ein Nachteil, wie er findet, wenn Leben auf reinen biologischen Prozessen basiert. Besonders anfällig ist der Körper gegenüber äußeren Einflüssen. Atmane kennen weder Schmerz noch Krankheit. Eine Schnittverletzung lässt Blut austreten; Bakterien stehen Tür und Tor weit auf. Stöße sind nicht nur schmerz-

65

haft, sie hinterlassen auch unschöne Flecken auf der Haut.

Trotzdem hat er sich ein wenig in diese Daseinsform verliebt. Die unzähligen Gerüche, die Tag und Nacht einwirken, sind betörend und berauschend. Selbst der Regen hat einen Duft. An manchen Tagen hat er sich schon dabei erwischt, wie er sich vorstellte, wie es auf Atmanicum riechen würde, könnte er es denn wahrnehmen. In jedem Fall ist dieser Planet eine Erfahrung wert. Ethan freut sich schon auf die kommende Zeit. Außerdem sucht er noch immer nach einer Erklärung für die Abweichung im erwählten Leben. Dies war auch einer der Gründe, in der Regenerierungsphase den Existenzort aufzusuchen.

Gleich ist es soweit. Der Prozess des Regenerierens kommt zum Abschluss. Ethan kann es kaum erwarten. Auch etwas, was neu ist auf dieser Welt: Ungeduld.

Die ersten Protonen reagieren bereits positiv; ihrem Leuchtverhalten nach sind die Körperzellen fertig. Vorteil dieser Behandlung ist der Austausch geschädigter oder fehlgebildeter Zellen, die so Krankheiten minimieren und gleichzeitig den Körper verjüngen. Der Anteil von Sauerstoff, Kohlenstoff und Wasserstoff ist erreicht und wird mit Proteinen, Lipiden, Kohlenhydraten und Mineralstoffe komplettiert und abgeglichen. Der Vorgang ist abgeschlossen.

Unverzüglich öffnet sich die Sphäre. Schwerfällig entsteigt ihr Ethan. Leider dauert es, bis die biologischen Augen hundertprozentig arbeiten werden. Aber der Platz in der Hütte ist nur Ethan bekannt und weit abgelegen. Niemand wird sich bis hierher verirren.

Menschen haben eine seltsame Eigenschaft. Einst laut Lehre aus wilder Natur entstanden, meiden sie diese nun! Stattdessen wird sie mit allen Mitteln zurückgedrängt. Wildwuchs gilt als unästhetisch, wird stark gestutzt, dass es den Pflanzen schwerfällt, überhaupt am Leben teilzunehmen. Dennoch gelingt es der allherrschenden Spezies nicht, die Natur dauerhaft einzudämmen.

Ethan liebt dieserart Wunder; zeigt sie doch ein komplexes System, trotzt aller Fehlbarkeit.

Abrupt wird er aus seinen Gedanken gerissen. Er spürt, dass etwas nicht stimmt. Im Geiste verflucht er die momentanen körperlichen Unzulänglichkeiten. Nicht sehen zu können erweist sich als fatal. So bleibt er stehen, lauscht in die ihn umgebende Stille. Wenigstens ist das Gehör weitestgehend ausgebildet. Leise hört er den Wind mit den Blättern spielen, die außerhalb der Hütte diesen Teil des Anwesens für die meisten Menschen uninteressant erscheinen lässt. Und der angrenzende Wald ist an der Stelle ebenso undurchdringlich.

Ein nicht hierher gehörendes leises Knistern erweckt Ethans Aufmerksamkeit. Wenn ihn nicht alles täuscht, dann …

Etwas trifft Ethan hart in diesen Augenblick. Das Fleisch reagiert mit unendlichen Schmerz. Es fühlt sich an, bei lebendigem Leib gegrillt zu werden. Sofort verliert Ethan die Bodenhaftung und stürzt. Im Fallen bemerkt er, dass er eingekesselt ist von mindestens drei Atmanen. Er denkt noch, alles sei nun vorbei – dann verliert er sein Bewusstsein …

o o o

Geschützt durch das Antifeld, gelingt es Tzúk'ranac als einzigen, den Überblick zu behalten. Er wundert sich über die Fähigkeiten des Wandlers, das Energiefeld abzuwehren. Dass Ora'kunac ebenfalls getroffen wurde, lässt sich nicht mehr rückgängig machen. Auf der Sterneninsel Atamorenus kann die Struktur mühelos extrahiert und wieder hergestellt werden.

Komplizierter wird es sein, den Wandler endlich dingfest zu machen.

Plötzlich bemerkt Tzúk'ranac eine weitere Signatur im Raum. Noch ein Atman? Die Signatur ist flüchtig und sehr schwach ausgeprägt, eine Ortung daher nur vage möglich. Aber der *Hüter* ist sicher, ein regelmäßiges Muster zu erkennen. Sind sie etwa einer falschen Spur gefolgt? Nein, alles weist darauf hin, dass sie sich nicht geirrt haben. Nur in dem Individuum …

Tzúk'ranac wird schlagartig klar, was gerade vorgeht und von dem er glücklicherweise Zeuge wird. Ein Transfer-Switch! Was bisher als unmöglich galt, ist nun absolute Gewissheit. Es ist möglich, in bestehende Leben einzudringen, ohne den Wirt zu gefährden. Doch was passiert in der Zeit, in der der Transferierte den Körper übernimmt, mit dem eigentlichen Besitzer?

Es muss Tzúk'ranac gelingen, den Wandler zu neutralisieren. Wenn es scheitert, darf wenigstens nicht dessen Spur verloren werden!

Der *Hüter* erhöht das Energiefeld aufs Maximum. Dadurch setzt Tzúk'ranac auch sich einer unkalkulierbaren Gefahr aus. Bleibt ihm eine andere Wahl? Andererseits ist er der Einzige, der von diesem Vorfall Zeugnis ablegen und Bericht erstatten kann. Das Transfer-Gremium wird sich damit befassen müssen. Sämtliche Lebensformen sind gefährdet, und er will sich nicht vorstellen müssen, welche Auswirkungen unbedachte Einsätze des Wandlers haben. Noch ist es nur *ein* Wandler …

Tzúk'ranac elektrisiert dieser Gedanke. Fällt diese Anwendung in falsche Hände, ist das gesamte Universum in Gefahr!

Der Druck auf das ihn umgebene Antifeld wächst exorbitant an. Der *Hüter* spürt, dass er der Spannung nicht mehr lang standhält. Solch ein Widerstand ist der Wesenheit noch nicht untergekommen! Die Vehemenz ist beeindruckend und respekteinflößend.

Tzúk'ranac denkt nach. Wenn er jetzt versagt, waren alle Anstrengungen vergebens. Und die neuen Erkenntnisse gingen verloren. Ist es das wert?

Kurzentschlossen schaltet Tzúk'ranac das Kraftfeld ab. Sofort lässt der Druck nach. Sekunden später verlässt der *Hüter* diese Welt. Im Gepäck ungeahnte Neuigkeiten, die Atmanicum auf den Kopf stellen werden …

Elf

An Bord des urigorischen Raumschiffs, Gegenwart.

Wahrheitsseren werden überall eingesetzt, um Aussagen zu relativieren und um sicherzustellen, dass sämtliche Faktoren ausgeschaltet sind, die den Probanden beeinflussen, die Unwahrheit zu sagen. Waylon steht unter dem Einfluss eines solchen Serums. Unzählige Male wurden ihm die gleichen Fragen gestellt. Immer und immer wieder. Auf gleicherweise hat er stets geantwortet – mit ruhigen Gewissen. Doch Isador glaubt seinen Beteuerungen nicht.

Hatte anfangs Waylon seinen Spaß dabei, die Anwesenden Urigoren zu foppen, schäumt er innerlich vor Wut, über deren Ignoranz. Was Isador nicht gefällt und nicht hören will, wird als Lüge abgestempelt.

»Wo kommst du her, Waylon Latham?!«

»Das sagte ich schon zum tausendsten Mal«, schreit Waylon heraus. »Von der Erde!«

»Wo befindet sich das Schiff?«

Die gehen wirklich davon aus, dass es sich bei der Erde um ein Raumschiff handelt, und nicht von einem Planeten!

»In der Milchstraße …«

»Und wo ist das?«

»Ich! Weiß! Es! Nicht!«

»Du weißt nicht, wo dein Mutterschiff ist?! Du lügst!«, bellt Isador hochroten Kopfes.

»Die Milchstraße ist eine Galaxie …«, entgegnet Waylon kraftlos.

»Uns ist ein Sektor dieses Namens nicht bekannt, Arimeaner!«

»Verflucht noch mal … Ich bin ein MENSCH! Und kein Arimeaner … Nur ein *Mensch* …«

Jedes Mal, wenn das Wort Mensch erwähnt wird, folgt eine Pause in der Befragung. Dadurch kommt Waylon wenigstens etwas zur Ruhe, wie er glaubt. In Wahrheit wird jedoch nochmals die Dosis des Wahrheitsserums erhöht.

»Wann hast du Arimea verlassen?«

Diese Frage kann Waylon beim besten Willen nicht ohne Weiteres beantworten, ohne Gefahr zu laufen, missverstanden zu werden. Damals waren sie mit dem ›Raum-Zeit-Gleiter‹ auf Arimea gelandet, allerdings in grauer Vorzeit und der Planet befand sich noch auf seiner ursprünglichen Umlaufbahn.

»Letztes Jahr«, presst Waylon hervor. Auch diese Antwort ist mittlerweile standardmäßig. Dennoch scheint Isador ebendiese zu erwarten.

»Wenn das stimmt, dann hat Arimea einen perfekten Schutzschirm entwickelt, der unsere Instrumente in die Irre leitet …«

Aus der hinteren Reihe wird eine fassungslose Stimme laut. »Diese Bastarde!«

Isador wirft einen scharfen, missbilligenden Blick dem Betreffenden zu.

»Ich bitte das Tribunal um Fassung«, sagt er beschwichtigend.

»Warum darf nicht die Wahrheit ausgesprochen werden, wenn wir schon mal dabei sind? Der arimeanische Abschaum ist uns eh überlegen …«

Isadors Augen verfinstern sich extrem. Langsam dreht er sich vollends um und geht bedrohlich auf den Sprechenden zu. Dicht vor ihm bleibt Isador stehen.

»Du wagst es, Xedron, meinem Wunsch zu widersprechen?«, raunt er feindlich.

»Das ist doch eine Farce, Isador«, entgegnet Xedron nicht weniger angriffslustig. »Der ganze Quatsch des Tribunals ist pure Zeitverschwendung …«

»Still«, schreit Isador den Widerspenstigen an. »Du untergräbst schon seit langem meine Pläne!« Eingeschüchtert ist es im Raum mucksmäuschenstill. Waylon ist genauso über den Verlauf überrascht, wie die anderen. Wie sich doch so manches gleicht, wenn es um Macht und deren Erhalt geht! Gespannt folgt er dem Geschehen.

»Nicht deine Pläne, sondern die Art deiner Umsetzung!«

»Du setzt also meinen Weg infrage … Was sollte ich deiner Meinung nach tun?«

»Losschlagen, Isador.«

Isador ist sichtlich verblüfft.

»Wie können wir einen Angriff wagen, wenn Arimea von unseren Schirmen nicht erfasst wird? Blindlings etwa? Du bist ein Narr, Xedron!«

Hat Isador auch leise gesprochen, so fehlt es doch nicht an Schärfe. Dann wendet er sich wieder Waylon zu.

»Nenn mir die Koordinaten, Arimeaner!«

Waylon zuckt mit den Achseln. »Kann ich nicht. Ich weiß

sie nicht, Isador«, antwortet Waylon wahrheitsgemäß.

»Wieder eine Lüge!«, donnert Isador. »Wie willst du dort gewesen sein, ohne die Position zu kennen!«

Erneut zuckt Waylon mit den Schultern. »Callum hat uns dorthin gebracht.«

»Wer ist das?«

»Ein *Wächter* …«

Deutlich zieht es Isador die Farbe aus dem Gesicht. Waylon erkennt sogar eine Spur von Entsetzen darin. Für Sekunden bleibt Isador wie gelähmt am Platze. Dann macht er auf der Stelle kehrt und lässt ein ratloses Tribunal und einen nicht minder staunenden Waylon zurück.

○

Wächter! Dieses nutzlose Pack scheint nicht auszumerzen zu sein! Allein in seinen Gemächern sinkt er kraftlos auf die Liegestatt. Nichts kann Isador mehr treffen, als diese vermaledeiten *Wächter*! Ein Nackenschlag ohnegleichen!

Würde er nicht bereits sitzen, würde es Isador umhauen. Unbeobachtet lässt er die aufkommenden Emotionen zu. Sein Leib beginnt zu zittern. Er muss die Augen schließen, denn er sieht alles doppelt. Zudem übermannt ihn eine schreckliche Übelkeit. Mit letzter Kraft kann er ein Erbrechen verhindern.

Eine Weile bleibt er regungslos sitzen. Gleichmäßiges Atmen hilft Isador wieder ruhiger zu werden. Sein Kreislauf stabilisiert sich. Nur das Augenlicht bereitet ihm Sorgen, doch er weiß, auch das wird sich noch geben.

Innerhalb der letzten Minuten ist Isador sichtlich gealtert. Tiefe Falten überziehen Stirn und Wangen. Die herabhängenden Mundwinkel verleihen ihm ein fratzenhaftes Aussehen. Selbst seine vertrautesten Wegbegleiter würden erschrecken.

Der machtbesessene Urigor ist an seine Grenzen angelangt. Und das nur, weil die *Wächter* wieder in sein Leben getreten sind. Nicht in Person, dennoch in Form wiedererwachter Erinnerungen. Wie er sie hasst! Und er wird sie für alle Ewigkeiten hassen! Wenn doch bloß die Erinnerungsbilder endlich weichten … Sollte er ihrer nicht Herr werden, wird er zugrunde gehen. Die Erinnerungen zerfressen seinen Geist, ohne dass er etwas dagegen ausrichten kann. *Wächter* sind an allem schuld! Beinahe wäre er ihnen verfallen. Doch die *Wächter* haben große Schuld auf sich geladen, und somit seinen abgrundtiefen Hass begründet. Es gab eine Ära, in der auch Urigoren mit ihnen sympathisierten. Deren Werte wurden als heroisch angesehen und dienten als Richtlinie für verschiedene sektengleiche Bewegungen. Eine davon war besonders kreativ und einfallsreich. Die Gruppierung nannte sich kurz und knapp ›Wache‹; die Intension war deutlich. Allein durch den Klang im urigorischen, bei dem in der Aussprache nur die erste Silbe stärker betont wird, kam es nicht selten zu Verwechslungen. Isador fand es damals nicht verwerflich und belustigend. Der Initiator der Gruppe, ein abtrünniger *Wächter*, nahm für sich in Anspruch, alles besser – sprich radikaler – zu machen. Jung an Jahren verfiel auch Isador der Ideologie. Naiv wie er war, dauerte es nicht lang, bis er selbst die gepredigten Ansichten unter seinesgleichen brachte. Überzeugt wie kein Zweiter begann ein regelrechter Kampf darum, wer die meisten Anhänger ins Boot holte. Es war die Zeit, die Isador veränderte.

Bald zählten nicht nur Meinungen, denen viel zu oft verbale Attacken anhafteten, nein, es kam auch zum Einsatz der Fäuste. Einmal durchgekommen, behielt er diesen Stil bei und galt bald als reaktionär. Obwohl durch Isadors *Einsatz* die Neumitgliederzahl sprunghaft anstieg, war er kaum noch tragbar. Kurz danach wurde er stillschweigend ausgeschlossen.

Der Fall war tief. Von seinen Idealen im Stich gelassen, verlor er ein Stück gesellschaftlicher Heimat. Aus Anerkennung war Abneigung geworden. Gekränkt verließ Isador die Gegend und ein halbes Jahr darauf den Planeten. Er glaubte, auf diese Weise sein angekratztes Ego wieder stärken zu können. Weit gefehlt! Es dauerte nur wenige Wochen, bis der von ihm eingeschlagene Weg eine prekäre Fortsetzung fand.

Schaut er heute auf die damalige Zeit, würde er alles tun, um die Ereignisse ungeschehen zu machen. Leider hat Isador nicht die Möglichkeiten hierzu. Einmal geschehen, bleibt alles Getane in der Geschichte haften.

Isador zuckt zusammen. Wie war das? *Einmal geschehen, bleibt alles Getane in der Geschichte haften.* Diese Worte elektrisieren ihn. Angestrengt denkt er nach, was daran stört. Fast tut es weh, immer wieder den Satz herzubeten, zu zerlegen und zu analysieren. Und dann fällt es ihm wie Schuppen von den Augen. Unverzüglich verlässt Isador seine Raumkajüte. Der dringlichen Eingebung folgend, will er, ohne Zeit zu verlieren einer aufglimmenden Idee nachgehen.

Zwölf

Irgendwo in Amerika – achtunddreißig Jahre später.

Das Erinnern in der Zeit hinterlässt nachhaltige Spuren. Durch den drastischen Einschnitt, den die damaligen Ereignisse bedeuteten, wurden über Nacht etliche Lebensläufe umgeschrieben. Unbarmherzig schlug das Schicksal zu, beeinflusste ganze Regionen in einer Art, die niemand hätte vorhersehen können.

Caitlin kann den Blick von Steward nicht abwenden. Trotz der gebückten, altersbedingten Haltung und die ins Antlitz gekerbten Jahre ist in seinen Augen alles da, was sie an ihm mochte.

Mittlerweile hat Steward neben Caitlin auf der Bank Platz genommen. Auch er mustert und liest nun seinerseits in den Augen der alten Freundin. Einstige Vertrautheit blüht unübersehbar auf. Nichts ist vom klaffenden Riss der langen Trennung spürbar.

Caitlin schaut ihn mit strahlendem Blick an.

»Du bist ganz der Alte geblieben«, sagt sie zwischendurch, mit einer gewissen Bewunderung in der Stimme.

»Der Zahn der Zeit hat willkürlich genagt«, antwortet Steward mit schelmischen Grinsen. »Du hast dich kaum verändert.«

»Du spinnst«, winkt sie lachend ab. »Der gleiche Charmeur wie eh und je.«

Er lächelt verlegen. Je länger sie beisammen sitzen, umso vertrauter werden sie miteinander. Es scheint, als hätten sie sich nie aus den Augen verloren.

Bis zum Abend schwelgen sie in Erinnerungen, die klar hervorstechen. Bis zum Zeitpunkt, in der die Ereignisse sich überschlugen. Die Welt geriet aus den Fugen. Nichts war mehr so, wie es war, und sollte auch nie mehr so werden.

»Wo warst du, Steward? Ich habe auf dich gewartet!« Caitlin klingt aufgeregt.

Sein Gesicht überziehen Schatten. »Man hatte mich entführt«, entgegnet er gedehnt. Diesen schrecklichen Tag wird er nie vergessen; er ist allgegenwärtig und durchdringt noch heute alles Vorstellbare.

Caitlin starrt ihn erschrocken an.

»Entführt? Das … das ist … furchtbar … Wer …«

»Ich weiß es nicht.« Steward hebt die Schultern. »Ich fand mich unterhalb der alten U-Bahn-Linie wieder. Konnte mich befreien. Ich irrte umher …«

Ihre schreckgeweiteten Augen können es nicht fassen.

»An was ich mich aber genau erinnere, ist eine Begegnung mit …« Steward hält entrückt inne.

»Ja? Was?«

Minute für Minute vergeht. Ja, an was erinnert sich Steward? Genau kann er es noch nicht einmal sagen. Wie damals dominiert auch jetzt das bestimmte Gefühl, nicht das, was er gesehen hat.

»Ich fühlte mich … besessen …«

»Ich verstehe nicht …«

»Ich auch nicht, Caitlin.« Er klopft sich gegen die Brust. »Da war plötzlich was hier drin … nicht greifbar; aber es war da …«

Caitlin verzieht das Gesicht. Dann nickt sie andeutungsweise. Es entsteht eine lange, bis zur Abenddämmerung währende Pause, in der jeder seinen Tagtraum nachhängt.

Die untergehende Sonne taucht die Ebene in sanftes, rotes Licht. Die Unterhaltung stockt und Steward rüstet sich zum Aufbruch. Er ist eine längere Konversation nicht mehr gewohnt. Langsam überkommt ihn Müdigkeit. Das Thema ist zwar noch nicht ausgereizt, dennoch fällt es Steward schwer, dem

Gesprächsverlauf zu folgen.

Dagegen blüht Caitlin förmlich auf. Stewards Anwesenheit heilt so manche offene Wunde. Am liebsten würde sie wollen, dass er bleibt. Doch sie kann auch sein Ermüden verstehen. Lächelnd verabschieden sie sich und vereinbaren für morgen eine Zeit.

Bis tief in die Nacht lässt Caitlin den Tag Revue passieren. Vermengt mit den auflodernden Erinnerungen ergibt es eine seltsam abstrakt wirkende Kopfkino-Vorstellung, in der sich eine Prise schillernder Fantasie hinzugesellt. Die betagte Frau vergisst Zeit und Raum und schwelgt in sich frei entfaltenden Wachträumen …

Am Morgen des neubeginnenden Tages ist Steward früh auf den Beinen. Gegenüber gestern ist er wie ausgewechselt. Er spürt wieder Lebensenergie, wirkt vital und pfeift fröhlich eine soeben selbst kreierte Melodie. Die gestrige Begegnung hat ihn mental verändert. Die Welt kommt ihm nun freundlicher und lebenswerter vor.

Plötzlich sieht er positiv in die Zukunft. Mit neu erworbenem Lebensmut geht Steward alles leichter und unbeschwerter von der Hand. Sein Gemüht blüht ebenso auf, wie die körperlichen Gebrechen schwinden. Die Begegnung ist ein wahrer Jungbrunnen.

Zum Frühstück setzt er Wasser auf, um Filterkaffee zu brühen. Köstlicher Duft erfüllt die Küche. Die bereits vor einer Stunde gekauften, ofenfrischen Sandwiches stehen in einem ebenfalls neuen Körbchen auf den Tisch.

Während das Wasser kocht, nimmt er eine ausgiebige Dusche. Anschließend stutzt er seinen aus der Form geratenen Bart. Alles in allem ist es ein Tag der Neuerungen. Die positive Einstellung erfüllt ihn beim Frühstück vollends. Vergangenes kommt Steward wie ein Traum vor; unreell und nicht erwähnenswert.

Doch nun könnte er Bäume ausreißen!

Jetzt *sofort*!

Genüsslich beißt er ins Sandwich. Die scharf gebackene Kruste bricht knirschend. Köstlich! Es geht nichts über ein gepflegtes Frühstück. Draußen scheint die Sonne. Er kann es kaum erwarten rauszugehen und den Tag genießen. Alles gerät ins Vergessen. Eine neue Ära beginnt.

Dreißig Minuten später. Steward geht vor die Tür. Die Luft ist aromatisch. Ein Hauch von Sommer liegt darin; der richtige Zeitpunkt, um aufzubrechen. Seine Schritte bringen Steward hinüber zum Haus der alten Freundin. Flüchtig wirft er einen Blick auf die Uhr. Es ist früh. Er wird langsamer. Sieht sich um. Alles ruhig. Wieder ein Blick auf die Armbanduhr. Es sind gerade einmal zwei Minuten vergangen, und er wird gleich an der Haustür sein.

Was soll's!

Das Läuten der Klingel dringt aus dem Gemäuer. Es ist ein Altbau, vermutlich aus den Dreißigern des letzten Jahrhunderts. Trotz des Alters sind kaum die üblichen, unvermeidbaren Verfallsspuren zu sehen. Auch von einer Kernsanierung ist nichts erkennbar. Er klingelt nochmals.

»Jaaaa«, erklingt es genervt von drinnen.

Eine gewisse Vorfreude empfindend, klopft er zart an die Tür.

»Ich bin es«, ruft er mit einer nicht zu verhehlenden Inbrunst. Er lacht. »Sorry, ich bin zu früh …«

Hektische Schritte kommen näher. Jemand macht sich am Schloss zu schaffen, ehe die Tür geöffnet wird. Ein jüngerer

Mann steht verschlafen vor Steward, dessen Haar wild zerzaust nach allen Richtungen absteht.

»Was ist?«

Steward weicht automatisch zurück und sein Lächeln gefriert zu einer bizarren Maske.

»Was wünschen Sie?«

Steward räuspert sich umständlich. »Ich … Caitlin … ähm … Verzeihung …«

»Mensch, Alter! Hier gibt's niemanden, der Kate heißt!«

»Caitlin …«

»Wie auch immer«, sagt der Bewohner. »Ich hatte Nachtschicht. Also – was willst du, Opa?«

Als ob er einen Geist sieht, schaut Steward ziemlich verwirrt drein. Unfähig einer Entgegnung, denn er hat nicht das Erwartete vorgefunden, geht er noch ein Stück rückwärts.

»*Fuck you*«, brummt der junge Mann noch verärgerter, ehe mit einem lauten Knall die Tür zuschlägt.

Die gute Laune ist wie weggeblasen. *Was war denn das?* Hat sich Steward im Haus geirrt? Er erhöht die Distanz zwischen sich und dem Gebäude, als ob er dadurch einen besseren Überblick erhaschen könnte. Nein! Zweifelsfrei ist es das Haus, indem er gestern gewesen ist! Aber wo ist Caitlin?

Der unflätige Typ war frech und respektlos. Jetzt, nach einiger Zeit des Grübelns, wird Steward erst bewusst, was soeben passiert ist. Emporsteigende Wut vergiftet sein inneres Gleichgewicht. Lässt das Blut aufschäumen, sodass er den Kerl am liebsten eine reinschlagen würde!

Doch der Umstand, dass Caitlin nicht daheim ist, schmerzt noch mehr. Die Wut verraucht, wie ein aufflammendes Feuer. Seelisch angegriffen, macht er kehrt. Ziellos beginnt Steward seinen in der Früh beschlossenen Neuanfang …

Dicke Wolken lassen den Tag trist und trostlos beginnen. Bis zehn Uhr dauert es noch. Bis dahin wird sie wohl oder übel geduldig sein müssen. Tausende Fragen stürmten in der Nacht auf Caitlin ein; sie brennen ihr auf der Seele, dass an Schlaf nicht zu denken war. Vielleicht ist sie zwischendurch ein paarmal eingenickt. Aber erholt hat sie sich keinesfalls.

Und dann beginnt der Tag auch noch genauso, wie Caitlin sich fühlt. Unangenehm, neblig, verregnet, windig – kurz, das Wetter ist genau wie sie aufgewühlt.

Die unerwartete Begegnung mit Steward wirkt nach. Fast schien es, als hätte es nie eine Trennung gegeben. Unbefangen schlossen sie nahtlos an, wo vor langer Zeit der unfreiwillige Bruch stattfand. Ein Seufzer findet hörbar den Weg aus ihrer Kehle. Sie würde alles tun, damit der letzte Mensch, der ihr noch geblieben ist, in ihrem Leben bleibt.

Keine Erinnerungen zu haben ist weniger schlimm, als diese verdammte Einsamkeit. Jetzt, da Caitlin klarer denkt und endlich Zusammenhänge herstellen kann, leidet sie unter dem Alleinsein. Dazu schwingt noch unterschwellig der Umstand mit, dass viele Jahre in ihrem Kopf einfach nicht existieren.

Caitlin geht unter die Dusche. Sie hofft, dass das Wasser unnötigen Ballast einfach von ihr herunterspült, wie den nächtlichen Schweiß. Danach fühlt sie sich tatsächlich etwas besser, wenngleich auch nur erfrischt; doch manchmal genügt ein kleiner Schritt …

Quälend langsam vergehen die Minuten, und noch quälender die Stunden. Von Ungeduld geplagt, fällt es Caitlin schwer, die Zeit des Wartens sinnvoll zu überbrücken. Doch es vergeht alles, auch unangenehme Situationen. Gleich wird Steward da sein!

Dieser Gedanke erfüllt sie mit unendlicher Freude.

Wieder seufzt Caitlin. Derartig muss sich Glück anfühlen, auch wenn es noch so klein ist.

Im Hause herrscht absolute Stille. Kein einziges Geräusch durchbricht die Beschaulichkeit. Manchmal zwitschert voller Lebensfreude ein vorbeifliegender Vogel. Caitlin ist ein wenig neidisch auf dessen unbekümmertes Dasein. Das Tier lebt in den Tag hinein, braucht sich *nur* um Nahrung zu kümmern. Ansonsten ist es frei von allem.

Zehn Uhr.

Unwillkürlich hält Caitlin den Atem an, lauscht in die Stille hinein. Alles ist ruhig. Kein sich näherndes Geräusch, welches Stewards Kommen ankündigt. Sie läuft zum Fenster. Von hier aus kann sie die gesamte Einfahrt bestens überblicken. Niemand zu sehen …

Enttäuscht wartet sie, geht von Fenster zu Fenster. Unruhe erfasst die Frau. Eine nicht beschreibbare Anspannung, die alles bedeuten kann. Ob etwas passiert ist? Geht es Steward vielleicht nicht gut? Aus Ungeduld wird Sorge. Zwanzig Minuten darauf ist er noch immer nicht zu sehen. Hat er es etwa vergessen? Daran glaubt sie nicht wirklich. Nein, daran *will* sie nicht glauben. Diesen Lichtblick will sie nicht wieder missen, nie mehr verlieren! Sie sieht in Steward den Halt, der ihr irgendwann abhandengekommen ist. Als er nach weiteren zehn Minuten auch nicht auftaucht, zieht sich Caitlin eine Strickweste über. Drinnen hält sie es nicht länger aus. Entschlossen verlässt sie das Haus, macht einige Schritte Richtung des Nachbarhauses, indem Steward lebt. Auf halbem Wege öffnet sich eine Tür. *Jetzt wird Steward gleich im Türrahmen erscheinen!* Sie bleibt klopfenden Herzens stehen. Eine Gestalt kommt heraus. Caitlin lächelt. Doch es ist nicht Steward … Es ist eine Frau, mittleren Alters, mit einem

Kleinkind auf den Arm. Ein anderes Kind folgt ihr lachend.

»Kommst du?!«, ruft die Mutter.

Aus dem Inneren schreit jemand zurück. Ist Steward verheiratet? Angewurzelt hält Caitlin inne, wartet. Ein Mann verlässt das Haus, schließt ab und küsst die Frau mit dem Kind auf den Arm. Aber es ist nicht Steward.

»Kuck mal, Mom!«, ruft der Junge, der ihr hinterhergelaufen ist. »Dort steht die komische Oma!«

Verlegen bringt die Frau ihn zum Schweigen, lächelt angestrengt, grüßt flüchtig. Auch der Mann deutet mit dem Arm einen Gruß an. Ein bisschen übertrieben schnell geht die Familie zum Auto. Dann steigen sie ein und mit quietschenden, Staub aufwirbelnden Reifen fährt der Wagen davon.

All das dauerte etwa drei Minuten. Drei Minuten, die alle Hoffnungen zunichtemachen …

Dreizehn

Uridräo, tausend Jahre vor der arimeanischen Entdeckung.

Es ist heiß. Die Trümmer nehmen das Sonnenlicht auf und speichern die Wärme. Am Tage ist die Gluthitze kaum auszuhalten, dafür des Nachts wohlig warm. Deborah sucht den Boden ab. Irgendwo muss etwas zu finden sein! Das Energiewesen machte dementsprechende Anmerkungen, bevor es verschwand. Oft kommt es ihr in den Sinn, ob man sie auf die Probe stellt. Was sonst könnte diese Aufgabe bedeuten?

Trotzdem ist Deborah langsam frustriert. Sie erkennt keinen Sinn darin. Immer öfters macht sie Pause. Ein Großteil der Fläche hat sie bis jetzt abgesucht. Doch es ist, als suche sie eine Nadel im Heuhaufen. Wenn es eine Nadel wäre! Deborah hat nicht den geringsten Schimmer, was sie tatsächlich finden soll.

Sie würde es wissen, wenn sie es erblickt … So oder ähnlich hat es das Geistwesen ausgedrückt.

Deborah holt tief Luft. In dieser Trostlosigkeit macht es keine Freude, ganz allein nach etwas mysteriösen Ausschau zu halten. So hat sie es sich nicht vorgestellt: das Leben als Gewahrerin. Entschieden schüttelt Deborah den Kopf. Wäre nicht Nayati, der ihre Hilfe braucht, könnte sie sich aus dem Staub machen. Doch nicht einmal *das* würde sie tun.

Ohne es zu merken, ist Deborah inzwischen zurück geschlendert. Ein Zeichen inneren Unmutes und Frustration. Nicht weiter auf den Untergrund achtend, geht sie zielstrebig zum Gleiter. Eine unausgegorene Idee bemächtigt ihren Geist. Warum sich die Mühe machen, wenn die Technik vorhanden ist? Schließlich könnte sie die *Schmelzzone* einfach überfliegen!

Beflügelt von dieser Eingebung, wird der Zeitgleiter gestartet. Wenig später schwebt Deborah bodennah über die Zone. Mit gehörigen Abstand ergibt es ein ganz anderes Bild. Und alles wird aufgenommen, was später durch die Gleiter-KI ausgewertet werden kann.

Deborah erhöht den Abstand zum Boden auf drei Meter. Von hier aus ergibt es ein fast symmetrisches Muster. Sie denkt sofort an die Kornkreise auf der Erde in den Neunzigern. Nur das es hier kein bewachsenes Feld ist, sondern geschmolzenes Gestein.

Die moderne Vorstellung außerirdischer Raumschiffe oder mindestens unbekannten Flugobjekten suggeriert Antriebe, die kaum Hitze entwickeln. Dadurch können sie überall landen, ohne etwas zu entzünden. Deborah weiß nichts darüber, dafür ist sie erst zu kurz dabei. Dennoch kann sie sich vorstellen, dass es große Unterschiede geben wird. Denn die Entwicklung ist stets bezogen auf den Planeten, auf dem sie gerade stattfindet. An einen universalen Plan glaubt Deborah dagegen nicht.

Was für eine Hitze ist notwendig, um Felsen schmelzen zu lassen? Fünfhundert, tausend Grad oder mehr? Die Gewahrerin denkt an einen Vulkan. Doch es sieht nicht nach einem Ausbruch aus. Dafür fehlen ein deutlicher Schlot und eine Kegelbildung. Dem Muster nach liegt der Grund außerhalb.

In einer knappen Stunde irdischer Zeit hat Deborah das Gebiet überflogen und vom Computer kartografieren lassen. Versehen mit den Eckdaten der Position, wird es immer möglich sein, die *Schmelzzone* zu finden.

Was sehr auffällig ist, sind die Ränder dieser Zone. Im Süden verlaufen sie scharf und schroff, im Norden hingegen gehen sie fließend in die üppige Landschaft über. Und genau an so einem Übergang gibt der Oberflächen-Scan eine Warnung aus.

Zuerst glaubt Deborah an einen Messfehler. Die aus den Daten entstehende Grafik zeigt einen länglichen, in die Tiefe führenden Hohlraum. Ist das etwa der vermutete Vulkanschlot?

Aber weitere Messungen und daraus resultierende Schlussfolgerungen bringen Deborah von diesen Gedanken bald wieder ab. Denn soweit es den Messgeräten möglich ist, die Tiefe zu ermitteln, beträgt deren Länge umgerechnet mehrere Hundert Meter. Und die Röhre, wie Deborah den Schlot gedanklich nennt, weist einen bestimmten Neigungswinkel auf und ist leer.

Sie deutet mit gestreckten Unterarm und gerader Hand den Winkel von dreiunddreißig Grad an. Der ist in jeden Fall begehbar! Sie ist elektrisiert. Ob es ein Weg nach unten ist? Leider ist der Abtastungsstrahl des Zeitgleiters stark begrenzt. Vielleicht existiert dort unten ein sich erstreckender Hohlraum?

»Nayati«, flüstert Deborah. Eine anschwellende Freude bereitet sich in ihr aus. »Wenn du hier bist, dann werde ich dich finden!« Es ist nicht nur so daher gesprochen: Es ist ein ernstgemeinstes Versprechen!

Sie lenkt den Gleiter an die Austrittsstelle des Schlotes und landet.

° ° °

»Was bedeutet das?«

Pearce ist in einer Art Trancezustand. Er reagiert verzögert auf Adabays Fragen.

»Die Neun«, murmelt Pearce abwesend. »Nayati …«

Adabay wird nicht schlau daraus. Der alte Freund scheint den Verstand zu verlieren!

»Die Neun … existiert wirklich … ist kein … ohhh …«

»Pearce! Was ist mit dir?«

Der Alte verdreht die Augen, sodass nur noch das Weiß der Augäpfel zu sehen ist. Adabay erschrickt, prallt zurück. Die stattfindende Veränderung schmeckt ihm gar nicht. Was geht hier vor?

Für einen Moment bereut er, dass er hergekommen ist. Die Entfremdung scheint fortgeschrittener zu sein, als vermutet. Wer weiß schon, was die Strahlen mit Pearce angestellt haben. Eine Langzeitwirkung kann niemand ausschließen. Und wer weiß, wann sie seinen Geist endgültig vergiften …

»Wird er finden letztes Glied / Geschlossen das Band im Kreis der Zeit …«, wiederholt indes Pearce unaufhörlich. »Entflieht dem Ort …«

Die mysteriös klingenden Worte, die der Alte rezitiert, stoßen Adabays eigenes Denken in einer Weise an, die er für unmöglich hielt. Ein Tor in seiner Erinnerung wird aufgestoßen, welches all die Zeit gut gehütet und verschlossen war. Bis jetzt. Der Schlüssel dazu liegt in den Worten »das Band im Kreis der Zeit«. Alles wiederholt sich. Immer und überall. Sind die Voraussetzungen auch noch so verschieden, der Weg führt zurück zum Ursprung allen Handelns.

»Verderb bleibenden Kind's …«

Adabay sieht plötzlich klarer.

»Das Kind … das sind … wir …«, flüstert er verstehend.

Pearce verstummt, und sein Blick wandert langsam zu Adabay.

»Ja, Freund. Das ›Kind‹ sind wir. Wir müssen auf der Hut sein. Alte Fehler dürfen nicht noch einmal begangen werden.«

In ihren Blicken liegt verstehende Erkenntnis.

∘ ∘ ∘

Sie hat es dabei. Es ist ein Relikt ihres früheren Lebens. Eines Lebens, nachdem sie sich zurücksehnt, es aber für immer verloren hat. Es steckt in der Gesäßtasche ihrer Jeans, die auch ein

Relikt ist. Deborah zieht es heraus, betätigt die Ein-/Aus-Taste. Das Firmenlogo erscheint im Display. Ein Wunder, dass der Akku noch funktioniert. Nach Eingabe des Sim-Lock-Pins startet das Betriebssystem. Der Akku zeigt zehn Prozent an. Zehn! Viel ist es nicht.

Es ist stockdunkel. Daran hat sie nicht gedacht. *Das kommt davon*, denkt sie, *wenn man Hals über Kopf – entgegen aller Logik – aufbricht.*

Allein durch die Displayhelligkeit wird die allernächste Umgebung schemenhaft ausgeleuchtet. Für zwei Minuten kommt sie rasch voran. Danach geht sie tastend weiter. Erst als Deborah mit dem Fuß gegen ein Hindernis stößt, schaltet sie das Handy erneut an. Am Boden liegt ein kindskopfgroßer Stein; nichts Weltbewegendes, was diese Mission gefährden könnte. Allerdings häufen sich die herausgelösten Brocken.

Nichtsdestotrotz kommt Deborah gut und sicher voran. Die Luft wird stickiger, bleibt nichtsdestotrotz atembar und der Sauerstoffanteil ist ausreichend. Nur die zunehmende Wärme macht ihr zu schaffen. Die Hosenbeine kleben an der Haut und das Oberteil ist schweißgetränkt. Mit hochgekrempelten Armen und geöffneter Bluse verschafft sie sich wenigstens etwas Abkühlung.

Es geht weiter. Die erste Biegung im Tunnel. Mehrmals stößt sie an die Wand, trägt eine leichte Blessur an der Stirn davon, die Deborah jedoch nicht abhält, den Weg fortzusetzen. Die verbleibende Energie des Handy-Akkus ist zu kostbar, um sinnlos etwas auszuleuchten, was auch ertastet werden kann.

Konsequent erobert sie Meter um Meter des Stollens.

Eine circa hüfthohe Halde Gerölls versperrt den Weg. Hier reicht das Displaylicht nicht aus. Deshalb schaltet Deborah die rückseitige Beleuchtung ein. Im Strahl des LED-Lichts schafft sie es, die Halde sicher zu überqueren. Auf der anderen Seite angelangt, ist der Tunnel wieder frei passierbar. Auf Knopfdruck wird es finster.

Von Deborah unbemerkt, ortet bei Aktivierung des Mobiltelefons der Zeitgleiter sie und kommuniziert mit dem Gerät. Sämtliche Daten darauf werden heruntergeladen und im Kristallspeicher abgelegt. Außerdem wird im Hintergrund der primitive Akkumulator mit gleitereigener Energie geladen.

Ab und an nutzt Deborah die bewährte Vorgehensweise. Außer ein paar kleineren bis mittelgroßen Gesteinsbrocken bleibt die Strecke gut begehbar.

Wie weit sie bereits vorgedrungen ist, kann Deborah nicht abschätzen. Laut Anzeige im Zeitgleiter, hat sie die Hälfte schon überwunden. Und noch etwas zeigt die im Entstehen begriffene Grafik: ein sich weit erstreckendes Höhlensystem. Denn die Sensoren greifen auf denen des Handys zurück und erweitern dadurch die eigene Reichweite.

Deborah hingegen macht eine ganz andere Entdeckung. Nach einer Kurve wird der Tunnel enger. Gleichzeitig schwirren eigentümliche, winzige Lichter umher, die mit dem Auge nicht richtig erfasst werden können. Kaum anjustiert, entschwinden sie dem Focus der Sehschärfe. Spielt ihr etwa die Einbildung einen Streich? Deborah will es nicht glauben; zu häufig blitzen diese Punkt-Lichter auf.

Eine vage Idee beschleicht ihre Sinne. Sie nimmt das Smartphone und schießt ins Dunkle einige Schnappschüsse. Genauso oft blitzt es auf und erhellt für Bruchteile eines Augenblicks die Finsternis. Beim Betrachten der Bilder ist sie erstaunt und ernüchtert zugleich. In unregelmäßigen Abständen zueinander sind klar und deutlich verwaschene Punkte abgebildet. Ein gewisses System ist erkennbar, sind doch abermals winzige Pünktchen, um die Größeren zu sehen. Im Zoom ähneln diese stark Himmelszonen. Was der Zufall Deborah offenbart, erschließt sich der Gewahrerin erst viel später. Um die Leuchtpunkte handelt es sich um einen universellen Atlas mit prägnanten Sternensystemen, die zur besseren Orientierung im Weltraum dienen.

Vierzehn

Sterneninsel Atamorenus, im Zentrum der Leere, Gegenwart.

Tzúk'ranac leitet sofort nach seiner Ankunft das Extrahieren beider Atmane ein, die dem Energiefeld ausgesetzt waren und vom Retàk aufgesogen worden sind. Der Extralator benötigt für die Trennung die jeweilige zugehörige Molekularstrukturkennung. Ähnlich wie die DNA eines biologischen Wesens ist diese der Fingerabdruck der Wesenheit.

Auf Atamorenus spielt Zeit keine Rolle. Es gibt weder Gedeih noch Verderb. Wesenheiten benötigen nichts dergleichen. Ihre Existenz vollzieht sich auf völlig anderen Ebenen.

So kompliziert die Wiederherstellung eines Atmans auch ist, gehen die einzelnen Schritte Tzúk'ranacs spielerisch von der Hand. Nach irdischen Maßstäben wird der Prozess mehrere Monate währen, auf der Sterneninsel nur einen Bruchteil davon.

Zwei Behältnisse werden die extrahierten Moleküle und Atome bereits vorher trennen und vorordnen. Da Ora'kunacs Kennung bekannt und gespeichert ist, erleichtert Tzúk'ranac die Arbeit. Der Rest des Materials im Retàk wird dem Wandler zugeordnet, wobei der nach erfolgtem Extrahieren als lose Struktur verbleibt, die der *Hüter* dem Gremium übergeben wird.

Während er derartig beschäftigt ist, bahnt sich – vorerst

unbemerkt – eine neue Singularität an. Ein ungewöhnlich starker Partikelstrom sorgt für Schwankungen der Messwerte, die im Moment zwar noch im Regelbereich liegen, dennoch einiges anstoßen werden, welche unabsehbare Folgen haben wird.

Davon ahnt Tzúk'ranac aber nichts. Er verrichtet seine Aufgabe emotionslos und überwacht das eingeleitete Extrahieren.

∞

Im Umkreis der Sterneninsel erstreckt sich die Leere über Milliarden von Lichtjahren. Zu Hochzeiten der arimeanischen Herrschaft kamen vereinzelte Verbände von Wissenschaftsraumschiffen in dieses Gebiet. Man fand in dieser Einöde keinen bewohnbaren Planeten, weshalb dieser Sektor für zukünftige Reisen als ungeeignet markiert wurde. Bis zur Sterneninsel drangen sie nie vor, was vielleicht im Kampf gegen die damaligen andauernden Kämpfe gegen die Urigoren nützlich gewesen wäre.

Andere Intelligenzen sind nicht einmal in die Nähe gekommen. Somit war (und ist bis heute) Atamorenus im wahrsten Sinne eine der sichersten Oasen im Universum. Den Atmanen ist keine Spezies oder Existenzform bekannt, die zur Insel gehörenden Kleinplaneten und Monde nutzen oder ihre Rohstoffe ausbeuten können.

Die Leere erweist sich als natürlicher Schutzwall und tarnt das *Hüterreich* hervorragend; vor allem ohne jegliche künstlich erschaffene Mechanismen. Ein Glücksfall, denn dadurch kann auf eine umfangreiche Verteidigung von vornherein verzichtet werden. Die Sterneninsel fristet so ein unbekümmertes Dasein.

Da Atmane einen anderen Lichtwellenbereich nutzen, nehmen die Existenzen die Umwelt anders wahr, als es Wesen tun würden, deren Leben biologischen Strukturen zugrunde liegen.

Diese Verschiebung in der Realitätswahrnehmung stellt eine gegensätzliche Welt dar, obwohl es ein und derselbe Planet ist.

Theoretisch könnten die unterschiedlichen Lebensformen zeitgleich dort existieren, ohne sich in die Quere zu kommen, zumal Atmane körperlos sind. Doch aufgrund fehlender Atmosphäre ist der Planet nur nacktes Gestein.

∞

Die Wiederherstellung Ora'kunacs ist geglückt. Beide machen sich umgehend auf den Weg nach Atmanicum, um den Wandler dem Transfer-Gremium auszuhändigen und Bericht zu erstatten. Es wird großes Aufsehen erregen, so viel ist sicher. Und genauso kommt es. Das Gremium stoppt neugeplante Transfers. Bestehende zu unterbrechen birgt ein zu hohes Risiko, deshalb bleiben diese bestehen; allerdings werden sie lückenlos überwacht.

Durch die komplexe Kontrolle gelingt es endlich, den Partikelstrom zu lokalisieren. Hellhörig geworden, wird der Teilchenwind explizit als künstlich nachgewiesen. Die aufgespürte Singularität ruft erneut die *Hüter* auf den Plan, die als Entdecker des dreisten Transfer-Missbrauchs gelten. Das Gremium beschließt eine sofortige Aufstockung der *Hüter*, um das Ergreifen des Wandlers zu beschleunigen. Alle am Transfer teilnehmenden Atmane – und das sind fast alle Wesenheiten – werden kollektiv verdächtigt, eigene Transfers manipuliert zu haben.

Was ebenso schwer wiegt und das Gremium beschäftigt, sind die Hintermänner des Skandals. Durch die an den Tag gelegte Loyalität von Ora'kunac und Tzúk'ranac werden beide beauftragt, speziell nach den Drahtziehern zu fahnden. Dazu müssen sie geschickt und verdeckt vorgehen. Diesbezüglich fehlt es an Erfahrung geheimdienstlicher Konspiration, war es doch bisher nie notwendig, die eigenen Reihen auszuspionieren. Doch das Gremium erachtet diesen Schritt für unausweichlich und systemstärkend. In Absprache mit den regierenden Oberhäuptern, wird eine drastische Verschärfung der Sicherheit Atmanicums beschlossen.

Schon bald darauf gleichen der Archivtempel und die angrenzenden Bereiche einer futuristischen Festung. Die verbliebenen Wesenheiten sind in ihrer Bewegungsfreiheit fast völlig eingeschränkt. Erste Unruhen flackern auf, denen mit unerwarteter Härte begegnet wird. Es ist das erste Mal seit Atmanengedenken, dass die Kraftfelder gegen Wesenheiten eingesetzt werden. Die Situation kommt einem Putsch gleich – eine Revolte gegen die eigene Art.

∞ ° ∞

Irgendwo im Raum, kurz nach Ergreifung des Wandlers.

Es ist noch mal gut gegangen. Die Häscher werden immer besser. Doch besser ist eben nicht gut genug, schon gar nicht, wenn es an Intelligenz mangelt. Und weder *Hüter* noch Gremium oder die Oberhäupter sind intelligent genug, um ihr *die Partikel* zu reichen!

Es hat schon etwas für sich, wenn Kenntnisse über ganz spezielle Verfahren aus erster Hand bezogen werden. Und das meiste Wissen hat die Wesenheit selbst erworben. Dann ist alles ganz einfach gewesen. Es gehörte nur ein wenig Geschick dazu, einige der Verbindungen umzuleiten. Da die Prozedur damals neu war, fiel es nicht weiter auf; selbst eingeweihten Wesenheiten nicht. Und es funktionierte alles tadellos und einwandfrei, weshalb niemand mehr darauf achtete.

‹Leichtsinn kommt vor dem Fall!›, denkt die Wesenheit.

Stagnation der Gesellschaft spielt ihr zu. Das Dasein ihrer Existenz wäre ohne Transfers noch eintöniger. Kaum jemand verlässt Atmanicum auf *normalem* Wege, sprich: als eigenes Ich. Man bevorzugt die Leben auf anderen, meist Lichtjahre entfernten, biobasierten Planeten. Es ist wie eine Epidemie, die die von Faulheit kontaminierte Art der Atmane befallen hat und das Handeln bestimmt. Und kaum ist ein Transfer beendet, beginnt die Suche nach einem neuen, nach Möglichkeit spektakuläreren Dasein.

Man könnte meinen, die Existenz hinge davon ab! Dagegen muss etwas unternommen werden.

Der Wandler sieht sich nicht als *Weltverbesserer*, vielmehr als Rebell, der aus dem Sumpf versucht auszubrechen. Seine Erfolge geben ihm recht. Nicht nur, dass er einen Weg gefunden hat, unentdeckt tun und lassen zu können, was ihm gerade in den Sinn kommt – und es gelingt auch! Dabei läuft er Gefahr, unvorsichtig zu werden. Seine Gedanken sind bereits sehr überheblich geworden.

Und nun sind ihm die *Hüter* tatsächlich auf die Spur gekommen. Das schmeckt ihm gar nicht. Doch was kann er tun?

Der Wandler hat seinen Rückzugsort auf einem der Außenmonde der Sterneninsel. Tief im Inneren des Trabanten treffen die umgeleiteten Partikelströme aufeinander. Ein ganzes System von Gängen und untereinander verbundene Höhlen haben den Mond ausgehöhlt. Er hat ihn so vorgefunden. Doch das Allerbeste ist das Material des Himmelskörpers, eine Art Kristall, mit hervorragender Leiteigenschaft. Die Wandler-Wesenheit nimmt den Mond nur durch dessen Eigenschwingungen wahr, die im Inneren besonders charakteristisch sind. Von außerhalb dagegen ist er unscheinbar, wie andere umherschwirrende Gesteinsbrocken.

Der Himmelskörper, den sich die rebellische Wesenheit auserkoren hat, ist einer der neun Kristallmonde Arimeas. Als der Mutterplanet des Lebens aus seiner Laufbahn ausgebrochen ist, um urigorische Angriffe abzuwehren, verlor Arimea nach und nach seine Monde. Für die Wesenheit spielt das Rogalitmineral keinerlei Rolle. Und doch speichert der Kristallmond sämtliche Aktivitäten …

Fünfzehn

Urigorisches Raumschiff, Gegenwart.

Waylon kommt zu sich. Die Medikamente verlieren ihre Wirkung. Soweit er es überschauen kann, ist er allein. Noch immer festgezurrt, kann er nur den Kopf relativ frei bewegen. Angesichts fehlender Bewegungsfreiheit schmerzen Rücken und Gesäß. Und die Gliedmaßen fühlen sich an, als gehören sie nicht ihm. Waylon öffnet und schließt abwechselnd die Hände, damit wenigstens etwas Blut fließen kann. Doch selbst diese Bewegungen verursachen unangenehm stechende Schmerzen.

Der Raum ist leer. Allmählich weiß Waylon, was geschehen ist. Er sieht im Geiste ins Gesicht des Fremden, der sich später als Isador vorgestellt hat. Er ist Angehöriger einer außerirdischen Rasse, die sich Urigoren nennt. Dem Klang nach kommt ihm die Bezeichnung bekannt vor. Er weiß, das Wort *Urigor* bereits gehört zu haben. Nur wann und in welchen Zusammenhang will Waylon nicht einfallen.

Isadors Ansprache, die der Urigor permanent wählte, irritiert Waylon noch im Nachhinein. *Arimeaner.* Es muss sich um eine Verwechslung handeln. Sieht er jemandem ähnlich? Was eine weitere Frage aufwirft: Gibt es noch Arimeaner? Laut Isador ja, wenn es die Wahrheit ist. Doch so recht glaubt Waylon nicht daran. Verfügen die Urigoren auch über Zeittransporter? Eine tiefe Furche durchzieht seine Stirn.

Oder aber …

Der keimende Gedanke ist zu fantastisch und irrational. Sollte die älteste Lebensform, wie er gelernt hat, doch noch existieren? Warum nicht! Ja, warum eigentlich nicht? Eine hoch entwickelte Intelligenz würde Mittel und Wege finden. Und von Callum erfuhr er ja, dass Arimea seine angestammte Umlaufbahn verlassen hat. Wer so etwas bewerkstelligen kann, dem gelingt auch einiges mehr …

Waylon wird klar: Er muss sich vom klein karierten, beschränkten menschlichen Denken verabschieden. Nur wenige Areale seines Gehirns sind nutzbar. Das meiste liegt brach, weil … Ja, warum eigentlich? Hat die Evolution auf diesem Gebiet *geschlafen*? Auf alle Fälle hinkt sie hinterher. Doch warum entwickelt sie ein so komplexes Gebilde, wenn der Träger unfähig ist, es auszunutzen? Fehlentwicklung, oder doch *gewollt*? Frappierend. Schlicht und ergreifend nicht nachvollziehbar.

Die einstürzenden Gedanken blockieren Waylons Denken; wie eine herabwälzende, alles zu vernichten drohende Gerölllawine, verschließt dieser Schutt unausgegorener Gedankenflut sämtliche Zugänge. Er will alles abschütteln, doch die körperliche Fixierung hindert ihn. Ärger verspürend, wird er fast rasend. Aber je mehr er an den Fesseln zerrt, zurren sich diese fester und schneiden tief ins Fleisch.

Es dauert, bis Waylon eine gewisse innere Ruhe wiederfindet. Sein Blut gerät in Wallung und am liebsten würde er aufspringen und ein paar Schritte gehen. Waylon schließt die Augen. Er muss sich entspannen, sonst flippt er ganz aus. Dass das nicht hilft und alles noch verschlimmert, nimmt er nur am Rande zur Kenntnis. Er schließt die Augen, findet einen seelischen Ankerplatz. Vergessen die Pein, die er gerade noch empfunden hat. Von einer auf die andere Sekunde ist alles wie weggewischt. Ein Wohlgefühl breitet sich aus. Kaum zu fassen, wie rasch so was gehen kann …

Ohne weiteres Zutun wird Waylons jetzige Realität ausgeblendet. Nicht einmal die Geräusche der medizinischen Apparaturen dringen zu ihm. Er ist abgetaucht in einer seiner Welten, die er bereits als Kind lieben geschätzt hat. Ein Lächeln zeichnet sich auf seinem Gesicht ab. Die Erinnerung versetzt Waylon geistig und mental in die Zeit zurück. Es ist ein Hort, an dem er Kraft schöpft; an dem er sicher ist und ihm nichts anhaben kann. Waylon ist dermaßen darin versunken, dass er von der realen Umwelt absolut nichts mitbekommt. Jeder Hypnotiseur würde vor Neid erblassen und einiges tun, hinter diese Technik zu kommen.

Schlagartig verblasst das Empfinden für die Zeit. Vor sich erkennt Waylon einen schmalen, türkisfarbenen Streifen, der rasch größer wird. Bald begreift er, dass er sich darauf zubewegt. Wieder lächelt Waylon. Das alles ist seine wahre Heimat. Hier ist Waylon Zuhause. Kein Fremder kann diese Welt betreten. Es ist *sein* Rückzugshort!

Während Waylon dem Streifen rasant näher kommt, tauchen erste freischwebende Bläschen auf. Es gibt sie in großer Zahl, das weiß er. Manche sind klein und unscheinbar, andere immens. Jede Blase steht für eine Erinnerung seines Lebens. Nein, nicht für *das* Leben – sie bilden sein komplettes Dasein ab! Hier ist alles zu finden, was Waylon jemals gedacht, gefühlt, erhofft und getan hat.

Dann gibt es hell aufleuchtende Megablasen, in denen wietere, unzählige Kleinere herumwirbeln. Das waren einmal wichtige Knotenpunkte seines Seins gewesen, in denen unumstößliche Entscheidungen getroffen worden sind. Zwischen einst Gedachten und Ausgeführten gibt es einen einfachen, simplen Schlüssel, den nur Waylon kennt. Die Blasenoberfläche ist mit einem Hauch metallischen Leuchtens überzogen. Verliert beim Näherkommen diese ihre Struktur, handelt es sich dabei um reine Vorstellungen; durch Abwägen manipulierte Gedanken.

Um zu wissen, was sich in den einzelnen Blasen befindet, muss er in ihnen eintauchen. In am weitesten entfernte, die matter und farbloser erscheinen, sind die ältesten Erinnerungen. Um zu erfahren, welche Erlebnisse er in einem der Leben des fortwährenden Seins gehabt hat, muss eine dementsprechende Entfernung, ähnlich einer Reise durchs Weltall, überwunden werden. Waylon erinnert sich vage daran, solch einen Weg schon einmal auf sich genommen zu haben. Urplötzlich besinnt er sich an die Folgen und verzieht das Gesicht.

Es war kein körperlicher Schmerz im herkömmlichen Sinne gewesen, aber er würde es ähnlich beschreiben wollen. Als er endlich diese Blase sowie den Geistzustand verlassen konnte, irrte er ziellos umher. Und er brauchte mehrere Tage, bis er sich wieder zurechtfand.

Immer weiter lässt sich Waylon gleiten. So sieht sie also aus, die Visualisierung des Gedächtnisses. Perlengleich sind die Ereignisse aneinandergereiht, verzweigen sich untereinander oder schweben einsam durch den Raum. Nichts deutet daraufhin, was die Blasen umschließend konservieren. Für Waylon ein riesiger Fundus und eine Reise in die eigene Vergangenheit.

Ungeachtet der schon einmal gemachten Erfahrung kann er dem Zwang nicht widerstehen, einige der Gedächtnisblasen aufzusuchen. Wie viel er wohl vergessen hat? Dabei liegt alles sauber aufgereiht vor ihm; er bräuchte sich nur entscheiden.

Doch etwas hält Waylon davon ab, einfach so drauflos zu schweben. Ist es doch nicht so einfach, wie geglaubt? Er zögert. Was hält ihn zurück? Unschlüssig verweilt er kurz vor einer der Blasen, die er unbewusst ansteuert. Er braucht nur die Hand auszustrecken, dann würde er sie berühren können.

Er macht es nicht.

Stattdessen verfällt Waylon in einen Starrzustand ...

Unerwartet beginnen in weiter Entfernung unzählige Blasen aufzuleuchten. Es kommt einem misslungenen Feuerwerk gleich, dessen Sprengköpfe ohne Vorwarnung lautlos explodieren. Mehrmals blitzen die Erinnerungsblasen hintereinander auf, bevor sie konstant leuchten. Warum geschieht das gerade in diesem Augenblick? Ein Hinweis seines Unterbewusstseins? Lauern dort die Antworten, nach denen er noch nicht fragt? Während Waylon überlegt, schwebt er bereits in die Richtung. Nahe gelegene Blasen, die er achtlos passiert, verlieren an Glanz und augenblicklicher Bedeutsamkeit. Andere, kleinere, weisen ihm glimmend den Pfad. Was wird er dort finden? Erfüllt von erwartungsvollen Gefühlen, kommt er den Leuchtblasen näher. Eine unstete Idee macht sich bemerkbar, entgleitet jedoch sofort wieder seinen Gedankensträngen.

Waylons irdischer Körper liegt derweil unverändert gefesselt auf dem Trage-Arm. Noch kümmert sich kein Schiffsbesatzungsmitglied um ihn. An Bord herrscht trügerische Ruhe. Reges Treiben dagegen findet in der Kommandozentrale statt. Im Augenblick hat niemand Interesse am Gefangenen.

Eine näher kommende Blase zeigt unnatürliche Ausbuchtungen. ›Wie ein Krebsgeschwür‹, denkt Waylon flüchtig, kümmert sich aber nicht weiter darum.

Wenn jemand wie er von einer Welt kommt, in der die Zeit

eine nicht unwesentliche, sogar übergeordnete Rolle spielt, ist es eine enorme Umstellung, sich jetzt in einem zeitlosen Raum zu bewegen. Sein Empfinden wägt die vergehenden Minuten ab. Nichts kann er ausmachen, was beim Vergehen von Zeit relevant ist.

Mehrere dieser Ausbeulungen fallen auf. Waylon ist versucht, es näher zu untersuchen, unterlässt es aber. ›Alles was du tust, wird richtig sein.‹ Diese Worte sagte Karoline oft, als sie sich kennenlernten. Sie spürte, wie sehr er haderte, die Beziehung einzugehen, auch wenn er es sich's niemals eingestanden hat. Dafür besitzt Karoline ein Gespür.

Karoline ...

Die Geschwindigkeit, mit der er bisher schwebte, wird deutlich verlangsamt. Vor einer besonders stark deformierten Blase stoppt Waylon. Ist es Zufall? Sollte er vielleicht doch nachsehen?

Wie sehr er doch sein Leben vermisst ...

Dann kann er nicht anders. Eine unsichtbare Hand scheint Waylon zu packen und zieht ihn mit. Wehren ist zwecklos. Bevor er begreift, passiert er die dünne, elastische Haut der Erinnerungsblase ...

∘ ∘ ∘

Waylons Aufmerksamkeit wird durch eine schnelle Bewegung erregt. Irgendwas ist da auf der Rückseite des Baumes gewesen. Er bleibt stehen. Starr den Blick auf die vermeintliche Stelle gerichtet, wartet er geduldig. Aus anfänglichen Sekunden werden überdimensionierte Minuten. So sehr er sich auch konzentriert, die Beobachtung bleibt erfolglos. Kurz zwinkernd, glaubt er, einer visuellen Irrung erlegen zu sein, als erneut etwas seine Auf-

merksamkeit erregt. Um dem Phänomen auf den Grund zu gehen tritt er näher heran. Dabei sucht Waylon die nähere Umgebung des Baumstammes und den Wurzelbereich ab. Wie auf ein Zeichen hin weht ein Lufthauch übers Gras. Sanft neigen sich die Büschel. Dabei bemerkt Waylon etwas Glitzerndes. Neugierig bückt er sich. Tatsächlich – da liegt etwas ... Metallisches? Vorsichtig drückt er mit den Händen das Gras auseinander. Nein, Metall ist es nicht. Glas? Im Material widerspiegelt sich das Licht. In der Größe gleicht das Ding etwa einer 50 Pence-Münze. Nur ist es mehr oval und hat unzählige Kanten. Und eine Splitterkante ist da auch. Den Drang, das Stück Wie-auch-immer *zu berühren, widersteht Waylon nicht länger.*

»Das ist kein Glas«, murmelt er. Aber was dann? Mit den Fingerspitzen kratzt Waylon die Erde weg. Wie sich herausstellt, ist die Größe des Fundes um ein Vielfaches größer als gedacht. Zehn Minuten später liegt das weiße, fast durchsichtige Ding *frei. Um die sechs Zentimeter umfasst es. Sein Durchmesser vielleicht vier. Die Oberfläche erscheint auf den ersten Blick geschliffen. Aus der Hosentasche nimmt er ein gefaltetes Papiertuch. Er scheut sich mit bloßer Hand den Fund anzufassen. Nachdem das Tuch auf dem Stück liegt, zieht er mutig das Ding aus der Erde. Nach kurzem Widerstand hält er es in voller Pracht in Händen. Länglich die Form, meist schlank, an manchen Stellen ausgebeult. An der Unterseite ist ein Stück abgesplittert, dessen Ende spitz zuläuft. Eine Verletzungsgefahr besteht aber nicht. Jetzt, nachdem er es von Nahem betrachtet, weiß er, was es ist: Ein Stück Kristall. Vom Menschen unbearbeitet.*

Um den Fund in aller Ruhe zu untersuchen, umwickelt es Waylon mit weiteren Papiertüchern und steckt es in die Jackentasche. Noch ein bisschen das entstandene Loch mit den Füßen ebnen, dann geht er auf schnellstem Wege heim.

o

Als ob es nicht schon genug Aufregung gegeben hat, wird der Wind stärker. Heftiges Grollen aus sämtlichen Richtungen lässt das Herz sprunghaft schlagen. Halt suchend umschlingen seine Finger den Kristall. Ein trügerischer Halt, der wohl eher die Nerven beruhigen soll. Der ganze Körper steht unter Spannung. So bemerkt er nicht das schneller werdende Blinken des Kristalls, mit einhergehender Wärmesteigerung. Während das Gewitter immens zunimmt, hat er das Gefühl, die Müdigkeit übermanne ihn.

Blitz und Donner gehen ineinander über. Heftiger Wind zerrt an Waylons Kleidung. Regen peitscht ihn ins Gesicht. Feuchte Kälte kriecht bis in die Knochen. Im Klammergriff der Elemente resigniert er. Er weiß, wie gefährlich ein längerer Aufenthalt draußen sein kann. Dennoch bleibt er ruhig, fast schon apathisch sitzen. So, als gehe ihm dies nichts an. Ohne es verhindern zu können, schläft Waylon ein. Kraftlos sinkt der Kopf vornüber. Schwindel und Wetter ignoriert er aus Kraftlosigkeit. Und dann durchfahren ihn mit unendlicher Wucht ein grelles Licht und ein elektrischer Schlag.

o

Lautes Vogelgezwitscher begrüßt den neuen Tag. Eine leichte Brise warmer Luft schiebt die Kühle der letzten Nacht im Handstreich weg. Blätterrauschen untermalt idyllisch den sonnigen Morgen. Es ist noch recht früh, jedenfalls für die, die nicht unbedingt um diese Zeit aufstehen müssen. Am Horizont erstreckt sich ein goldenes Band. Deshalb wird es auch die Goldene Stunde genannt.

Tief und fest schlummert Waylon, wie er selbst sagen würde, einen tiefen wohlverdienten Schlaf. So entgeht ihm der goldene Sonnenaufgang. Ob er allerdings ein Auge dafür hätte, steht auf einem anderen Blatt. Traumlos gleitet er in eine Zeitebene, an die er sich später nicht erinnern wird. Man geht abends ins Bett und steht morgens auf, ohne etwas von der Welt mitbekommen zu haben. Manchmal ist das so. Da hilft auch keine Meditation.

Vereinzelt ziehen dünne Wolkenfetzen dahin; getrieben vom Wind der Stratosphäre. Lang gezogen wirken sie von der Erde aus wie Schemen dahinjagender Tiere. Ein paradiesischer Anblick. Leicht schlagen Wellen ans Ufer. In der Goldenen Stunde geschieht so etwas wie Wachablösung. *Nachtaktive Tiere gehen zur Ruhe, Tagaktive beginnen ihre Jagdzüge. Jedes Wesen nimmt seinen Platz im großen Welten-Getriebe ein. Nacht für Nacht, Tag für Tag. Und die Erde rast mit ihnen 108.000 Kilometer pro Stunde durchs All. Dass für die Schönheiten der Natur dann nur wenige Momente bleiben, ist verständlich.*

Unangetastete Natur gibt es, selten zwar, doch sie ist da. Fern ab von hektischer Zivilisation scheint an diesen Orten die Zeit eine andere Bedeutung zu haben. Es ist der Urbegriff von Zeit. Sie unterliegt nur ihren eigenen Gesetzen. Ohne menschliches Dazutun fließt sie gleichmäßig im Takt des Universums. Insekten, Vögel, Schalentiere sowie die Fleischfresser haben sich ihr angepasst. Sprösslinge gedeihen, bekommen Knospen freie Entfaltung, die in der Blüte gipfelt. Samen fällt auf den Boden, wurzelt. Ständiges Wachsen und Vergehen bilden den Lebenskreis. Mitten im Beginn und Ende existiert die Gegenwart. Auf der Welle der Zeit surft sie dahin, stets Anfang und Ausgang in einem.

o

Er öffnet geblendet die Augen. Die Morgensonne scheint ihm direkt ins Gesicht. Warum ist die Jalousie nicht geschlossen? Genervt dreht er sich um. Was für eine Nacht! Schlecht geschlafen bedeutet in den meisten Fällen auch einen ebenso gearteten Tag. Und das kann er nicht gebrauchen! Warum musste auch die Sonne ihn wecken? Gerade jetzt, wo er einen wundervollen Traum hatte?! Doch alle Mühe nützt nichts – jetzt ist er wach!

Schwungvoll kommt er auf dem Rand vom Bett zum Sitzen. Er muss gähnen. Weit reißt es ihm den Mund auf, dass er schon befürchtet, der Unterkiefer renkt sich aus. Und tatsächlich knirscht es verdächtig.

»Du bist schon wach, Darling?«

Waylon fährt herum. Wer ist das? Eindeutig eine Dame, schon mal gut. *Aber welche? Die Frau liegt mit dem Rücken zu ihm. Vorsichtig legt er sich daneben.*

»Ja, die Sonne hat mich geweckt.«

»Es ist doch erst Viertel vor sechs.«

Diese Stimme kennt er! Doch irgendwie scheint er nicht richtig wach zu sein.

»Ich mach schnell die Jalousie zu«, sagt er und springt elastisch aus dem Bett. Am Fenster stehend staunt er nicht schlecht über die vollkommene Leere.

»Aber wir haben doch noch keine Vorhänge, Way. Mum bringt sie uns doch erst im Laufe nächster Woche vorbei!«

Verschlafen und mit zerknittertem Gesicht blinzelt sie Waylon an. Der kann noch immer nicht begreifen, wie er glauben konnte, er hätte Jalousien montiert. Verstört dreht er sich um. Jetzt sieht er sie. Ihr nussbraunes, schulterlanges Haar ist dermaßen vom Liegen zerwühlt, dass sie wild und verführerisch zu-

gleich aussieht.

»Karoline?!«

Nun blickt sie seltsam.

»Ja?!«, sagt sie langgedehnt.

Er lächelt sie verliebt an.

»Was ist? Du schaust, als sähest du ein Gespenst!«

»Alles gut«, sagt er schnell. Jetzt bemerkt er eine starke Er-
regung. »Und ich muss kurz für ›Kleine Jungs‹.« Leichtfüßig
verschwindet er im Bad.

Ein kurzer Aufschrei ertönt, als er versucht, sich den Slip
auszuziehen, und feststellt, er hat gar keinen an! Nach dem früh-
morgendlichen Geschäft beim Händewaschen erblickt er im
Spiegel ein recht frisches, glatt rasiertes Antlitz. Wow!

Irgendwie ist er durcheinander heute Morgen. Es scheint
eine gute Idee zu sein, wieder ins Bett zu gehen.

Im Flur wartet bereits Karoline. Ebenso splitterfasernackt
wie er! Waylon schaut schnell weg, bevor er seinen Anstand ver-
liert. Außerdem kann er sich absolut an nichts erinnern, was am
Vorabend passiert ist. Gerade er, dem sonst nichts entgeht!

Gegen zehn sind sie mit dem Frühstück fertig. Anschließend geht
Waylon ins Wohnzimmer. Er glaubt, ihn trifft der Schlag! Hier
stapeln sich eine Menge Kisten!

Karoline schiebt sich an ihm vorbei.

»Hilfst du mir?«

»Wobei?«

»Du willst doch nicht alles deiner Frau überlassen?«

Sonderbare Gefühle bemächtigen sich seiner. Frau? Dann
die Kisten! Was zum Henker ist hier los?!

»Du hast es gestern Abend selbst gesagt!«

Ihm wird heiß! »Was hab ich gesagt?!«

Sie bläst die Wangen auf.

»Was ist denn los«, sie gibt sich Mühe, um ruhig zu bleiben.

»Es kommt mir vor, als wird dir alles zu viel ...«

Krampfhaft überlegt er. Aber weiß Gott: Ihm fehlt die Erinnerung!

Um Karoline nicht doch noch zu verärgern, brummt er: »Ich hab einfach nur schlecht geschlafen, das ist alles ...«

Sie mustert ihn genau.

»Du hast doch keine ›kalten Füße‹ bekommen?«

Was möchte sie ihn damit nur sagen?

»Du hast sie bekommen, nicht wahr?!«

»Nein ... ich denke ...«

Argwöhnisch schnalzt sie mit der Zunge.

»Karoline, ich hatte einen blöden Traum ... Der war so ... so reell ... Ich war allein ... Und alt ...«

»Und dein altes Hirn hat dich mich vergessen lassen ...«

»Nein, natürlich nicht! Es war nur so ... seltsam eben ...«

»Du bekommst ›kalte Füße‹«, grinst ihn Karoline an. »Wir sind seit einen Monat verheiratet und haben endlich dieses Haus gefunden, Waylon. Unser Zuhause, darin waren wir uns doch einig.« Sie umschlingt seinen Hals und schmiegt sich an ihn an.

»Es darf nie zu Ende gehen, Darling!« Seine Augen streicheln traurig die Ihren.

»An mir soll es nicht liegen!«

»Karo, mir ist es ernst. Das war wie ... wie ein ... Fingerzeig. Wie eine Warnung ...«

»Bist du unter die Wahrsager gegangen? Hallo! Karo an Way!« Ihr Grinsen gefriert. »Dir ist es wirklich ernst!«

Er nickt.

»Dann lass uns beginnen daran zu arbeiten, dass es bleibt, wie es ist ...«

Alles um Waylon herum gerät in wallende Bewegung. Die Blase zieht sich beängstigend zusammen und presst ihn gegen die hauchdünne Wand. Diesmal wehrt er sich. Erfolglos. Mit brachialer Geschwindigkeit durchbricht Waylon die Blasenhülle und wird weit wegkatapultiert. Wie ein Fremdkörper des Ichs wird er ausgespien. Er weiß nicht, wie ihm geschieht. Tausendfach überschlägt er sich, verliert die Orientierung. Der helle Streifen am Horizont verschwindet. Die umgebene Dunkelheit droht ihn zu zerdrücken. Ziellos schwebt er durch den Raum …Der kollektive Blasenverbund ist in der Finsternis unsichtbar geworden.

«Wach auf, Waylon Latham!»

Mutter? Bist du es?

«Geh zum Portal!»

Was?

«Suche das Portal!»

Von was redet sie? Portal! Was für ein Unsinn!

Inzwischen schwebt Waylon völlig ruhig im Raum. Diese unendliche Weite von absoluter Stille bedeutet gedankliche Freiheit. Was einmal wichtig erschien, verliert an Priorität. Getanes wird wertfrei Teil der Erinnerung; es fühlt sich an, als stehe es in einem Buch geschrieben. Eindrücke verblassen, werden eins mit dem ruhevollen Jetzt.

«Waylon … Komm zu dir …»

Mutter! Die hallende Stimme assoziiert in ihm den Tonfall, mit der seine irdische Mom sprach. Sie vermittelt Waylon Sicherheit und tiefen Frieden. Warum schweigt die Stimme nicht? Gönnt sie ihm nicht die Ruhe?

«Das Portal … Es geht zu …»

Na und? Lass es doch! Außerdem – ich kenne kein Portal, Mutter!

«Du irrst, Waylon!» Klingt die Stimme verärgert? «Geht das Portal zu, gibt es nie mehr ein Zurück! Dann war alles vergebens …»

Nein, die Stimme ist nicht verärgert. Sie ist voller Traurigkeit.

Was ist vergebens, Mutter?

«Dein Sein», erklingt es nachdenklich.

Waylon ist elektrisiert. Was bedeutet das?

«Du weißt, wo das Portal ist! Du *kennst* es … Öffne deine Sicht …»

Von was redet Mutter da?

«Geh! Bevor es zu spät ist, Waylon Latham!»

Mutters Stimme hämmert schallend in seinen Ohren nach. Allmählich kommt er zur Besinnung. Da geht ein Ruck durch den Gedankenraum. Wellenförmige Bewegungen erfassen Waylon und beschleunigen ihn ins Unermessliche.

«Komm zu mir … Folge den Pfad …»

Sechzehn

Uridräo, tausend Jahre vor der arimeanischen Entdeckung.

Die Galaxien-Karte gibt pulsierendes Licht ab. Deborah kann den Blick nicht abwenden. So etwas hat sie, die junge Erdenfrau, noch nie gesehen! Und würde es vermutlich auch nicht wieder. Geistesgegenwärtig macht sie mit dem Smartphone einige Bilder. Währenddessen gehen ihr die fantastischsten Gedanken durch den Kopf. Sie macht Ausschnitte in Großaufnahme. Jetzt kommt die Fotografin in Deborah durch und ihre Liebe fürs Detail.

Gleichzeitig arbeitet der Rechner im Zeitgleiter, sichert im Hintergrund die gewonnenen Daten. Ein Routineabgleich bringt zeitnah Übereinstimmungen ans Licht, für die auch eingefleischte Astronomen viel länger gebraucht hätten. Eines der soeben upgeloadeten Fotos zeigt unmissverständlich einen Großteil der heimischen Milchstraße.

Auch Deborah macht inzwischen eine nicht minder interessante Entdeckung. Ein Punkt leuchtet heller als alle Umliegenden. Die Anordnungen um diesen Fleck ähneln stark einer Spirale, die sich um ihn dreht. Was Deborah wahrlich hellhörig werden lässt, ist der Punkt selbst, der bei längerem Betrachten die Farbe verliert. Schnell macht sie eine Nahaufnahme. Bewegt sich da etwas in entgegengesetzter Richtung? Sie schaltet den Videomodus ein und filmt. Im fünf Zoll Display verfolgt sie aufmerksam die aufzunehmende Szene.

In der Großeinstellung werden feine Streifen erkennbar, die aus dem Punktinneren herauskommen. Blitzartig wird es Deborah heiß. Die Erkenntnis erregt sie, und das Bild wird verwackelt unscharf. Leise fluchend bricht sie die Aufnahme ab.

Einige Zeit steht sie nur da und starrt die dreidimensionale

Karte an. Immer wieder zieht es ihre Augen zu dem markanten Leuchtpunkt, der sie unentwegt beschäftigt. *Absurd*, geht es Deborah durch den Sinn. Fängt sie an, Gespenster zu sehen?

Ihr Herzschlag hat sich spürbar erhöht. Leicht zittern ihr die Hände. Hier wird sie nicht weiterkommen. Noch einmal wirft die Gewahrerin einen Blick aufs Ganze, dann passiert sie die Karte endgültig. Insgeheim hofft sie, auf dem Rückweg mehr Erfolg zu haben. Vielleicht ist bis dahin aus einer Ahnung mehr geworden ...

Nach einigen Metern erreicht Deborah eine fast unpassierbare Stelle. Vom Boden ragen spitze Felsen empor und von oben reichen ebensolche herab. Ein aufgerissenes Gestein! Welche Gewalt ist nötig, um es derartig auseinanderzureißen? Deborah ist erschüttert. Ist hier etwa die Reise zu Ende?

Misstrauisch beäugt sie die Zwischenräume. Wendig ist sie ja, aber ob schlank genug? Es käme auf einen Versuch an ...

Nach mehrmaligen Anläufen und ebenso vielen Abbrüchen, unternimmt sie einen Letzten. Ziemlich am Rande des Risses hat Deborah eine breitere Stelle entdeckt, durch die sie sich nun hindurchzwängt. Mit dem Kopf hat sie es schon mal geschafft, jetzt ist der eine Arm an der Reihe. Kaum ein Millimeter ist zwischen Haut und Felsen Platz. Unwillkürlich stockt Deborah der Atem. Wenn sie stecken bleibt, gäbe es keine Hoffnung, dass sie gefunden wird.

Mit dem zweiten Arm gibt es erste Probleme, und sie muss den Bauch einziehen, um ihn auf die andere Seite zu bekommen. Geschafft! Zum Durchatmen ist es aber noch zu früh. Mit Kraft und Ausdauer stemmt sich die Gewahrerin am Gesteinszahn ab und drückt das eigene Gewicht durch den Spalt. Die Anstrengung lohnt sich. Doch leider kommt sie nicht allzu weit. Die Körperstelle, an der wohl jede Frau herummäkelt, stößt mehrfach an. Sie seufzt. Die Beine hängen in der Luft, sind also auch keine Hilfe. So bleibt ihr nur, die Muskelkraft zu intensivieren. Keine Chance. Deborah hängt fest.

Durch ihre vergeblichen Bemühungen hat sich ihr Körper um einiges verdreht. Nicht viel, aber es reicht aus, dass sie nun richtig festklemmt. Jede Bewegung verursacht auf die Beckenknochen einen unangenehmen Druck. Wütend entfährt ihr wegen ihrer Dummheit ein lauter Fluch. Ist eh keiner hier, der sie hört und irgendwie muss sie jetzt Luft ablassen.

Wie doof kann man nur sein! Es grenzt schon an Arroganz und Selbstüberschätzung, so mir nichts, dir nichts einfach drauflos zu klettern. Weiter um jeden Preis! Das hat sie nun davon …

»Denk nach, Debby! Denk nach!«

Sie könnte platzen! Doch leider hat sie sich selbst in diese Situation hineinmanövriert. Also muss sie es auch allein auslöffeln. Na *Prost Mahlzeit*!

Mit angehaltener Luft und überdimensionierter Kraftanstrengung versucht Deborah das Unmögliche – und scheitert erneut. Dadurch rutscht sie unglücklich ab. Sie schreit auf. Der Fels ist an den Bruchkanten scharf wie Glas und rau obendrein. Kein Wunder, dass es leichte Abschürfungen gibt.

Um den Schmerz abzumildern, sollte Deborah sofort die Stellung wechseln. Leicht gesagt – das Gegenteil tritt ein. Mehr oder weniger liegt das ganze Gewicht auf ihrer Hüfte, je nachdem, ob sie sich zusätzlich am Fels abstützt oder nicht. Sie hält still, balanciert mit den Beinen die Lage in der Waagerechten aus, steuert mit den Armen dagegen. Die kleinste Bewegung drückt die Risskante des Gesteins tiefer ins Fleisch, und ihr eigenes Gewicht verstärkt den Druck. Solang sie es schafft, die Muskeln unter Spannung zu halten, kann sie noch eine Weile durchhalten. Aber sie spürt, wie die Kräfte schwinden.

Es muss doch möglich sein, wenigstens wieder auf der Einstiegsseite herauszukommen!

Was Deborah auch anstellt – sie hängt fest! Allmählich wird es ihr bewusst. Wenn sie wenigsten etwas hätte, um einige der herabhängenden Felszähne zu zerstören. *Zähne!* Ja, sie fühlt sich in einem Maul eines riesigen Monsters gefangen. Ein Gedanke, der Deborah nicht gerade beruhigt.

Demonstrativ schüttelt sie den Kopf. *Alles Quatsch!*

Energisch beißt sie die Zähne zusammen, holt einen tiefen Atemzug und drückt. Außer das der Schmerz der Abschürfung zunimmt, ändert sie nichts an der eingefahrenen Situation. Plötzlich wird Deborah depressiv. Ihrer Ausweglosigkeit bewusst, versinkt sie in Selbstmitleid. Schon sieht sie sich hier vergammeln und als Skelett enden. Und die, die sie einmal finden werden, werden sie belächeln.

Als sie Minuten später aus den aberwitzigen Tagtraum erwacht, tut ihr im Beckenbereich alles weh. Ein eiserner Ring verschlimmert ihre Pein. Wo kommt der her? Ist sie blindlings in eine Falle geraten? Deborah stöhnt laut auf. Wie naiv! Es gelingt ihr, sich zu konzentrieren. Und bald streift sie die irrsinnigen Gedanken ab. Das ist kein eiserner Ring! Das ist schlicht und einfach ihr Gürtel!

Sie schöpft Hoffnung. Wenn es gelänge, den Gürtel zu öffne, dann käme sie aus der Lage. Also schiebt Deborah den einen Arm zurück, den sie als Letztes auf die Oberkörperseite gezogen hatte. Dann tastet sie sich bis zur Gürtelschnalle vor, die sich wider Erwarten relativ leicht öffnen lässt. Den Gürtel aus den Schlaufen zu ziehen, ist schon schwieriger. Millimeter um Millimeter entledigt sie sich dem Hüft-Gurt.

Geschafft!

Sie atmet auf. Endlich gelingt, was aussichtslos erschien.

Zum Glück werden die Zwischenräume größer. Und ehe sie es sich versieht, erreicht sie die andere Seite des Felsrisses.

Noch einmal dem Schlimmsten entkommen, verfällt Deborah in ein schallendes, hysterisches Gelächter. Eine Episode mehr in ihrem jungen Leben, worauf sie nicht gerade stolz ist. Aber sie hat die scheinbar aussichtslose Situation gemeistert. Ihr Lachen prallt mehrfach von den glatten Wänden ab und die Röhre wirkt als Verstärker. Gespenstisch. Als ihr klar wird, welchen Lärm sie erzeugt und ihr Kommen dadurch verrät, verstummt sie augenblicklich. Wer weiß schon, was sie erwartet? Und wer? Wenn Nayati dort unten gefangen gehalten wird, dann wird sie nicht gerade Freundschaft erwarten. Es muss mit allem gerechnet werden.

Wo ist Ora'kunac? Erst führt das Geistwesen sie hierher und dann verschwindet es? Eine abwegige Art von *Hilfe* …

Überhaupt ist alles seltsam und kommt ihr mittlerweile vor, als sei sie im falschen Film. Ist sie zu leichtgläubig? Naiv auf jeden Fall, denn sonst wär sie nicht dort, wo sie nicht hingehört.

Doch da gibt es Nayati, der dringend ihre Hilfe braucht. Der Indianer ist Deborah wirklich ans Herz gewachsen. Er ist blutjung und erinnert sie an die eigene Jugend, die gerade einmal ein Jahrzehnt zurückliegt. Wie sich alles ändert, wenn man erwachsen wird. Einmal die Straße der Erwachsenen betreten, düst man diese ebenso rasant die vor einem liegende Wegstrecke entlang, ohne nach rechts oder links zu sehen. Alles fliegt nur so vorüber. Und das Ego ist der Antriebsmotor, der den anderen auf der Lebensautobahn hinterher düst, um irgendwann zu überholen. Vieles bleibt auf der Strecke. Doch was kümmert das schon, solange es einem nicht selbst betrifft?

Deborahs *Fahrt* wurde nun abrupt unterbrochen, und stattdessen in eine unbefahrene Seitenstraße gelenkt. Sackgasse wäre der bessere Begriff, wie sie meint. Sie lacht kurz auf; nicht vor Freude, sondern sarkastisch. Kein Wunder, dass jetzt der Zeitpunkt des Hinterfragens gekommen ist. Denn wenn die Geschwindigkeit fehlt, an der man sich willig gewöhnt hat, ist es ebenfalls verständlich, sich neu zu orientieren.

Ruckartig setzt sich Deborah in Bewegung.

Siebzehn

Zartak, kurzer Geschichtsabriss.

Das Eintreffen in die Welt des ›Vergessenen Planeten‹ findet reibungslos statt. Jedenfalls von seiner Sicht aus gesehen. Was er damit auslösen würde, hat er nicht bedacht.

Der Grundstock für sein Auftauchen wurde an einem fernen Ort und vor noch längerer Zeit gelegt. Es war in einer Ära, in der die ersten Zivilisationen entstanden, erblühten und vergingen. Dazu gehörte auch das viel später genannte Zartak-System. Der Riesenplanet beherbergte eine aufblühende Spezies, wie es sie bis dahin nirgends im Universum gegeben hat.

Eine Vielzahl an Arten explodierte regelrecht. Über Jahrtausende der Zartak-Zeitrechnung hinweg entwickelten sie sich in einem friedlichen Nebeneinander. Darunter waren drei Spezies, von endlos erscheinenden Meeren getrennt, die – voneinander unabhängig – intelligent genug waren, hoch entwickelte Gesellschaften zu bilden.

Mit der Zeit kristallisierten sich elitäre Staatsformen heraus, vergleichbar etwa mit der früheren Feudalherrschaft im alten Europa der Erde. Die Politik bestimmten die Oberhäupter der Staaten, die gleichzeitig die Kontinente waren. Über Jahrhunderte hinweg wussten die Rassen nichts voneinander, nahmen die Welt in den Grenzen wahr, die die Festlande bildeten. Schiff- oder Luftfahrt gab es zum damaligen Zeitpunkt nicht. Dies änderte sich erst, als fremde Zivilisationen den Riesenplaneten entdeckten.

Die drei Hauptinseln – Zoriak, Tasrym und Zykma – waren geschockt. Da sie bis dahin äußere Feinde weder gesehen noch vermutet hatten, gab es keine Abwehrmaßnahmen. Sie wurden nacheinander überrollt und das öffentliche Leben erstarb. Die einfallenden Invasoren hatten leichtes Spiel. Ohne Gegenwehr besetzten sie die Kontinente, plünderten und brandschatzten, verschleppten und töteten. Chaos brach aus. Die Luft trug den Geruch des Krieges mit sich.

Zoriakianer und Tasrymer ergaben sich ihrem Schicksal. Um nicht vollständig vernichtet zu werden, war dieser Schritt der einzig Richtige. Nur Zykma lehnte sich weiterhin auf. Das regierende Geschlecht hatte schon immer – im Gegensatz zu den anderen Kontinenten – ein Faible für kriegerische Planspiele. Jedes Jahr fand ein landesweit begangenes Festival statt, bei dem verschiedene Gruppen gegeneinander im Wettstreit antraten.

Jetzt wurden daraus erste rebellische Gedanken, die ein lebensbedrohliches Risiko in sich trugen. Es braucht nicht erwähnt zu werden, dass es viele Opfer zu beklagen gab. Viel zu viele. Doch nach unzähligen Rückschlägen wurden aus Rebellen Krieger und aus Krieger enthusiastische Verteidiger. Mit den Jahren des Widerstands fürchteten die Invasoren zykmaische Anschläge.

Eine Handvoll Männer und Frauen waren besonders verwegen. Sie nannten sich *Augenstecher* und torpedierten Kameras und Drohnen, die die Fremden für die Beobachtung und Ausspähung einsetzten. Man hatte schnell erkannt, wie wichtig diese

Gerätschaften und Apparaturen sind. Das Beispiel machte die Runde. Und bald entbrannte ein Guerillakrieg an mehreren Fronten.

Die Anschläge gegen die Fremden wurden immer effektiver. Eines Tages gelang es den *Augenstechern* sogar ein ausgesprochener Clou, der die Verhältnismäßigkeit zu ihren Gunsten verschob. In einer unaufmerksamen Sekunde schlugen sie zu und eroberten einen der Flugkörper, mit dem die Invasoren das Land tyrannisierten. Natürlich gelang es nicht durch der rebellischen Schlagkraft; Glück spielte eine nicht unwesentliche Rolle und die unerschrockene Verwegenheit ihrer Anführer. Es bestand darin, dass sie gleich zwei Piloten mit gefangen nehmen konnten.

Das Blatt wendete sich. Zykma eroberte, trotz mancher Rückschläge, zurück. Die Zykmaner hatten aber noch andere Trümpfe in der Hand. Das Volk hatte seit jeher eine enge Bindung zur Natur. Sie begriffen, wie abhängig sie von dem waren, was der Kontinent bot. Ihre gesamte Zivilisation war Teil im natürlichen Geflecht, und wurde der Natur nicht einfach übergestülpt. Das Klima war tropisch zu nennen, so lebte man in zeltähnlichen Unterständen. Große Reichtümer gab es nicht. Gegen nächtliche Angreifer, den Lorús – ein sehr angriffslustiges Tier – hatte man einen Palisadenzaun errichtet. Ständig bewaffnete Jäger patrouillierten nachts und sorgten nicht nur für Sicherheit, sondern auch für Nahrung.

Mithilfe einer bestimmten Kräutermischung, konnte das Wasserreservoir für die Fremden unbrauchbar gemacht werden. Die Dosis war genau abgestimmt, sodass die Eingeborenen keinen Schaden nahmen, sah man von einzelnen Fällen ab, bei denen das Verdauungssystem in Mitleidenschaft gezogen wurde. Für die Invasoren wurde so nach und nach das Leben erschwert, teilweise sogar unmöglich gemacht. Unter den Fremden kam es zu Todesopfern, die in deren Reihen große Lücken hinterließen.

Trotzdem währte die Besatzung Zykmas über mehrere Generationen, weswegen es auch der ›Generationen-Krieg‹ genannt wurde.

Das Ende des eingefallenen Besatzers ging klanglos vonstatten. Lebenswichtige Nachschübe blieben aus. Es schien, als hätten sie das Interesse an den Kontinent verloren. Man fand ihre Überreste weit verstreut – auch noch nach Jahrzehnten. Allerdings konnte nie zweifelsfrei geklärt werden, warum sie plötzlich dahingesiecht und letztendlich verschwunden sind.

Auf den zwei anderen Kontinenten geschah Ähnliches, nur dass die dortigen Besatzer keine Kämpfe zu führen oder Anschläge zu befürchten hatten. Dennoch hinterließen sie eine tiefe Wunde.

Zykma war als einzige Kraft imstande, die fremden Schiffe zu bedienen und durch die Lüfte zu fliegen. Sie waren auch die ersten, die Zartak nun als Planet wahrnahmen, mit all seinem unbekannten Gebieten und Völkern. Es entstanden erste, zaghafte Annäherungen zwischen den Spezies. Aufgrund der zurückliegenden Vergangenheit begegnete man sich äußerst skeptisch und vorsichtig. Die unterwürfigen Zoriakianer und Tasrymer erkannten Zykma als Führernation an und erwarteten im Gegenzug bedingungslosen Schutz. Die Zartak-Allianz war gegründet.

Aufblühender Handel sorgte für einen neuen, nie gekannten Reichtum der Kontinente. Während die Zykmaner sich um die Verteidigung kümmerten, erblühten die Herrscherhäuser in nahezu unbekannten Luxus. Nur ein kleiner Teil des erworbenen Wohlstands erreichte das Volk. Doch die Politik der Kontinente oblag den jeweils Verantwortlichen; Eingriffe in die inneren

Angelegenheiten fanden nicht statt.

Den Zykmanern wurde auch die Schiffsflotte der Invasoren anvertraut. Mit der Zeit wurden sie so perfekt, dass es ihnen sogar gelang, defekte Schiffe zu reparieren. Ersatzteile konnten sie dagegen nur selten anfertigen, da die Technologie hierzu fehlte.

Ganz Verwegene machten es sich zur Aufgabe, den unmittelbaren Orbit von Zartak zu erkunden. Daraus wurde eine langfristige Expedition durchs Zartak-System, wobei alle relevanten Planeten und Monde kartografiert und anschließend oberflächlich erforscht wurden. Endlich bekamen sie einen ersten Eindruck über die Unendlichkeit des Weltalls.

In der nördlichen Hemisphäre leuchtete des Nachts am Himmel kein einziger Stern. Jetzt fanden sie den Grund dafür: Es gab keine! Der Sternenhimmel wird von einem breiten schwarzen Band durchzogen, den kein Licht durchdringt. Das Weltall war voll von Geheimnissen, doch die Zykmaner begriffen, dass die Allianz dafür noch nicht bereit war.

Das Zeitalter was nun folgte, war geprägt von Fortschritt, der sich den unerwarteten Schub durch die eroberte Technologie zunutze machte. Überall auf den Kontinenten entstanden Fabriken, die die geförderten Rohstoffe zu hochwertigen Materialien verarbeiteten. Die Industrialisierung stampfte unzählige Bauten in den Boden, die mit der bisherigen Architektur nichts mehr gemein hatten. Alte Traditionen gerieten allmählich in Vergessenheit und drohten zu verschwinden.

Der Bedarf von Arbeitern stieg unermesslich. Zoriak hatte beste Voraussetzungen, Baraber zu produzieren. Die Königin gebar unentwegt Nachkommenschaft, die von den Betreuerdrohnen aufgezogen und für zukünftige Dienste vorbereitet wurden. Die Effizienz war kaum zu übertreffen, so ausgereift war das System. Die Königin gehörte der Untergruppe der Anomaliten an, einer Laune der Natur. Sie unterschieden sich nur in der Zusammensetzung der DNA von den übrigen Zoriakianern. Die Mutation bewirkte, dass sie permanent Nachwuchs zeugen und gebären konnten.

In dieser Situation half die bislang spärlich populierende Spezies der Gesellschaft und explodierte regelrecht. Eine wahrlich logistische Meisterleistung gelang bei der Verteilung der Arbeiter. Es wurde als sozial erachtet, als Ganzes zu fungieren; der Einzelne hatte keine Rechte. Es gab keine Privatsphäre. Alles unterlag den Interessen der Allgemeinheit. Wurde ein Arbeiter krank, befand eine Kommission darüber, ob man ihn rettete und somit wertvolle Ressourcen für sein Leben opferte, oder ihn gleich dem Recycling überantwortete.

Die anderen beiden Kontinente hießen das System nicht gut, akzeptierten es aber stillschweigend, da auch sie davon profitierten. Alles wurde für die Allianz getan, damit eine zukünftige Invasion weitestgehend ausgeschlossen werden konnte.

Mehrere Generationen darauf verblasste die Erinnerung an die leidvolle Vergangenheit. Die Geschichten waren mittlerweile zu Legenden geworden. Zeitzeugen gab es schon lange nicht mehr, die persönliche Erfahrungen weitergeben konnten. Einzig Heldentaten wurden stilisiert, darunter der Widerstand der *Augenstecher*. Auch auf den Kontinenten Zoriak und Tasrym, auf denen nie gekämpft worden war, spannen sich Legenden. Ein wahrer Kult war entstanden.

Längst waren die natürlichen Barrieren, die die Kontinente und der Planet selbst bildeten, überwunden. Überall wurde entdeckt, erforscht und nutzbar gemacht. Ganze Landstriche veränderten innerhalb einer Dekade ihr Antlitz. Und nicht immer war es fürs Wohl der Allianz.

Dann brach erneut eine dunkle Zeit an. Schleichend und

anfangs unbemerkt. Das Zartak-System hat erneut Besuch bekommen ...

Während eines Patrouillenflugs wurden eines Tages undefinierbare Schatten aufgespürt. Anfangs fanden derartig mysteriöse Begegnungen im All statt. Es geschah flüchtig und in unregelmäßigen Abständen, die nichts Dahingehendes vermuten ließen. Doch die Begegnungen häuften sich. Einige im Orbit befindliche Schiffe kehrten nicht mehr heim, galten lang als verschollen. Monate später wurde eins aufgespürt und das andockende Aufklärungsschiff, teilte das Schicksal mit den Aufgefundenen.

Gleichzeitig hielt sich ein Trupp auf dem Zartak begleitenden Mond auf. Seine Umlaufbahn sowie dessen Beschaffenheit wurden in folgenschwere Überlegungen einbezogen, gewisse Industriebereiche des Heimatplaneten hier anzusiedeln. Außerdem wurde untererdig ein perfektes Stollen- und Höhlensystem entdeckt, das sich hervorragend für die Unterbringung der Arbeiter anbot. Allerdings wollte man nicht vorgreifen und die Königin selbst entscheiden lassen. Man wollte sie nicht übergehen, waren doch ihre Ausbrüche berüchtigt. Wie sich herausstellte, war die Anomalitin äußerst entzückt über diese Idee und drang darauf, das Gelände selbst zu besichtigen. Bereits zwei Tage später landete der königliche Gleiter auf dem Mond.

Während die Anomaliten-Königin auf Besichtigungstour war, meldeten die Überwachungssysteme merkwürdige nicht autorisierte Bewegungen im Orbit. Die Zykmaner waren alarmiert, befürchteten sofort das Schlimmste. Aber die Daten, ebenso die übertragenen Bilder, zeigten nichts Auffälliges. Gewarnt schickten sie mehrere Jäger hinauf. Man wollte sichergehen und es mit eigenen Augen sehen.

Was die Zykmaner erwartete, war eigenartig und gespenstisch zugleich. Deutlich nahmen die Kameras Schattenumrisse auf, die sich ständig bewegten und Richtung Zartak steuerten. Das erste Schiff wurde vom Schattennebel gestreift, wonach sofort die Kommunikation abbrach. Keiner an Bord überlebte. Vom Grauen gepackt flohen die übrigen Schiffe und flogen zum Hangar zurück. Doch bevor sie landen konnten, hatten auch sie ihr Leben verwirkt.

Innerhalb weniger Augenblicke überzogen die Schatten Zartak. Und von einem Moment auf den Nächsten war der Riesenplanet entvölkert …

Gegenwart, United States of Amerika, am Rande der Wüste.

Das also ist der ›Vergessene Planet‹. Er hat sich ihn anders vorgestellt, wenn er ehrlich ist. Aber was will man auch erwarten … Aus alten Aufzeichnungen hat er sich einen Kurzüberblick verschafft. Es sollte ein Leichtes sein, mit den Eingeborenen fertig zu werden. Ihre Entwicklung ist nicht allzu weit fortgeschritten. Sie hatten noch keine großartigen Fortschritte, bezüglich moderner Technik, gemacht. Man reise mit Pferdewagen oder Kutsche. *Wie primitiv*, denkt er mitleidig. Und sie wähnen ihren Planeten als Mittelpunkt allen Seins!

Der Eintritt in die hiesige Atmosphäre hat eine unerwartete Reaktion ausgelöst, die einem Hurrikan gleichkommt. Das wird Eindruck schinden! Keiner wird sich getrauen, sich ihm entgegenzustellen. Ein wohlgefälliger Vorteil.

Der aufgewirbelte Staub lässt auf eine Wüste schließen. Erste Zweifel beschleichen ihn. Sollte er sich geirrt haben? Der ›Vergessene Planet‹ soll eine Welt voller bunten Lebens sein! Das Geheimnis liegt im Wasser, welches hier ausreichend vorhanden ist. So jedenfalls berichten es die Überlieferungen.

Festen Schrittes geht er weiter. Allmählich senkt sich der

Wüstenstaub. Die Sonne scheint im angenehmen Licht und es ist sehr heiß. Kommt er zu spät? Er bleibt stehen. Noch ist es Zeit umzukehren. Doch er will nicht glauben, dass er sich derartig irren konnte. Entschlossen macht er ein paar Schritte vorwärts, bleibt erneut stehen.

Das Portal kann ich jederzeit öffnen; es besteht also keine Gefahr. Mal sehen, wie weit die Ödnis reicht …

Die Hitze macht ihn zu schaffen. Er kommt nur schleppend voran. Jeder Schritt kostet Überwindung. Und auch die Sinne scheinen ihm etwas vorzugaukeln. Seit einiger Zeit hat er eine Gestalt im Blick, die auf ihn zukommt. Er nimmt sie nur undeutlich wahr, wie durch einen Nebel mit verwaschenen Konturen. Dehydriert er bereits?

Stumpf setzt er einen Fuß vor den anderen. Die folgenden Minuten erlebt er in einer Art Zeitraffer. Plötzlich ist aus der vagen, undeutlichen Gestalt eine Frau geworden. Später steht sie vor ihm und spricht auf ihn ein. Leider hört er sie nicht, sieht nur ihre bewegenden Lippen.

»Ich bin Caitlin, Mister …«, weht irgendwann eine weit entfernte Stimme an sein Ohr.

Dann kehrt wieder Stille ein. Eine absolute, endgültige Stille. Er schließt die Augen. Träumt er? Manchmal scheint es, dass Geknatter die Stille durchbricht, doch es ist nichts erkennbar, was das Geräusch verursacht.

Und die Frau spricht weiter stumm auf ihn ein. Er muss lächeln – zu absurd die Situation. Gedanklich driftet er ab. Das sind also die Nachfahren derer, denen man einst begegnet ist! Er hat die alten Aufzeichnungen studiert und auch die typischen Merkmale der damaligen Bevölkerung. Die Frau hat nicht die geringste Ähnlichkeit mit den gesichteten Aufnahmen. Aber er findet sie interessant und – für seinen Geschmack – sieht sie gut aus.

Kein einziger Laut ist zu hören. Er hebt den Kopf, und es wirkt verträumt und weit entrückt. Am Himmel schweben seltsame Objekte. Tiere? Oder künstlich erschaffene? Er kann den eigenen Gedankengang nicht folgen. Ihn beschäftigt vielmehr diese Frau, die immer noch tonlos auf ihn einredet. Wieso kann er sie nicht hören? Ihre Augen blitzen erregt. Mimik und Gesten sprechen eine eigene Sprache, die er aber nicht richtig deuten kann. Irgendwo in den Tiefen seines Hirns blitzt eine Idee auf. Für einen Millisekunden währenden Moment glaubt er, den Grund zu kennen. Der Augenblick vergeht, die Idee löst sich im Nichts auf. Zu schwach ist sein Wille. Ist auch nicht wichtig, denn er fühlt sich gut.

Plötzlich reißt die Frau die Augen Schreck geweitet auf. Auch er spürt eine undefinierbare Veränderung. Was ist nur los? Etwas geschieht, er kann es aber nicht einordnen. Als ist er Zuschauer und nicht mittendrin! Ihm wird heiß. Schweiß verklebt Hemd und Hose. Er fühlt sich unwohl. Um den Oberkörper scheint sich ein Eisenring zu legen und ganz langsam zusammenzuziehen. Er begreift nicht. Er agiert nicht. Alles kommt verzögert bei ihm an …

Was dann passiert hat er nicht erwartet. Völlig unerwartet öffnet sich über ihn der Himmel. Für einen winzigen Moment setzen brachiale Geräusche ein, doch nur, um sogleich wieder zu verstummen. Die Frau ist kreidebleich geworden; noch immer starrt sie ihn fassungslos an. Und die Hitze nimmt weiter zu. Er kann nicht sagen, ob die Glut von außen oder innen kommt; aber sie droht ihn zu verbrennen.

Mit einem Schlag wird es gleißend hell. Geblendet wendet er den Kopf nach unten. Auch wenn er nichts sieht, weiß er, wie es weitergeht. Und das ohne sein Zutun … Das Portal ist aktiv geworden! Anhand der Farbnuance erkennt er, dass er geholt werden wird. Warum, weiß er nicht. Aber der kurze Ausflug in die ›Vergessene Welt‹ ist zu Ende, bevor er richtig begann.

Mit enormer Kraft setzt der Sog ein. Aus Erfahrung weiß er, dass es besser ist, in die Hocke zu gehen und die Muskeln anzuspannen. In dieser Embryohaltung übersteht man die Belastung nahezu unbeschadet. Unvermittelt setzt die Sogwirkung ein. Die Kraft steigt um ein Vielfaches. Nahe der Lichtgeschwindigkeit passiert er innerhalb Sekundenbruchteile das Portal ...

Achtzehn

Sterneninsel Atamorenus, Gegenwart.

Es wimmelt nur so von Partikelteilchen und -strömen! Das Gremium ist zusammengetreten. Ohnegleichen ist das Interesse groß. Alle wichtigen Entscheider Atmanikums sind hier versammelt. Öffentlich wird – je nach Ausgang – nur das Ergebnis gemacht. Niemand will unnötig Aufsehen erregen. Unruhen gab es zwar nur selten in der Atman-Gesellschaft, doch man will nicht Öl ins Feuer gießen und provozieren.

Für Außenstehende herrscht ein wildes Durcheinander. Für die nichtbiologisch-körperlosen Atmane sind die Signaturen signifikant. Ihre Sinne unterscheiden die Artgleichen ebenso, wie die Spezies in anderen Lebensräumen.

In der Umgebung – wie auf dem gesamten Planeten – gibt es keinerlei visuellen Hinweise auf hochbegabte Lebensformen. Kämen andere Intelligenzen auf Atmanicum, würden sie nur einen bizarren Klumpen toten Gesteins vorfinden, ohne jegliche Atmosphäre. Eine einzige Bakterienart *bevölkert* den Himmelskörper. Eigentlich fristet sie eher ein unbeschauliches Dasein, denn sie vegetiert erstarrt zwischen den Felsen.

Atmanische Sinne dagegen nehmen eine völlig andere Umwelt wahr. Es ist eine Welt aus Teilchen und Partikeln, aus Energieströmen und elektromagnetischen Feldern. Wichtigster Bestandteil ist die sogenannte ›Dunkle Energie‹, die unter den Atmanen als Lebenselixier schlechthin gilt. Mit dieser Energie, die mit menschlichen Mitteln weder greif- noch nachweisbar ist, sind sie seit jeher auf schicksalhafter Weise verbunden. Es kann behauptet werden, dass es ohne die mystische Energie die Atmane nicht geben würde.

Als das Mutteruniversum vor mittlerweile gut sechzehn Milliarden Jahren einen gewaltigen Energieschub erfuhr und diesen nicht länger beherbergen konnte, da der Platz eines Universums beschränkt ist, gebar es ein weiteres Unteruniversum. Explosionsartig füllten Plasmaströme den neu entstandenen Raum aus. In der atmanischen Mythologie wird überliefert, dass in dieser Zeit auch die Existenzen entstanden.

Die Existenzobere im Gremium eröffnet die Zusammenkunft; die letzte dieser Art fand vor Äonen statt. Es muss also Gravierendes vorgefallen sein, wenn solch ein Aufwand betrieben wird. Kurzfristig ist die Einberufung weitergeleitet worden, dass selbst die Atmane – die keinerlei Zeitempfinden besitzen – als ungewöhnlich schnell erahnen.

Die beiden *Hüter* Tzúk'ranac und Ora'kunac sind die wichtigsten Zeugen, die maßgeblich an der Urteilsfindung beteiligt sein werden. Kaum sind alle Geladenen versammelt, wird Tzúk'ranac aufgefordert, zu berichten …

‹ ° ›

Wie einfältig sie doch sind! Ausnahmslos alle! Und wie sie die *Hüter* feiern ... *Hüter*! Was für Tölpel ... Denken, alles zu verstehen und zu kennen. Aber sie *wissen* rein gar nichts. Sie unterliegen einer Illusion. Einer, der die gesamte Gesellschaft aufgesessen und ausgeliefert ist. Was für eine Farce!

Dieser Tzúk'ranac ist der Gipfel von Blasphemie und Arroganz. Und sein Auftreten ... Selbstüberschätzung! Ja, er kann gut erzählen und Zusammenhänge herstellen. Das macht ihm so schnell keiner nach. Aber mir ist er nicht ebenbürtig; wird er niemals sein! Dafür fehlt Tzúk'ranac das nötige Etwas.

Die arme gefangene Existenz wird hereingeschoben. Jetzt gleich wird das Extrahieren stattfinden. Interessant dabei Zeuge zu werden. Einmal war ich mit dabei gewesen; allerdings handelte es sich nur um eine Simulation am virtuellen Objekt. Ich habe es voller Interesse verfolgt, wenn auch Fragen offenblieben. Nun wird ein Atman tatsächlich extrahiert und wiederhergestellt. Ich erwarte wertvolle Detailinformationen, die meiner Arbeit hilfreich sein werden.

Der zweite *Hüter* soll diese Prozedur ja ebenfalls unterzogen worden sein, erzählt man sich. Er soll in den Energiestrahl gekommen sein. So viel Unprofessionalität ist mir noch nicht begegnet! Naivlinge ... Solche Einsätze müssen geplant und koordiniert werden! Ist mir überhaupt schleierhaft, wie sie es geschafft haben, den *falschen* Wandler aufzuspüren.

Ich muss meine Gedanken zügeln. Muss sie geheim halten, damit ich ungestört meiner Arbeit nachgehen kann. Zugegeben, sie ist nicht offiziell. Für die anderen bin ich Junior-Mitglied im Gremium, die rechte Hand der Existenzoberen. Gemeinsam haben wir die Transfers anwendbar gemacht und schließlich etabliert. Das geschah vor mehreren Äonen. Seitdem hat sich in der Transfer-Technologie nichts geändert. Einmal Erprobtes bleibt ewig im Einsatz. Gründe für eine Weiterentwicklung gibt es im atmanischen Reich nicht. Wirtschaft im eigentlichen Sinne existiert ebenso wenig, wie Kultur.

Andere, durch den Transfer erlebte Lebensformen, haben dagegen vielseitige Angebote. Was mich besonders anspricht, ist Musik. Faszinierend diese melodiösen Klänge, die die Wesen erzeugen können. Dazu verwenden sie sogenannte Instrumente, denen sie zauberhafte Töne entlocken. Allein deswegen unternehme ich die Transfer-Ausflüge.

Jetzt berichtet der zweite *Hüter*, wie es zum besagten Unfall gekommen ist. Dumm nur, dass so eine unfähige Existenz mit für Atmanicum wichtigen Aufgaben vertraut worden ist. Eine Blamage ohnegleichen … Für die atmanische Gesellschaft – für jeden einzelnen Atmanen. Da ist es nur rechtens, dass ich weitermache.

Einen Trip will ich unbedingt noch einmal durchführen: Die Zusammenfassung der Lebenskugel der betreffenden Person verheißt Vielversprechendes. Am Anfang meiner Unternehmungen habe ich mich über die Zweigeschlechtigkeit der Wesen gewundert. Meine Verwunderung dauerte nicht lang. Es ist völlig normal. Viele Sternensysteme beherbergen Kreaturen, die sich auf diese Art fortpflanzen. Ich gehe davon aus, dass es sich – biologisch gesehen – bewährt hat, eine Spezies zu bewahren.

Es ist ein berauschender Planet: Blau, überall Wasser, unzählige Pflanzenvielfalt. Was ihn einzigartig macht, ist die wahre Fülle von Getier in jeder denkbaren Form. Um alles zu entdecken und zu besichtigen, sind mehrere Leben notwendig. Transfers sind sehr hilf- und aufschlussreich.

Wenn nur diese Menschen endlich begreifen könnten, was sie für einen Planeten besiedeln …

Was geschieht jetzt? Die Aussagen der *Hüter* scheinen beendet zu sein. Gleich wird die Obere Existenz sprechen. Bin gespannt, wie sie urteilt.

⟨°⟩

Die Existenzobere hat genug gehört. Die Schilderungen der Hüter sind beeindruckend und detailliert gewesen. Jede anwesende Existenz kann sich ein eigenes Bild machen. Atmanische Schilderungen zeichnen sich auch dadurch aus, dass sie Gefühle und Atmosphäre transportieren können.

Das Gremium schweigt, lässt die Berichte nachwirken. Im Anschluss beginnt die langwierige Beratung.

⟨°⟩

Von Vorteil wäre, wenn der vermeintliche Wandler nicht verurteilt werden würde. Dann wären meine Ausflüge einfacher. Meine Taktik ist unauffälliger, wenn der Verdacht auf jemand fällt, der einfältig genug ist, seine hinterlassende Signatur sichtbar zu lassen. Die *Hüter* werden mich niemals aufspüren können – denn ich habe einen Weg gefunden, meine bis zur Unkenntlichkeit zu verschleiern.

Bisher hat die Existenzobere gesprochen. Hat die Argumente gegeneinander aufgewogen, die nur auf eine Entscheidung hinaus zielen. Die Obere will ein Zeichen setzen. Jeder Atman soll sehen, dass Fehlverhalten sofort geahndet wird. Verständlich – nur meinen Zwecken nicht dienlich.

Dieses Gremium ist kurzfristig einberufen worden. Alle Transfers gestoppt. Ein schwerwiegender Eingriff in den Alltag. Nicht wenige murren. Wenn es mir gelänge, den gärenden Unfrieden ins Gremium zu tragen … Einigkeit im Feminat ist Grundvoraussetzung für die Urteilsfindung. Ein ungeschriebenes Gesetz besagt, dass zweifelsfrei die Schuld bewiesen werden muss. Ist die Einigkeit nicht gegeben, schreibt das Recht die weitere Beweisfindung vor. Es braucht nur einer stichhaltigen Idee, und die Sache läuft in gewünschte Bahnen …

°⟨°⟩°

Atmanicum, Archivtempel.

Inaktive Lebenskugeln schweben im mattglimmenden Licht. Sie bleiben bis auf Weiteres gesperrt. Andauernde Transfers folgen einem ganz speziellen Leuchtlogarithmus. Dieser zeigt Ort, Zeit und Restdauer an. Wenn man denn wollte, könnte genau gesagt werden, wann auch die letzte Reise zu Ende gehen würde. Dafür aber fehlt das Verständnis, konsequent zu sein. Stattdessen macht sich Langeweile breit; die Atmane wissen nichts mit sich selbst anzufangen.

Voll und ganz sind sie auf die Leben anderer fixiert. Über die Äonen hinweg kennen sie nichts anderes. Ein Umstand, der sich jetzt fürchterlich rächt. Degenerativ siechen sie dahin. Nur Wenige treffen im Archivtempel aufeinander und beginnen eine zaghafte Unterhaltung. Öffentliches Leben im herkömmlichen Sinne existiert auf Atmanicum sowieso nicht. Denkt der Wandler zurück an die Vor-Transfer-Ära, dann hat es damals ebenfalls kaum gesellschaftlichen Alltag gegeben, wie man ihn auf bewohnten Planeten kennen- und auch schätzen gelernt hat. Keine Kultur, keine gemeinsamen Abende und noch nicht einmal Hobbys. Solche abwechslungsreichen Annehmlichkeiten werden ausschließlich während der Lebenstransfers genossen. Doch damit ist es fürs Erste vorbei. Der Archivtempel ist praktisch außer Funktion gesetzt. Nur eine Existenz schert sich nicht darum. Sutra'mar, Wandler zwischen den Leben.

Neunzehn

Urigorisches Raumschiff, Gegenwart.

Isadors Tobsuchtsanfälle sind gefürchtet und jeder, der die Möglichkeit hat, geht ihm aus dem Weg. Das Schiff hat genügend Ebenen und Winkel, aber es scheint, Isador ist überall. Vielleicht vermutet er den entwichenen Gefangenen in der entferntesten Ritze. Zu dumm, dass die ausgesandten Suchtrupps keine Spur gefunden haben. Es wäre auch zu schön, um wahr zu sein. Könnte man sich doch durch das Aufgreifen besagten verhassten Arimeaners gegenüber den anderen der Crew hervorheben.

In seiner Kabine schmiedet Isador dunkle Pläne. Jemand hat dem Gefangenen geholfen, so viel steht fest! Die permanente Zufuhr der Drogen hat den Arimeaner außer Gefecht gesetzt, das ist so sicher, wie er ein Urigor ist. Nur wer?

Es wird Zeit, dass er die Spreu vom Weizen trennt. Es müssen Zeichen gesetzt werden; eindeutige und unmissverständliche! Zu lang werden seine Führungsansprüche schon unterminiert. Er kann es sich nicht mehr leisten, noch länger zuzuschauen. Isador muss etwas tun, damit das aufhört! Eine bessere Gelegenheit wird sich so schnell nicht wieder bieten.

Entschlossen über sein Vorgehen, verlässt Isador seine Kabine. Es werden Köpfe rollen! Und er weiß mit wem er den Anfang macht …

Früher ging man davon aus, dass das Weltall unendlich ist. Das darin nichts anderes existiert, als grenzenlose Leere; dass es sich kalt und unwirtlich weiter ausdehnt in scheinbarer Unendlichkeit. Im Verhältnis zum Universum sind Wesen tatsächlich winzig und erreichen noch nicht einmal die Größe eines Staubkornes. In diese Realität Hineingeborene nehmen die eigene Größe als Maßstab allen Seins und messen sich daran.

Man ist versucht, Gigantisches zu vergöttlichen. Auf der Suche nach dem letzten Rätsel des Alls, welches alles offenbart, was das Verständnis benötigt, um zu verstehen. Menschen brauchen solches Denken. Auch anderswo folgt dem System angehörenden indigenen Lebewesen derartigen Gedanken, vorausgesetzt, sie sind sich des eigenen Daseins in universeller Form bewusst.

Eines Uhrwerks gleich greifen alle kosmischen Bestandteile ineinander, sind untrennbar miteinander verflochten. So wie jedes Atom, jeder Asteroid oder jede noch so exorbitant riesige Galaxie, nimmt jedes seinen Platz ein und füllt diesen aus. Dabei ist es unerheblich, ob man den Grund dafür kennt oder nicht. Alles folgt kosmischen Gesetzen.

So verschieden die Geschmäcker, so verschieden sind auch Ansichten; maßgebend ist der jeweilige Blickwinkel. Für die einen scheint die Sonne, andere stöhnen wegen extrem empfundener Hitze. Regnet es in Strömen, schimpfen viele wegen der Nässe, wohlwissend, wie notwendig Wasser für die Natur und somit den Kreislauf der Welt ist. Diese Phänomene werden immer und überall ausgefochten.

Nicht verwunderlich, dass Waylon nicht glauben mag, was seine Augen jetzt als gegenwärtige Realität wahrnehmen. Sein Bewusstsein sträubt sich, zu akzeptieren. Doch auch nach mehrmaligen Augenzwinkern und zunehmend hektisch werdenden Kopfwenden, gibt es keine Zweifel: Überall totes Gestein! Kein Grashalm, nicht einmal vermodernde Reste abgestorbener Pflanzen. Scharfe Schatten wirft das Licht. Die Luft ist klar, sodass er in weite Ferne störungsfrei Details erkennt.

Hat er geschlafen? Waylon kann sich nicht entsinnen, diese Örtlichkeit schon einmal gesehen zu haben. Er blinzelt in den Himmel – doch es fehlt das vertraute Azurblau … Nur das grelle Sonnenlicht, was extrem blendet, und schattenhaftes Schwarz sind erkennbar. Und zugleich bemerkt er, wie weit er in den Raum schauen kann.

»Hallo?«

Nanu? Seine Stimme klingt merkwürdig, als fehle ihr die Tiefe und Fülle …

»H-a-l-l-o!«

Noch nicht einmal ein Echo hört Waylon. Trotz lang gezogener, inbrünstig gerufene Vokale wird die Stimme nicht getragen. *Eigenartig.*

Langsam dreht er sich um die eigene Achse. Trotz der unzähligen kleinen Steine unter seinen Füßen, dringen keine typischen Geräusche an Waylons Ohr. Beunruhigt geht er in die Hocke, streicht mit der Hand über den unebenen Boden. Ein weiteres Mysterium erweckt seinen Geist: Er fühlt nicht annähernd das, was er erblickt. Die Steine sehen scharfkantig aus, sind aber merkwürdigerweise *rund*.

Waylon hebt den Blick und ihm fällt auf, dass alles in einem wohlvertrauten Türkis getaucht ist.

Er setzt noch einmal zu einem Ruf an, unterlässt es aber. Irgendwie kommt ihm die Situation verdammt bekannt vor! Nur dass er damals an einem Strand aufgewacht ist …

»Ich werde doch nicht etwa …« Er hält inne. Um besser denken zu können, schließt er die Lider.

Was habe ich als Letztes gemacht?

Die Erinnerung versagt. Wieder einmal fühlt sich Waylon ausgeliefert, worauf er absolut einflusslos ist. Minutenlang verharrt er in totaler Starre …

Als Waylon sich daraus endlich wieder lösen kann, versinkt am Horizont gerade die Sonne. Ein Umstand, der nicht förderlich ist, da er ohne Schutz die Nacht verbringen muss. Es bereitet ihm Gänsehaut. Darüber aufgewühlt, findet er keine Ruhe. Solange das Restlicht des Tages noch ausreicht, will er es nutzen. Seine innere Stimme treibt Waylon zur Eile. Dass es in dieser Einöde Kreaturen gibt, steht außer Frage. Im Schutz der Dunkelheit ist es ein Leichtes, Opfer anzugreifen und zu reißen.

Seine Fantasie geht wieder einmal mit ihm durch. Wer sagt denn, dass die Kreaturen ausgerechnet auf ihn Appetit haben? Noch hat er keine gesehen …

Er macht große Schritte und kommt ohne weitere Anstrengungen gut voran. Die Sonne im Rücken hat er einen passablen Überblick. Am Horizont zeichnet sich eine schroffe, unwirkliche Felsformation ab. Einige Bergspitzen ragen weit in den Himmel empor, wirken wie ein warnender Fingerzeig. Waylon bleibt stehen.

Hinter der Formation sind weitere, noch höhere Felsen zu sehen. In diese Richtung versperrt ihm das gewaltige Bergmassiv den Weg. Ohne Hilfsmittel kommt er dort unmöglich weiter.

Erste Resignation wird spürbar.

Warum bin ich hier? Wenn ich mich doch nur erinnern könnte …

«Du hast das Portal durchschritten, Waylon Latham.»

Warum weiß ich davon nichts?

«Dein Organismus wird den Schock bald absorbiert haben.»

Schock? Welcher Schock?

«Das ›Portal der Welten‹ wirkt auf die biosensitiven Eigenschaften deines Körpers. Deine Atome benötigen Zeit, um zur Ruhe zu kommen.»

Hast du noch mehr verschwiegen?

«Sei sorgenfrei! Ihr Menschen nennt solche Vorgänge Physik.»

Waylon bläst die Wangen auf.

Komm mir nicht auf diese Tour ...

Der Kristall schweigt. Waylon ist *angepisst*. Langsam reicht es, herausgerissen und irgendwo anders positioniert zu werden.

Was soll das?

«Fülle den dir zugewiesenen Platz, Waylon.»

»Mein Platz ist auf der Erde, bei Karoline und den Kindern!«, ruft er genervt. »Ich bin nicht dein Spielball, Mutter!«

«Du hast dich selbst dafür entschieden, Waylon!»

Schwang da im Ton etwa gerade Zurechtweisung mit? Wie ein gescholtener Junge senkt er schuldbewusst die Lider.

›Ich soll mich ... dafür ... entschieden haben?‹, denkt Waylon ungläubig. ›Was für ein Stuss ist das denn?‹

«Zugegeben, es ist lange her, Waylon, als du dem *Plan* zugestimmt hast. Für menschliche Begriffe nicht vorstellbar.»

»›Plan?‹ Welchen Plan?«

«Es obliegt mir nicht, dir darauf zu antworten.»

Verärgert runzelt er die Stirn. »Wer verbietet es dir?«

Lange Zeit antwortet der Kristall nicht. Schon glaubt Waylon, überhaupt keine Antwort zu erhalten. Doch da vernimmt sein Ohr: «Du!»

Die Mannschaft der ›Azeptus‹ steht in Reih und Glied vor ihm. Isador genießt es, die Aufmerksamkeit auf sich zu ziehen. Jeden Atemzug kostet er aus. Er nutzt den Augenblick, um jedes Crew-Mitglied – das er im Übrigen einfach als Untergebenen ansieht, statt eines Mitarbeiters – tief in die Augen zu blicken. Darin erkennt Isador zumeist ängstlichen Respekt. Zufrieden wandern seine Augen weiter. Keiner der Mannschaft lächelt; es herrscht spürbare Anspannung.

Isadors Blick bohrt tief. Auch dafür ist er gefürchtet. Ohne viele Worte dringt der Kommandant bis in die Seele des Gegenübers vor und hinterlässt so ein unheimliches Gefühl. Man sagt ihm nach, er könne Dinge erkennen, weit bevor sie einem selbst bewusst werden. Eine Eigenschaft, die Unbehagen auslöst, welches lang anhält. Niemand kann sich auf dem Schiff sicher fühlen. Jeder steht tagein, tagaus unter extremen Spannungen. Selbst der Schlaf ist von purer Angst beseelt.

Kaum einer hält länger als zwei oder drei Atemzüge seinem Blick stand. Isador empfindet dies als Genugtuung sondergleichen. Nur Ahram, sein erster Offizier, hat starke, Isador ebenbürtige Nerven.

»Urigoren«, plärrt Isador los. »Der Feind ist entkommen!« Seine Stimme schallt durch den Raum. Jeder der Anwesenden zuckt auffällig zusammen. »Es ist ein Feind, der seit Anbeginn unser Volk bedroht. Unsere Urahnen kämpften um unsere Ehre – der Ehre *aller* Urigoren!«

Er macht eine Pause. Isador kann die Angst der Anderen riechen; es ist ein betörend-berauschender Duft.

»Arimeaner sind das Krebsgeschwür des Universums«, bellt Isador von Neuem. »Es gilt, dies zu eliminieren! Rückstandslos auszumerzen! *Wir* sind die wahren Herrscher.«

Erneut folgt eine Pause, länger und nachhaltiger als die Vorherige. Isador suggeriert damit die Schuldigkeit des Einzelnen. Jeder weiß, was er mit »Wir« meint – sich selbst! Betroffen senken alle die Köpfe, damit Isador nicht in den Augen lesen kann.

»Doch der Arrestant konnte fliehen!« Die Stimme des Kommandanten ist leise, aber nicht minder bedrohlich. Gleichen Tones fasst er die Ereignisse, scheinbar belanglos, zusammen. »Und ich frage mich, wie konnte so etwas möglich sein?« Er macht ein nachdenkliches Gesicht. Wer ihn nicht kennt, könnte annehmen, er erwarte, dass man ihm hilft. Doch dies ist kalkulierte Taktik, um eine scheinbare Sicherheit in den Reihen zu erzeugen, die jederzeit wieder zerstört werden kann.

»Hat niemand eine Idee?«, lockt Isador mit säuselnder Stimme. »Nun, so soll ich davon ausgehen, er habe übernatürliche Kräfte, die es ihm ermöglicht haben, sich einfach aufzulösen?«

Stille.

Auch Isador senkt das Haupt, bleibt einige Zeit regungslos stehen.

»Was sagst du dazu, Ralú?«

Der Angesprochene zuckt merklich zusammen. Ralú ist Verantwortlicher für den Labortrakt. In den Augen des Vorgesetzten hat natürlich er versagt.

»Capitaneus, ich … ich habe … Das Schott … das Schott war …«

»Was hast *du* falsch gemacht, Ralú?«

»… zu … Der Arrestant … stand unter … Drogen … Unmöglich, dass … dass … er …«

»Schweig! Deine Einfältigkeit wird dir teuer zu stehen kommen!«

Kurzerhand hebt er die linke Hand, in der er plötzlich den Strahler hält. Fast zeitgleich blitzt es auf, und Ralú stürzt tödlich getroffen zu Boden.

»Und jetzt macht euch an die Arbeit und bringt mir diesen vermaledeiten Arimeaner!«

Zwanzig

Uridräo, tausend Jahre vor der arimeanischen Entdeckung.

Abgestandene Luft macht Deborah zu schaffen. Der Mangel an Sauerstoff ermüdet sie und beeinträchtigt ihre Auffassungsgabe. Immer öfters muss sie eine Pause einlegen. Geht sie anschließend weiter, taumelt sie. Aus den Poren läuft unentwegt Schweiß, der ihr kalt auf der Haut klebt.

Unglücklicherweise hat sie keine Ahnung, wie weit es noch ist. Sollte die Luft nicht besser werden, droht sie allmählich zu ersticken. Erste Anzeichen der Sauerstoffarmut sind nicht zu übersehen, auch wenn es Deborah selbst nicht auffällt. Indes quält sie schlaffe Müdigkeit. Kaum noch Energie, geben ihre Knie nach; mit Müh und Not gelingt es ihr, sich auf den Beinen zu halten. Permanent wertet der Transmitter ihre Vitalwerte aus, und sendet auf ihr Smartphone Anweisungen, die Deborah allerdings nicht mitbekommt.

Am Rande der Erschöpfung gelingt es ihr dennoch, auf wundersamer Weise voranzukommen. Unzählige Male ändert der Tunnel die Richtung, windet sich in die Tiefe des Mondes. Teilweise liegt das Gefälle bei dreizehn Prozent; in Deborahs Zustand unmöglich, da wieder hinaufzukommen.

Deborah bekommt stolpernd und wankend nur Bruchteile mit. Sie hat einen Bereich erreicht, der extrem sorgfältig gearbeitet worden ist. Die Wände sind aalglatt und mit einer schimmernden Putzschicht versiegelt. Wenige Schritte weiter ändert sich wiederum das Bild. Doch es sind nicht die Wände, die ihr Interesse wecken und sie so der Lethargie entreißen. In der Mitte des Tunnels spielt sich eine irrationale Szene ab …

∘ ∘ ∘

Alle Vorsicht in den Wind schlagend, verlässt Adabay die Unterkunft des alten Freundes. In seinem Kopf wimmelt es von Erinnerungsbruchstücken, die er am liebsten ganz aus dem Gedächtnis tilgen würde. Ausgelöst durch Pearces Zitat aus der alten Schrift, das sich in ihm eingebrannt hat.

»Wird er finden letztes Glied / Geschlossen das Band im Kreis der Zeit / Entflieht dem Ort, der fortan vergehet / Verderb bleibenden Kind's.«

Adabay folgt einem übermächtig werdenden Drang, hinauszugehen. Bewegung hat ihm in solche Situationen immer geholfen, wieder klare Gedanken fassen zu können. Im Moment wird Adabay nur schwindlig davon. Er fühlt sich unwohl in seiner Haut. Von Pearce hat er keine Vorhaltungen zu befürchten. Der gealterte Weggefährte unterstützte ihn damals auf breiter Front. Alle Beweise wurden vernichtet – von Pearce. Also keine Gefahr. Dennoch braucht Adabay erst einmal Zeit, sich zu sammeln.

Mahnend blitzen dunkle Vergangenheitsbilder auf. Sie zeigen den Tross, der hinab in die Tiefe ging. Der Angriff war überraschend gekommen und mit unvorstellbarer Heftigkeit. Niemand hat die Gefahr erkannt. Man war noch wegen der Vernichtung Zartaks geschockt und paralysiert. Auf keinem Kontinent gab es Überlebende! Ein Erkundungsflug scheiterte dramatisch. Sofort nach Eintritt in die Atmosphäre brach der Funkkontakt ab.

Der Aufbau der neuen Ordnung dauerte an. Die Königin gebar die ersten Nachkömmlinge, weit ab der ursprünglichen Heimat. Es bedurfte hart gesottene Männer wie Adabay und Pearce für den Neuaufbau. Der Mond war zur Auslagerung der Produktion angedacht gewesen, nun galt es, für immer hier zu leben.

Adabay atmet schwer. Noch einmal durchlebt er diese Tage,

die unvergleichbar prägend waren. Entscheidungen wurden kurzfristig getroffen. Der ausgerufene Notstand währt teilweise noch immer an. Nur mit Härte und konsequentem Durchgreifen gelingt es, die Ruhe aufrechtzuerhalten. Opfer werden als notwendig und für die Gemeinschaft als nützlich erachtet. Dass auf diesem Wege natürlich auch aufmüpfige Querulanten beseitigt werden, liegt auf der Hand.

Es fällt schwer, sich von der Vergangenheit zu lösen. Auch wenn Fehler gemacht wurden, Adabay würde immer wieder so handeln.

Langsam verschwimmen die Bilder, die vor seinem Geiste aufgestiegen sind. Erstaunt bleibt er stehen. Ohne sich dessen bewusst zu werden, ist er weiter gegangen, als es seine Absicht war. Für einige Atemzüge starrt Adabay auf die den Weg versperrende Wand. Der Anblick kommt ihm bekannt vor, doch für eine Zuordnung reicht der Moment nicht aus. Ein Schleier legt sich über seine Augen. Die Wand, der Fels – alles wird undeutlich und verschwindet hinter einem trüben Nebel …

∘ O ∘

Weithin schallen die Schläge, die die Worker ins Gestein treiben. Der Duft von Schweiß und Blut schwebt heran, nimmt einem den Atem. Schrille Schreie von Verunglückten zerreißen die Geräuschkulisse. Jeden Tag treiben sie den Stollen weiter durch den Berg. Hunderte haben bereits ihr Leben gelassen.

In ein paar Tagen werden die Nahrungsmittelvorräte ausgehen. Dann gibt es nichts mehr, außer dem, was die Recyclingstation bietet. Er unterdrückt den aufsteigenden Brechreiz, den der Gedanke verursacht. Angewidert beschleunigt er die Schritte. Seine Aufgabe besteht darin, die Arbeiten mit allen

Mitteln voranzutreiben. So hat die Königin entschieden. Darüber nachzudenken oder zu urteilen, steht ihm nicht zu.

Da vernimmt er durch den Lärm seinen Namen. Im Gewimmel erkennt er Pearce, der aufgeregt gestikuliert und ihm zu verstehen gibt, dass er ihn sprechen muss. Adabay macht ein verstehendes Zeichen. Dann erteilt er rasch ein paar wichtige Befehle an die Aufpasser.

Als er auf Pearce trifft, beginnt der unaufgefordert zu sprechen: »Sie kommen! Sie werden uns vernichten!« *Angst lodert in Pearce Augen auf.*

»Wer?«

»Arimeaner, Adabay! Diese Verfluchten haben uns gefunden!«

War das möglich?

»Sie haben eine Super-Waffe in Stellung gebracht. Sie werden uns ... uns auslöschen ...«

Die Stimme des Weggefährten klingt beschwörend. Alles kommt so überraschend, dass Adabay nicht weiß, was er sagen soll.

»Sicher?«

»Der Strahl wird ... wird uns bald treffen ...«

Es klingt zu fantastisch, als das Adabay es glauben kann. Gut. Die Arimeaner haben Zartak gefunden. Doch dort werden sie in den Untergang gehen, wie alle Kontinente. Aber eine Super-Waffe? Eher unwahrscheinlich ... Jeder weiß, dass Arimea zwar verteidigungsstark ist, aber noch nie einen Angriff unternommen hat. Viele wünschen es sich, damit die eigene Ideologie als bewiesen gilt.

»Zeig es mir ...«

Wortlos eilt Pearce voraus, führt ihn in den Fluchttunnel, der sie direkt zur Oberfläche bringt. Ein Transportschlitten wartet bereits. Über ein Magnetfeld gesteuert, trägt der Schlitten beide in Windeseile nach oben. Als sie ankommen, ist es bereits Nacht.

Das Lager besteht aus Hunderten Zelten und einfachen Unterständen. Ringsherum ragt der Urwald empor, aus dem nun seltsame Laute dringen. Adabay atmet die würzige, sauerstoffreiche Luft ein. Es ist das Einzige, was er unten im Labyrinth vermisst, auch wenn er es niemals zugeben würde.

Eines der Zelte beherbergt die überschaubare, von Zartak gerettete, wissenschaftliche Ausrüstung. Hier befindet sich der einzige betriebsfähige Rechner, der mit den Satelliten in Kontakt steht. Der Bildschirm zeigt eine dynamische Grafik. Auch für den ungeübten Adabay, der mit Wissenschaft und diesen Technikkram nicht viel anzufangen weiß, ist die Bedrohung auf den ersten Blick ersichtlich.

Er erkennt die Gefahr. Eine rot eingefärbte Zahlenreihe alarmiert ihn zusätzlich.

»Evakuiert umgehend das Lager! Nur das Nötigste, verstanden?!«

Pearce nickt.

»Und wenn alles unten ist, versiegelt den Fluchttunnel!«

∘ O ∘

Die Versiegelung zeigt feine Haarrisse. Diese stammen vom Einschlag des Strahls, von der die große Mehrheit ausgeht, die Arimeaner stecken dahinter. Der Aufprall war gewaltig, erschütterte den Mond in seinen Grundfesten und löste unter den Flüchtlingen Panik aus. Aber die Versiegelung hielt.

Adabay verspürt das Bedürfnis, das Tor zu öffnen. Er kann es nicht erklären oder begründen … Aber er muss es tun. Zum Glück kann er sich an den Jahrzehnten alten Code recht gut erinnern. Die Kombination besteht aus den Koordinaten seines Kontinents und dem numerischen Datum der Mondbesiedelung.

Nach Eingabe des Zahlenschlüssels passiert – nichts. Ist die Kombination falsch? Er will sich vergewissern und überprüft seine Eingabe. Da stellt Adabay fest, dass die Projektionsapparatur außerhalb aktiviert worden ist.

o o o

Es bedarf eine Weile, ehe Deborah begreift, was sie erblickt. Die Darstellung schwebt frei im Raum. Ein Blinken macht sie aufmerksam. Sie konzentriert sich, geht darauf zu. Ihre ausgestreckte Hand erhebend, will sie den blinkenden Punkt berühren. Da verlässt ein gewaltiger Strahl den Lichtpunkt. Sie weicht erschrocken zurück, während ihre Augen dem ausgesandten Lichtstrahl folgen. Ein kleinerer Punkt gerät ins Sichtfeld. Aus dem unscheinbaren Fleck wird rasant ein Himmelskörper, der Uridräo verblüffend ähnelt. Unaufhaltsam schießt der Strahl darauf zu. Ein grelles Aufleuchten blendet Deborah.

Der Aufprall passiert seitlich, streift die Oberfläche des Mondes und wird in den Raum abgelenkt. Daraufhin verglimmt der pulsierend blinkende Lichtpunkt.

Die Szenerie erlischt und die eintretende Dunkelheit verwirrt. Doch kurz darauf blitzen erneut winzige Punkte. Eine mechanisch wirkende Stimme in einer unverständlichen Sprache ertönt. Dazu erscheinen holografische Standbilder, die menschenähnliche Wesen zeigen. Es müssen Tausende sein! Eine regelrechte Wanderung.

Wenn Deborah nicht so ausgelaugt und am Ende ihrer Kräfte wäre, könnte sie vielleicht mehr in den Aufnahmen erkennen. Doch die Luftqualität wird immer schlechter und sie fühlt, sie schafft es nicht viel weiter. Ihr innerer Antrieb ist erloschen. Entkräftet sinkt sie in die Hocke.

Als wenig später ein einsamer Lichtstrahl die Finsternis zerschneidet, hat Deborah längst das Bewusstsein verloren.

Einundzwanzig

Atmanicum, Archivtempel.

Bedächtig schwebt die Wesenheit durch die Gänge zwischen den Lebenskapseln. Aufmerksam kontrolliert sie die Vorgänge derer, die noch in Betrieb sind. Zurückkehrende Existenzen werden vorsichtshalber von einer Spalierstreife in Empfang genommen und einer eingehenden Befragung unterzogen. Bei widersprüchlichen Aussagen wird das Gremium informiert, welches dann weitere Schritte einleitet. Bisher verläuft alles reibungslos.

Die Wesenheit ist zufrieden. Atmane sind – was ihr Alltag betrifft – leicht beeinfluss- und lenkbar. Ihr Dasein ist bestimmt gewesen von den Lebenskapseln, die im Archivtempel lagern, sowie das Ausfüllen der erwählten Leben. Das eigene Sein dagegen bleibt sträflich vernachlässigt auf der Strecke. Diese gewählte Abhängigkeit hat die atmanische Gesellschaft ideenlos und senil gemacht. Eigene Belange und Bedürfnisse gibt es nicht, werden denen der geführten Fremdleben untergeordnet.

Sutra'mar ist es leid, diese beispiellose Selbstbehandlung länger zu erdulden. Endlich in der eigenen Gestalt handeln, im Jetzt der Realität, und nicht irgendwo auf einem fernen Planeten zur vorbestimmten Zeit, um dann gefangen zu sein, in einem unvollkommenen, anfälligen Körper.

Welten haben die seltsamsten Körperformen und Strukturen

hervorgebracht. Keine Spezies gleicht der anderen, wenn auch gewissen Ähnlichkeiten nicht zu verleugnen sind.

Die Gegebenheiten der jeweiligen Planeten sind ebenso vielfältig, wie es bewohnbare Himmelskörper im Universum selbst gibt. Diese Fülle haben die Atmane nicht erwartet. Im Grunde verständlich, dass sie danach *süchtig* wurden.

Die Wesenheit schwebt in einem der unzähligen schmalen Gänge. Selbst für sie ist der Anblick der Abertausend Lebenskapseln beeindruckend. Alles ist zu finden. Nahezu jede bekannte Lebensform kann über den Transfer erreicht werden. Ein paar wenige sind es nicht wert, da sie sich noch in einem frühen Stadium ihrer Entwicklung befinden. Mindestens fünf Spezies hat das Gremium blockiert. Sutra'mar kennt die Gründe, war die Wesenheit stark involviert.

Sutra'mar handelte damals aus reinem Eigennutz und entwickelte bereits einen Plan, der es ihr gestatten würde, in eine Position zu gelangen, die Atmanicum zukünftig große Probleme bereiten würde.

Die Wesenheit biegt in eine weitere Kapsel-Gasse ein. So leer war das Archiv seit Ewigkeiten nicht mehr. Die errichtete Sperrzone, zu der nicht nur der Archivtempel, sondern alle Bereiche gehören, die im Entferntesten etwas mit dem Transfer zu tun haben, zeigt Wirkung. Nicht einmal die *Hüter* haben hier Zutritt.

Der Bereich, den die Wesenheit über Umwege erreichen will, ist seit jeher für Atmane unzugänglich. Dort lagern die Codes der verbotenen Parameter für besagte Spezies. Sutra'mar spürt eine Erregung bei der Vorstellung, was er vorfinden wird. Wenn nur ein Bruchteil dessen dem entspricht, was die früheren Analysen ergaben, die letztendlich zum Verbot geführt haben, werden Sutra'mars Träume mehr und mehr in die Realität übergeführt. Noch nie zuvor ist die Wesenheit so nah dem Ziele gekommen wie jetzt. Doch trotz des baldigen Erreichens der langersehnten Pläne bleibt sie vorsichtig. Sollte sie scheitern, gäbe es nie mehr die Möglichkeit, noch einmal so weit zu kommen. Denn ihre Ziele ähneln einem Staatsstreich ...

\ ^ /

Sterneninsel Atamorenus.

Tzúk'ranac lässt seine Teilchen gedankengeladen durch den Canon gleiten. Diese Schlucht ist dreimal so tief wie der Grand-Canon der Erde. Einst hat der Planet Wasser getragen, welches durch den Zusammenbruch der Atmosphäre ins All entwich. Es war eines der vielen Katastrophen, die Atamorenus trafen. Die Bakterien, die sich vor Millionen von Jahren gebildet hatten, verschwanden mit dem Lebensquell.

Die derzeitige Entwicklung auf dem Hauptplaneten macht den *Hüter* Sorgen. Dort geht etwas Mysteriöses vor, und das gefällt der *Hüter*-Existenz ganz und gar nicht. Nach der Wiederherstellung des vermeintlichen Wandlers haben sie große Zweifel befallen. Aufgrund der Wandler-Aussagen kann mit an unumstößlicher Wahrscheinlichkeit davon ausgegangen werden, dass der wahre Täter noch nicht ermittelt worden ist. Was viel schwerer wiegt: Er ist gewarnt! Dadurch wird es fast unmöglich sein, den Wandler zu ergreifen.

Seine Möglichkeiten müssen unerschöpflich sein. Hat er Zugang zu geheimen Informationen? Tzúk'ranac hegt einen vagen Verdacht. Was, wenn der Wandler den höchsten Kreisen der Atman-Riege angehört? Vielleicht sogar dem Gremium?

Der *Hüter* hält inne; seine Teilchen ruhen flimmernd an Ort und Stelle.

Atmanischer Alltag findet hauptsächlich im Archivtempel statt, dessen Terrain den Globus fast flächendeckend umspannt. Der restliche Teil wird nur von handverlesenen Mitgliedern der Riege genutzt. Auf diesem abgeschirmten Landesteil befindet sich auch die Transferanlage. Von dort aus ist es ein Leichtes, unbemerkt ins System zu dringen. Überwacht wird nur der Tempel und die Zuwege.

Wenn es Tzúk'ranac gelänge, sich einmal umzusehen ...

Wie aber hineinkommen? Die automatische Überwachung registriert jedes, nicht dorthin gehörende Molekül. Unmöglich, dort unbemerkt einzudringen. Und wenn die Existenzobere eingeweiht wird? – Was, wenn sie selbst der Wandler ist?

Tzúk'ranac schaudert's. Das geht zu weit! Die Existenzobere ist über jedweden Verdacht erhaben. Ihr Wesen ist rein. Trotzdem könnte es sein ...

Doch wenn der *Hüter* jemanden aus der Riege einweiht und dieser behält es nicht für sich, dann wäre alles umsonst.

Es gilt noch einmal alles gründlich zu überdenken. Bis er eine Entscheidung treffen wird, behält Tzúk'ranac die Idee für sich.

/ ^ \

Sicherheitszone Atmanicum, gleiche Zeit.

Die Anlage steht still. Das jahrhundertelange Röhren und Fauchen ist verstummt. Nur ein leises Sirren erfüllt die unmittelbare Umgebung, geschuldet des Notbetriebes. Bereits ein Schritt weiter herrscht absolute Stille. Die Schallwellen haben wegen fehlender Atmosphäre keinen Träger. Etwaige auswärtige Besucher kämen niemals auf die Idee, eine hoch entwickelte Technologie vor sich zu haben. Sie würden vielleicht das Sirren wahrnehmen, es allerdings nicht zuordnen können, denn die gewaltige Anlage besteht nicht aus Materie.

Existenzobere Su'amar sucht ihre Unterkunft auf. Sie ist gerne allein. Die Ereignisse der letzten Zeit sind anstrengend gewesen. Eigentlich mag die Existenzobere die Geschicke der Atmane zu leiten. Aber die Zeiten ändern sich. Es ist mittlerweile enorm anstrengend geworden, zu regieren zu führen. Das erste Mal geistern Gedanken herum, die die Zukunft betreffen. Bisher lief alles geregelt. Ist die Existenzobere ehrlich, war die Gesellschaft ein Selbstläufer. Es bedurfte kein Einschreiten; Sicherheitsorgane, außer der *Hütern*, gab es so gut wie nicht.

Ihre Berater sind ratlos. Wenigstens ein Vertrauter trägt ihr die allgemeine Stimmung unter den Atmanen zu. Daher weiß sie, wie es gärt und die Unzufriedenheit wächst. Aber auch sie ist sich künftiger Schritte unschlüssig.

Su'amar schlüpft in die Unterkunft. Als einzige Existenz außerhalb des Archivs nutzt die Obere ein unscheinbares Gerät, was es ermöglicht, sich von jedem beliebigen Ort auf Atmanicum in den Tempel einzuloggen. Seit den bedauerlichen Aufdeckungen der *Hüter* wird ihr Rat nun vermehrt benötigt. Keiner will mehr allein Entscheidungen treffen. Soweit also ist es gekommen, dass die Existenzobere alles persönlich absegnen muss.

Unsicherheit hat Atmanicum eingeholt. Das Fehlverhalten einer einzigen Wesenheit hat das System ins Wanken gebracht. Plötzlich werden Meinungen laut, die alles Errungene infrage stellen. Und weder sie noch das Gremium sind außerstande, darauf Antworten zu finden …

Zweiundzwanzig

Uridräo, tausend Jahre vor der arimeanischen Entdeckung.

Wild zuckend schneidet sich der Lichtkegel durch die Finsternis. Durch das Öffnen des Tunnelschotts schaltet sich die Hologramm-Apparatur automatisch ab. Adabay macht vorsichtige Schritte. Wie lang ist es her, dass er auf dieser Seite stand? Er bleibt stehen, leuchtet in die Dunkelheit.

In der Luft schweben winzige aufgewirbelte Partikel. Unwillkürlich muss er husten. Sofort beschleicht ihn das Gefühl von Angst. Es war ein Fehler, einfach das Schott zu öffnen! Garantiert ist der Tunnel noch immer kontaminiert. Wie es wohl oben aussieht?

Neugierde erfasst ihn. Und Sehnsucht. Vergessen ist der wahre Grund, weshalb er das Schott überhaupt geöffnet hat. Ohne weiter nachzudenken, folgt Adabay den Tunnelverlauf. Er will herausfinden, wie weit er kommt. Vielleicht gibt es ja eine Chance, die Oberfläche zu erreichen und wieder zu besiedeln? Davon angetrieben achtet er nicht weiter auf die Umgebung. Adabays Füße tragen ihn, schneller werdend, den Tunnel hinauf.

∘ O ∘

Ich fühle mich leer. Einsam. Bin ich allein? Es ist still. Zu still. Wo bin ich? Was ist passiert? Ich erinnere mich nicht. Nirgendwo ein Licht. Ist es kalt oder heiß? Ich weiß es nicht. Nichts ist zu spüren, was Rückschlüsse zulässt ...

Deborah öffnet die Augen. Ruckartig steht sie auf, sieht sich um. ›Da geht's lang!‹ Mit einer ungewöhnlich erscheinenden Gewissheit schreitet sie dem Lichtpunkt entgegen. Sie strotzt vor Kraft. Die Minuten der Bewusstlosigkeit haben ihr sichtlich gutgetan und ihr Körper hat sich regeneriert.

Alle vorangegangenen Strapazen sind vergessen. Rasch wird das Licht größer und erhellt angenehm den Tunnel. Auch wundert sie sich nicht über das offene Schott oder hinterfragt es gar. Die Gewahrerin nimmt es als gegeben hin. Überhaupt wirkt die junge Frau eigentümlich abgebrüht und äußerlich kalt.

Ich bewege mich. Nein, ich tue es nicht selbst, aber ich fühle die Bewegungen. Kann nichts sehen. Muss ein Traum sein. Kann mich nicht entsinnen, dass ich schlafen gegangen bin. Alles ist wie vom Winde hinfort getragen ...

Resolut betritt Deborah das Schott und damit den Innenteil des Labyrinths. Sie bewegt sich zielsicher, folgt dem an dieser Stelle dunkleren Teil des Ganges, der durch seltsame Ruinen führt, biegt ohne nachdenken zu müssen ab.

Die Tür zu Pearces Behausung ist angelehnt. Der Alte vernimmt draußen nur oberflächlich vorbeigehende Schritte, glaubt aber, es ist Adabay. Noch immer ist Pearce in die Schriften vertieft, deren Inhalt auf faszinierende Weise fesselt. Erst viel später wird er sich über Adabays Verbleib wundern.

Indes schenkt Deborah den Ruinen keinerlei Beachtung. Sie überwindet den Weg festentschlossenen Schritts. Als ob sie wüsste, wohin sie sich zu wenden hat. Weibliche Intuition? Es bleibt abzuwarten ...

Die Bewegungen sind nicht die Meinen! Ich werde getragen. Doch warum? Und wohin? Spüre meine Gliedmaßen nicht. Wo ist oben, wo unten? Kann nichts riechen. Die Sinne versagen. Eine ungewohnte Empfindung bemächtigt sich meiner. Doch will ich sie wahrhaben?

Niemand ist zu sehen. Im Hauptgang angekommen, schlägt Deborah intuitiv die Richtung ein, die sie unweigerlich zu Nayatis Unterkunft bringen wird. Deborahs Blick ist eiskalt. Um alles in der Welt kann sie nichts und niemand aufhalten. Noch stellt sich ihr keiner in den Weg. Aber sie weiß, was sie erwartet …

Wenn ich mich konzentriere, regt sich etwas in mir. Kann es nicht greifen. Obwohl ich in Bewegung bin, bleibt alles im Dunklen verborgen. Ich will atmen, aber es gelingt mir nicht.

Nach mehreren Abzweigungen bleibt Deborah stehen. Vorsichtig späht sie in den Abzweig des Labyrinths. Da – da patrouilliert die berüchtigte Soltectorin. Deborah zieht den Kopf ein, lauscht. Alles ruhig! Nur die leisen Schrittgeräusche sind für geübte Ohren hörbar.

Auf einen Kampf will sich Deborah nicht einlassen. Dazu fehlt die Kampftechnik, die dringend vonnöten ist. Für die Länge eines Atemzuges nagen Zweifel in ihr.

›Reiß dich zusammen!‹, ermahnt sie sich gedanklich. ›Du weißt, wann und wie sie zu schlagen ist …‹

Mit an Sicherheit grenzender Wahrscheinlichkeit hat Deborah Chancen, innerhalb eines bestimmten Zeitfensters die Soltectorin zu überwältigen und außer Gefecht zu setzen. Ausschlaggebend wird das Überraschungsmoment sein. Der Angriff muss punktgenau stattfinden, nur dann wird sie erfolgreich sein.

Nochmals späht Deborah in den Gang. Die Soltectorin vergewissert sich gerade, dass der Gefangene schläft, was den Anschein hat. Im Anschluss wird Nayatis Bewacherin den Gang benutzen, um bei den Workern nach dem Rechten zu sehen. Sie muss also an Deborah vorbei. In ihrem Gedächtnis sucht die Gewahrerin nach Anhaltspunkten, wann genau sie zuschlagen muss. Warum sie glaubt, dies zu wissen, hinterfragt Deborah nicht; sie weiß es eben …

Für einen kurzen Moment glaubte ich Schritte gehört zu haben. Ob sie von meinem Träger stammen oder woanders herrühren, kann ich nicht sagen. Ich gehe davon aus, dass ich mich in etwas befinde, und dieses Etwas hat soeben eine Pause eingelegt. Jedenfalls ist alles wieder ruhig, beinah unheilvoll still. Ich frage mich, was mich nach außen hin hermetisch abschirmt. Denn sonst müsste etwas zu mir dringen. Wurde ich entführt? Aber wer hat ein Interesse an mir?

Geduldig und nervenstark wartet Deborah ab. Um nicht frühzeitig entdeckt zu werden, drückt sie sich an die Felswand. Ruhig beginnt sie im Geiste zu zählen. Ihre Miene ist versteinert, die Augen fixieren kalt einen Punkt, den die Soltectorin jeden Moment erreichen wird.

Deborah strahlt Kaltblütigkeit aus. Entschlossen, die Gegnerin auszuschalten, ist sie zum Äußersten bereit.

Entführt! Ein harter Begriff für eine unverzeihliche Tat, der meine Sinne nunmehr beherrscht, wie sonst nichts. Sinne … Ebenfalls ein Ausdruck, der momentan bedeutungslos ist. Keiner von ihnen offenbart sich mir; sie sind nicht existent! Dennoch bahnt sich etwas an, dass ich fühlen kann. Konzentriert versuche ich, irgendetwas zu erlauschen. Es ist verdammt anstrengend … Könnte ich doch nur sehen!

Der alles entscheidende Moment ist gekommen. Deborah springt unter Aufbietung all ihrer Kräfte aus der Deckung. Die ahnungslose Soltectorin ist für einen Sekundenbruchteil überrumpelt, länger aber nicht. Geschmeidig weicht Arclay den Schlag soweit aus, dass er sie nur streift. Trotzdem ist der Hieb noch so heftig, dass sie kurz taumelt.

Die Gewahrerin wird ihrerseits durch die unerwartete Reaktionsschnelligkeit der Gegnerin abgelenkt und setzt nicht nach. Das Blatt hat sich gewendet, der Angriff verpufft. Ehe sie sich versieht, erfolgt der Gegenschlag mit unerwarteter Härte, der Deborah den Atem nimmt …

Es blitzt auf. Licht! Ich kann sehen! Undeutlich. An den Rändern verwischt alles. Ein Gesicht schiebt sich in den Mittelpunkt des Blickfelds. Gesicht? Eher eine Fratze. Ihr Atem stinkt erbärmlich. Mir wird übel. Die Geräuschkulisse ist fremdartig. Die Kreatur sagt etwas, was ich nicht verstehe.

Ich will mich abwenden, aber etwas hindert mich. Mir wird heiß, unsagbar heiß. Eine grausame Welle quälenden Schmerzes überrollt mich. Ich bekomme keine Luft … Luft!

Schwer kniet die Soltectorin auf Deborah. Ihre Hand umschlingt mühelos den Hals der am Boden Liegenden, drückt unbarmherzig zu. Arclays Augen sprühen vor Hass, während die Kaltblütigkeit aus Deborahs schwindet.

Krampfhaft versucht die Gewahrerin, den Griff um ihren Hals zu lockern. Das Gegenteil ist der Fall; je mehr sie sich wehrt, desto fester drückt die Hand zu.

Das Sichtfeld wird schmaler. Dunkelheit legt sich, wie ein herabfallender Vorhang, über die mich anstarrende Fratze. Ich finde mich wieder im scheinbar endlosen Nichts. Fühle den abebbenden Schmerz, der meinen Körper drangsaliert. Dann ist die Verbindung zur Außenrealität unterbrochen …

Ich versuche mich, zu orientieren. Das Nichts umfließt mich.
Langsam begreife ich. Ich befinde mich an der Schwelle zum
Nichtsein.

War es das? Ich will es nicht glauben. Kann es nicht glau-
ben. Doch kann ich umkehren?

Da erschüttert ein Ruck das mich umschließende Nichts ...

Arclay wird vom bevorstehendem Sieg abgelenkt und beachtet
das Umfeld nicht. Unbemerkt schleicht eine Gestalt heran. Sie
bleibt bei jeder auch noch so kleinsten Bewegung der Kämpferin
stehen. Der Gang ist von qualvollem Stöhnen erfüllt. Die Gestalt
kennt die Verursacherin. Sie ist hier wegen ihm …

Nayati fasst einen blitzschnellen Entschluss. Instinktiv ergreift er einen der am Rand des Ganges liegenden, etwa faustgroßen Stein, schnellt vor und trifft die Soltectorin direkt am
Kopf. Ein Aufschrei ertönt. Nayati atmet schwer. Nicht vor Anstrengung, sondern wegen innerer Erregtheit, der Freundin zu
helfen. Wiederholt hebt er den Stein, und erneut saust dieser auf
den Schädel herab.

Das schwarz ummantelte Nichts bekommt Risse. Herein strömt
Licht und ausreichend Sauerstoff. Der Ring um meinen Hals lo-
ckert sich. Dafür lastet ein Gewicht auf meinem Brustkorb, der
das Atmen anderweitig erschwert. Aber das ist nebensächlich.
Die Lebenskräfte kehren zurück. Ich fühle meine Arme und
Beine, kann sie bewegen. Es ist, als erwache ich aus einem
Dornröschenschlaf.

Meine Augen suchen das Umfeld ab. Fahles Licht erhellt das
Innere eines Felsganges. Ich war in einem! Und da waren diese
... diese lebensechten Bilder ...

Ich höre jemanden rufen, drehe meinen Kopf. Nayati?! Ja,

er ist es! Er lächelt mich an. Sein Blick ist erleichtert, sein Gesicht verhärmt voll Sorge.

Er bewegt die Lippen, aber ich höre seine Stimme nicht. Auch ich habe keine, kann nicht antworten. Behutsam hebt er mich empor. Ich lächle erschöpft zurück. Bin müde ...

∘ O ∘

Die Neugier hat ihn weiter angetrieben. Mithilfe seiner Waffe, die Adabay stets bei sich trägt, hat er den Weg des Felsenrisses freigeschossen. Der Anstieg ermüdet, aber die Vorfreude beflügelt ihn. So gelangt er hinauf in eine neu erwachte Welt.

Am Himmel thront die untergehende Sonne. So majestätisch hat er sie nicht in Erinnerung. Es weht ein lauer Wind. Adabay fühlt euphorische Freude. Glückswallungen erfassen Leib und Seele. Seit unendlich langer Zeit spürt Adabay zum ersten Mal wieder so etwas wie Lebensfreude ...

Dreiundzwanzig

Mondstützpunkt der ›Sternenbruderschaft‹, viereinhalb Jahre nach deren Errichtung.

Die Flotte der ›Raum-Zeit-Gleiter‹ steht im Hangar. Mit Stolz geschwollener Brust schreitet Orinario die Reihen ab. Vor ihm steht *sein* Produkt und somit *sein* Erfolg. Produktion und Vertrieb koordiniert er selbst. Endlich sieht er die Ziele der ›Sternenbruderschaft‹ in greifbarer Nähe.

Arimea ist weit weg. Von den dortigen politisch motivierten Auseinandersetzungen ist auf dem geheimen Stützpunkt nichts zu spüren. Der *Wächter*-Älteste versteht es ausgezeichnet, heimatliche Probleme dort zu belassen, wo sie hingehören.

Resolut stellt er die Interessen in den Vordergrund, die für den *Kreis* relevant sind. Und damit fährt er gut. Die ›Sternenbruderschaft‹ folgt ihm blind, auch wenn sich einige mysteriöse Geschichten um Orinario ranken. Er geht nicht dagegen vor; lässt die gewähren, die die Geschichten verbreiten und so den Mythos weiter schüren. Der Stützpunkt trägt eindeutig zur Legendenbildung des Ältesten bei.

Arkonim wird weiterhin als Hauptsitz der *Wächter* genutzt und eignet sich ausgezeichnet zur Verschleierung der Basis. Alle möglichen verräterischen Utensilien und Niederschriften sind ausgeflogen und hierher verbracht worden. Das gilt auch für das geheime Labor, in dem der Prototyp gefertigt worden war.

Orinario ist zufrieden. Dieser Mond war ein Geschenk: Atembare Atmosphäre, unbewohnt, in keiner Sternenkarte verzeichnet. Und auf eine Bewachung kann ebenfalls verzichtet werden, was nicht heißt, dass man den Orbit und das Sonnensystem nicht im Auge behält.

Die Baumaßnahmen direkt am Strand sind im vollen Gange.

Die Bohrungen wurden erfolgreich abgeschlossen, und der Innenausbau läuft auf Hochtouren. In der zukünftigen Zentrale findet alles Platz, was eine moderne Gesellschaft zu bieten hat.

Offiziell verbleibt der *Wächter*-Magistrat auf Arimea in der Provinz Arkonim. Tuteno repräsentiert die Belange nach außen hin. Mithilfe der Zeitgleiter bleibt das Kommen und Gehen unbemerkt. Nur manchmal wird spektakulär ein Abflug der »Sternengral« in Szene gesetzt, damit andere Gruppierungen, wie die *Blender*, nicht argwöhnisch werden.

Neben dem Magistrat hat Orinario einen »Inneren Zirkel« ins Leben gerufen. Dieser untersteht den Ältesten und arbeitet dem Senat zu. Was er genau bedeutet, darüber schweigen die Betroffenen hartnäckig. Der »Zirkel« ist nicht unumstritten, wird aber weitestgehend kommentarlos toleriert.

Die Zeitgleiter-Flotte ist komplett. Jeder, den Orinario dafür vorsieht, wird einen persönlichen Gleiter erhalten, damit alle unabhängig voneinander operieren können.

Lokar tritt neben den Ältesten, der ihn selbstzufrieden zulächelt.

»Diesmal sind es zwei, die nicht einwandfrei funktionieren.«

Orinarios Gesicht verfinstert sich.

»Zwei?«

Der Paladin nickt. »Coryll ist es erst aufgefallen, als er die Daten analysierte.«

»Nach dem Probeeinsatz?«

»Alles verlief planmäßig. Aber die Daten sind eindeutig. Es ergibt keinen Sinn, aber Coryll hatte unwahrscheinliches Glück, überhaupt anzukommen.«

Der Älteste wird nachdenklich. Schon seltsam, wie sich diese Fehlfunktionen in letzter Zeit häufen. Nach dem ersten Vorfall glaubte er noch an einen Zufall, nach dem Zweiten an einen eingeschleusten Agenten der *Blender*. Doch die eingeleitete Überprüfung aller auf dem Mond stationierten Arimeaner bestätigte den Verdacht nicht. Wenigstens konnte das Problem eingegrenzt werden.

Coryll ist für die Testreihe verantwortlich. Ein integrer Mann. Er genießt Orinarios vollstes Vertrauen und erledigte bereits auf Arimea mehr als einmal die Drecksarbeit.

»Hat er sonst etwas gefunden?«

Lokar verneint mit einer Geste. »Er glaubt, es liegt an einer Programmroutine, die im Ablauf fehlerhafte Berechnungen liefert. Sie fallen zwar nicht weiter ins Gewicht, aber nach mehrmaligen Zeitwechseln wird sie potenziert.«

»Also ein hausgemachtes Problem«, sagt Orinario nachdenklich. »Hat er auch den Prototypen daraufhin überprüft?«

»Der läuft fehlerfrei ...«

Orinario schnalzt laut mit der Zunge.

»Der Kopiervorgang«, fährt Lokar fort, »scheint der Übeltäter zu sein.«

»Dann soll er ihn wiederholen! Und zwar unverzüglich und gewissenhaft!« Orinario ist ungehalten.

»Schon geschehen ...«, druckst Lokar herum.

Der alte *Wächter* ahnt, was sein Paladin sagen will, und kommt ihm zuvor. »Das Kopieren funktioniert, aber der Fehler besteht weiterhin!«

»Ja. Coryll vermutet, dass einzelne Befehle nicht kopierbar sind.«

»Dann soll er selbst Hand anlegen!«

Lokar räuspert sich. »Das Programm besteht aus zwei Trilliarden Zeilen ...«

Die Augen Orinarios sehen ihn schockiert an. In technischen Dingen ist er nicht sehr bewandert, muss sich also auf die

Techniker verlassen.

»Aber er glaubt nicht daran, dass es an der Software liegt.«

»Sondern?«

»Am Gedächtnis des verwendeten Rogalits ...«

Es ist wie verhext! Bisher ist man davon ausgegangen, dass Rogalit überall gleich ist. Das Material wird durch seine enorme Speicherfähigkeit geschätzt. Schon ein Kubikmillimeter speichert knapp ein Terabyte! Doch offensichtlich verliert der Kristall einige Datenblöcke oder macht Sequenzen unbrauchbar. Langsam verzweifelt Coryll. Die Bruderschaft sitzt ihm im Nacken. Die Gleiter sind so nicht einsatzbereit. Und nutzlose Maschinen gehören, wenn schon nicht auf den Müll, wenigstens ins Museum.

Coryll, seines Zeichens Wissenschaftler, beschäftigt sich seit Jahr-Dekaden mit der Leitfähigkeit des Kristalls. Seine Leidenschaft erst machte es möglich, die komplizierten Zusammenhänge zwischen toter Materie und Speichermedium herzustellen. Durch seine aufopfernde Forschungsarbeit hat man auch herausfinden können, dass der Rogalit unter ganz bestimmten Umständen ein gewisses Eigenleben zu entwickelt. Übersteigt der Speicherbedarf den Vorhandenen, beginnt die Einheit mit der Bildung weiterer Kristalle. Leider konnte das Phänomen im Labor noch nicht nachgewiesen werden.

Wenn er bloß eine Idee hätte, wie dem Problem beizukommen ist ...

Zu Orinario braucht er nicht zu gehen. Diese Blöße will sich Coryll nicht geben. Vielleicht kann ihm sein alter Kollege auf Arimea helfen ...

Die Verbindung ist rasch aufgebaut. Zwar hat der *Wächter-*

Rat die Videokommunikation verboten, doch er nutzt eine sichere Leitung.

Im Schwebebild erscheint ein verhärmtes Gesicht, dem man ansehen kann, was es alles durchgemacht hat.

»Coryll, das ist ja eine Überraschung!«

»Hallo Xerdo! Gut siehst du aus …«

Xerdo lacht auf.

»Gibt es bei euch keine gescheiten Mädels mehr, damit du mich so anmachst?«

»Immer noch ganz der Alte«, lacht Coryll nun seinerseits. »Wenn ich mal mehr Zeit habe, können wir gern darüber plaudern …«

Xerdos Gesicht wird ernst. »Du hast Sorgen, mein Junge.«

»Kannst du laut sagen. Und zwar gewaltige …«

In all den Jahren ihrer Bekanntschaft hat sich Coryll des Öfteren über die gute Arimeanerkenntnis des Freundes gewundert. Ohne viel Worte zu verlieren, trifft der den Nagel auf den Kopf.

»Wie sicher ist der Stream?«

Coryll blinzelt. »Du kennst die Verschlüsselung …«

»Gib mir deine Positionskoordination. Ich melde mich, sobald hier mehr Ruhe eingekehrt ist …«

Bereits zwei Stunden Mondzeit später entmaterialisiert ein Zeitgleiter, um fast zeitgleich im vereinbarten Versteck auf Arkonim wieder aufzutauchen. Xerdo pfeift anerkennend.

»Ihr habt am Design ja ordentlich gefeilt«, lobt er unverhohlen. »Da könnte ich glatt neidisch werden.«

»Meinst du?«

»Stromschnittig, ergonomischer Sitz mit ausfahrbarer Nackenstütze, hervorragende Bildqualität … Meine Hochachtung.«

»Wir wollen den Reisenden so komfortabel wie möglich befördern.«

Xerdo blickt tief in die Augen des Freundes. »Dein geschildertes Problem ist eine ganz dicke Nuss«, beginnt er ohne Umschweife. »Ich musste tief in die Trickkiste greifen. Voilà …«

Von jetzt auf gleich hält ihm Xerdo ein Kästchen vor die Nase.

»Ein Geschenk des Patriarchen.«

»Von Dharidma?«

»Es ist unerheblich von wem, mein Freund. Aber es ist echt.«

Ehrfürchtig öffnet Coryll das Kästchen. Sofort wird er vom reinsten Glanz aller Welten geblendet, was je die Natur hervorgebracht hat.

»Er ist echt«, erklärt Xerdo weiter. »Das Stück dürfte für die Flotte reichen. Aber bringe diesen Rogalit ja nicht mit dem Eingebauten in Kontakt.«

»Warum?«

»Ich glaube, den Grund herausgefunden zu haben, weshalb die Routine unterbrochen wird. Dharidma selbst hat dafür gesorgt …«

»… somit ein Nachbau ausgeschlossen ist …«

»Tja, Kleiner. Ab einer bestimmten Entfernung wären die Gleiter einfach verschwunden. Sie wären niemals angekommen.«

»Woher …«

»… ich das weiß?«

Xerdos Miene heitert sich ein wenig auf.

In diesen Augenblick elektrisieren vor ihnen Teilchen in der Luft. Beide weichen zurück. Hauchdünne Blitze leuchten auf und eine durchsichtige Kontur, ähnlich der eines Zeitgleiters, entsteht. Ein Wimpernschlag darauf materialisiert ein weiterer Gleiter.

Coryll will noch einen Schritt zurückweichen, aber Xerdo hält ihn fest. »Darf ich vorstellen, Rogalit-Flüsterer Sho-Ril.«

»Der *Methelem*?«

Xerdo nickt lächelnd. »Von ihn habe ich das Kristallstück und wichtige Informationen bekommen.«

In aller Stille demontiert Coryll das Kernstück eines Gleiters und verstaut ihn in den dafür vorgesehenen Spezialbehälter. Dann setzt er den neuen Kristall ein, startet die Installations-routine und wartet ungeduldig ab. Es kommt ihn wie eine Ewigkeit vor, bis die feinen Verbindungen zur Steuereinheit hergestellt sind. Als sich endlich der Schwebeschirm vor ihm aufbaut, ist er voller Erwartung.

Coryll atmet kräftig durch. Es hat geklappt. Jetzt steht einem Probelauf, mit anschließendem Testflug, nichts mehr im Wege. Die Erwartungen sind groß; sie bedeuten eine enorme Bürde, die er sich selbst auferlegt hat.

Gespannt nimmt Coryll Platz, aktiviert das System und überprüft die Grundeinstellungen. Zufrieden tippt er die Zielkoordinaten ein. Das bekannte leise Summen ertönt. Coryll hält gespannt den Atem an. Ein leichtes Schwindelgefühl stellt sich ein, verfliegt aber sogleich wieder. Sein Labor verblasst; nahezu geräuschlos verschwindet es und an dessen Stelle erscheint verwaschen das programmierte Zielgebiet.

Zufrieden und strahlend überbringt der Wissenschaftler Orinario die freudige Nachricht. Die Umstände, die letztendlich zur Lösung beigetragen haben, verschweigt Coryll. Der Älteste fragt auch nicht nach, denn für ihn zählen nur Erfolge.

Einen der modifizierten Zeitgleiter behält sich Orinario für eigene Zwecke vor. So ist Coryll zu Fuß unterwegs. Ihm kommt es etwas seltsam vor, dass der alte *Wächter* vehement darauf bestand. Aber es obliegt Coryll nicht, darüber zu urteilen. Schließlich hält Orinario alle Fäden einer funktionierenden Organisation in Händen, und bisher kam das stets der ›Sternenbruderschaft‹ zunutze.

Den ganzen Abend und die ganze Nacht hat Coryll zutun. Gegen Morgengrauen sind alle Gleiter auf den neuesten Stand und die fehlerhaften Kristalle sicher verstaut. Dann nimmt er ein Behältnis an sich. Es ist für diesen Flüsterer bestimmt, der – für Corylls Empfinden – ein seltsamer Zeitgenosse ist. Aber Xerdo vertraut dem *Methelem*. Außerdem lieferte dieser interessante Details, die es noch auszuwerten gilt.

Augenblicke darauf trifft er bereits zum dritten Male an diesem Tage auf Xerdo. Demzufolge fällt die Begrüßung knapp aus.

»Es ist erstaunlich, was diese Dinger können«, sagt Xerdo. »Wenn ich nicht genau wüsste, dass du auf diesen Mond bist, würde ich sagen, du bist nie von Arkonim weggekommen.«

»Mit den Gleitern können wir zu jeder Zeit überall hin.«

»Da hat Dharidma mal ins Schwarze getroffen.«

»Es darf aber niemand erfahren, Xerdo, dass es die Gleiter gibt.«

»Keine Sorge, mein Junge. Meine Lippen sind versiegelt.«

Er schließt den Mund, ergreift pantomimisch einen imaginären Schlüssel, versiegelt seine Lippen und wirft ihn weg.

Coryll lacht. »Du bist wirklich witzig.«

Xerdo hebt die Schultern und streckt beide Arme empor.

»Hier ist das versprochene *Geschenk*.«

Das Kästchen wechselt den Besitzer. Xerdo wirft einen vorsichtigen Blick hinein. »Das also hätte bald zur Katastrophe geführt«, murmelt er.

»Was habt ihr damit vor?«

»Sho-Ril wird sich seiner annehmen.«

»Und dann?«

»Mit ihm ›reden‹ …«

Coryll schluckt, weiß dazu nichts zu sagen.

»Kuck nicht so«, erwidert der Freund. »Er hat so eine Begabung, die es ihn ermöglicht. Was genau da abgeht, verstehe ich auch nicht. Es ist ein Paradoxon … wissenschaftlich nicht erklärbar.«

»Warst du schon mal dabei?«

»Nein. *Methelems* sind Einzelgänger. Die Gesellschaft mag sie nicht und sie nicht die Gesellschaft.«

»Ich wusste bis vor Kurzem noch nicht einmal, dass es sie gibt. Erst die Aufzeichnung im ›Saal des Wortes‹ machte mir die *Methelems* bekannt.«

Xerdo sieht ihm lange in die Augen. »Die Bekanntschaft könnte dich teuer zu stehen kommen.« Seine Nachdenklichkeit macht Coryll betroffen.

»Wieso …«

»Schürfe nicht tiefer …«

Coryll versteht nicht, was der Alte damit meint. Als er ihn danach fragen will, schneidet Xerdo ihm barsch das Wort ab.

»Auf Arimea gibt es mehr Geheimnisvolles, als man meinen würde …«

Er geht auf Nummer sicher. Noch einmal vergewissert er sich, an alles gedacht zu haben. Der bevorstehende Trip ist wichtig, um den ›Raum-Zeit-Gleiter‹ auszureizen. Orinario hat sich für einen drastischen Schritt entschieden. Er ist es leid, immer nur abzuwarten, was die *Experten* vorschlagen. Einmal noch will er selbst das Zepter in die Hand nehmen.

Die Geheimmission ist für mehrere Tage angesetzt. Dafür packt Orinario die notwendigen Trocken-Dragees als Tagesrationen ein, weil er nicht Gefahr laufen will, Hunger ertragen zu müssen. Zudem beinhalten die Dragees die Tagesration lebenswichtiger Mineralien und Stoffe.

Es ist so weit. Noch ein prüfender Blick, dann startet er die Abflugsequenz. Selbst am Steuer eines ›Raum-Zeit-Gleiters‹ zu sitzen, ist erhebend. Orinario fühlt sich in seine Jugend zurückversetzt. Abenteuerlust kommt auf. Gleich nach Verlassen des Zeitstroms schaltet er auf manuelle Steuerung. Das Sternensysteme des Randplaneten beeindruckt. Nicht die Größe, aber die Anordnung der Planeten sind faszinierend. Die Abtastung ergibt noch zwei weitere zugehörige Himmelskörper, die eine Umlaufbahn von über zwanzig Millionen Jahre haben. Dazwischen schwirren Abertausende von Asteroiden, die auf eine vergangene Ur-Katastrophe schließen lassen.

Zwei Riesenplaneten sind interessant. Ihre Anziehungskraft ist enorm. Mehrmals muss Orinario gegensteuern und den Kurs korrigieren. Als ungeübter Pilot gelingt es ihm ausgesprochen gut, auch wenn der Gleiter ein wenig schlingert. Orinario ist klug genug, den Abstand zu den Objekten zu vergrößern.

Wie einfach es doch geht ... Die Gedanken-Steuerung reagiert ohne Verzögerung. Das Feintuning ist präzise auf den arimeanischen Gehirn abgestimmt. Corylls Arbeit hat sich wahrlich gelohnt. Hochzufrieden vollführt der *Wächter*-Älteste an Tollkühnheit grenzende Manöver.

Immer gewagter fliegt Orinario, weicht im letzten Moment den Monden aus. Es berauscht. Wie von Sinnen lenkt er den Gleiter durch den Raum. Erst nach unzähligen Richtungswechseln besinnt er sich seiner ursprünglichen Absicht. Er seufzt. Schon lange war er nicht mehr so ausgeglichen und glücklich gewesen.

Er visiert Aremodon, den Leben tragenden Randplaneten des Systems, an. Die vom *Kreis* durchgeführten Experimente in dieser Hemisphäre liegen weit in der Vergangenheit. Mal sehen, was daraus geworden ist …

Mit den Gedanken bereits gelandet und sich die außergewöhnlichsten Geschöpfe vorstellend, nimmt er weiter Kurs auf Aremodon. Plötzlich geht ein ruckartiges Zittern durchs Gefährt. Auf dem Schwebeschirm erscheinen unendlich lange Zahlenreihen. Orinario sitzt der Schreck im Nacken. Was ist passiert?

Ein eigenartiger Geruch steigt ihm in die Nase. Die Ursache ist feiner, fast durchsichtiger Qualm. Der Älteste hustet. Er muss sich beeilen, will er nicht ersticken. Panik erfasst den sonst so Besonnenen. Hektisch und voreilig reagierend, beschleunigt er die Geschwindigkeit. Was er nicht bedenkt, wird schnell zur Gefahr. Anstatt die restliche Distanz durch einen Sprung durch den Raum zu überwinden, bleibt er materialisiert. Dadurch wird die Überhitzung des Kristalls weiter geschürt, welche nicht vorhersehbare Folgen haben wird …

Vierundzwanzig

Das Portal! Jetzt, da er davor schwebt, weiß er um dessen Bedeutung. ›Mutter‹ hatte wie immer recht. Der Kristall, der die Geschicke des Universums schützt und lenkt, weiß selbstverständlich über alle Dinge Bescheid, die bei Menschen als geheimnisvoll oder mystisch gelten. Es reicht nicht aus, die Zusammenhänge als Ganzes zu erkennen, man muss sie auch verstehen. Dafür genügt das menschliche Wissen längst nicht aus. ›Mutter‹ wird sich hüten, in den Verlauf der Geschichte einzugreifen. Viele Lebensformen, die sich für intellektuell und hoch entwickelt halten, haben eine gefährliche Schwäche: Wissen für eigene Machtansprüche einzusetzen.

Für den Moment erschließt sich diese Gesamtheit, übergießt ihn wie ein lauer Sommerregen. Wird das Portal durchschritten, wird dieses Wissen vielleicht ein warmherziges Gefühl in ihm auslösen; ähnlich einer Erinnerung an die erste Liebe oder einem anderen positiv einschneidenden Ereignis im Leben.

Durch die Zwiegespräche mit dem Mutterkristall hat sein Bestands-Ich alles darüber erfahren. Die Gespräche sind nicht erfüllt von aneinander gereihten Wörtern, die erst vom Gehirn aufgenommen und verarbeitet werden. Es ist eher das Überschwappen eines gedachten Wissensmeeres. Er nimmt es in Form von Gefühlen auf, die plötzlich alle Fragen beantworten. Ohne diesen Prozess beschreiben zu können, versteht er.

Nur manchmal, wenn das Menschsein in den Vordergrund rückt, bedient er sich der gedachten Sprache. Dies erleichtert den Spagat zu meistern, den sein Ich und die bisherige Existenz-Realität vereint. In seiner Vorstellung ist er Waylon Latham – im Moment jedoch körperlos.

«Der Pfad erwartet dich», vernimmt Waylon den Mutterkristall. Sie weiß um die Bedeutung und Wichtigkeit von Ausgesprochenem für ihren Schützling. Worte sind die Verbindung zum Leben, in das er nun zurückkehren wird. Sie werden ihn alles wie einen Traum vorkommen lassen.

›Ich weiß‹, antwortet er gedanklich. ›Doch wird es richtig sein?‹

«Alles was du tust, wird richtig sein.»

›Doch was geschieht, wenn nicht?‹

«Deine Intuition wird dich leiten.»

Der Abschied fällt Waylon schwer. Doch er wird wiederkommen. Er löst sich und schwebt durch das rotierende Portal.

○ ○ ○

Urigorisches Raumschiff, Gegenwart.

Die ›Azeptus‹ nimmt Fahrt auf. Seit dem spurlosen Verschwinden des Arimeaners steht die Besatzung kopf. Aus Furcht vor Isador wurde jeder Winkel des Schiffs durchsucht. Leider vergeblich, was die Stimmung nicht gerade hebt. Der Oberbefehlshaber indes wird immer stiller. Er spricht nur das Nötigste, was ihn noch unberechenbarer für die Crew macht.

Nach dem Start hat ihn niemand mehr gesehen. Zum einen Atmen diejenigen auf, die am meisten unter dem herrschsüchtigen Führungsstil leiden; andere sorgen sich, was er nun aushecken wird.

Isador verlässt selten seine Kabine. Niedergeschlagen über den Verlust des Erzfeindes vergräbt er sich in zermürbenden Gedankenspiele. Auch die Überwachungsaufzeichnung brachte nicht die gewünschten Antworten. Allmählich verblasst darauf der unter Drogen gesetzte Körper und verschwindet spurlos. Der Anblick hat sich wohl für immer in sein Gedächtnis gebrannt.

Wie kann es sein, dass der Arimeaner, von einen auf den anderen Moment, ›unsichtbar‹ wird? Ein Fehler der Kamera? Manipulation, um den wahren Verlauf zu vertuschen?

Der Oberbefehlshaber geht weiter davon aus, dass es unter der Crew einen Verräter gibt. Ob aus Überzeugung oder dazu verleitet, wird sich noch zeigen.

Irgendjemand hat einmal erzählt, dass Arimeaner über gewisse Fähigkeiten verfügen sollen … Isador schenkte solchen Behauptungen nie sonderlichen Glauben. Eher schiebt er diese Thesen ins Reich der Legenden. Allerdings bekommen sie plötzlich einen anderen Sinn. Was, wenn …

Wütend schüttelt Isador den Kopf. Dieses immerwährende ›Was – Wenn‹ zeigt ihn, wie sehr er sich im Kreise dreht. Deprimierend …

Der Flug wird einige Zeit in Anspruch nehmen. Acht Lichtjahre entfernt befindet sich ein Außenposten der Urigoren. Dort wird sein persönlicher Bericht bereits sehnlichst erwartet. In unruhigen Zeiten verlässt man sich nicht auf versendete Signale, die vom Feind mühelos aufgefangen und dechiffriert werden können. Man traut Arimea nicht, auch wenn der Planet unauffindbar ist und nichts auf einer Katastrophe hindeutet. Solang es an Beweisen fehlt, die eindeutig und stichhaltig belegen, dass Arimea ausgelöscht wurde, solange besteht noch höchste Alarmstufe.

○ — ● — ○

England, Gegenwart. Autoritäre Realität.

Der Tag ist trüb und grau – typisches Herbstwetter. Ein Wunder, dass es nicht regnet. Es ist das Jahr, indem die Queen abdanken wird. Fast alle Zeitungen munkeln davon; auch davon, dass Charles wohl auf die eigene Krönung zugunsten seines

Ältesten verzichten wird. Das Volk mag ihn nicht allzu sehr, ist doch noch allgegenläufig, wie er Diana hinterging.

Karoline muss in diesen Tagen oft daran denken. Über zwanzig Jahre sind es jetzt her, dass *Englands Rose* tragisch ums Leben kam – bis heute unter ungeklärten Umständen. Dieser denkwürdige Jahrestag wurde begangen, wenn auch das Blumenmeer nicht annähernd an das zur damaligen Zeit heranreichte.

Schon komisch, wie präsent alles wieder geworden ist. Und nur, weil sich das Ereignis jährt. Überhaupt ist die Zeit faszinierend. Obwohl immer da, ist sie nicht spürbar. Manche behaupten sogar, dass es die Zeit gar nicht gäbe …

Unwillkürlich sieht Karoline zur Uhr, die neben der Tür hängt. Es ist ein alter Regulator, dessen Perpendikel – trotz des hohen geschätzten Alters von mehr als hundertfünfzig Jahren – gleichmäßig pendelt. Und wenn man etwas messen kann, dann muss es das ja doch geben!

›Ist schon so ne Sache‹, denkt Karoline bei sich. ›Und dabei wird man ganz nebenbei daran erinnert, wie alt man doch ist.‹

Manches dagegen verblasst; so, als wäre es nie geschehen. Rückblickend gibt es heute etliche ›blinde Flecke‹. Ohne zugehörige Empfindungen, Gefühle oder Personen. Menschen haben in diesen Teil des Gedächtnisses kein Gesicht. Und sosehr man sich auch anstrengt, umso schwieriger wird es, sich überhaupt die entsprechende Szenerie vorzustellen.

In den letzten Jahren hat sich viel verändert. Schottland spaltete sich ab. Wales strebt ebenfalls in die Unabhängigkeit. England hat begonnen, ein eigenes Landesparlament zu etablieren. Als nächster Schritt ist die Schaffung einer Landesregierung geplant, die der neue König nach Kräften unterstützt. Einzig und allein Nordirland hält am alten politischen Bund fest.

Nicht nur auf der Insel weht ein neuer Zeitgeist, der mit alten Traditionen bricht. Auch auf dem Festland herrscht eine untrügliche Stimmung, die wohl bald die *Alte Welt* erschüttern werden lassen wird. Seit mittlerweile drei Jahren ist der Euro-Tunnel aus Angst vor Anschlägen geschlossen. Wer ins ehemalige Gebiet des United Kingdom kommen möchte, dem bleiben nur die Fähren und der Luftweg.

Karoline sieht der Zukunft mit gemischten Gefühlen entgegen. Zusehends zerfällt das alte Europa. Nationalstolz und Kompromisslosigkeit überwiegen. Der Westen verliert an Bedeutung. Nicht wenige sagen aufflackernde militärische Auseinandersetzungen voraus, die neues Chaos bedeuten würden. Es ist offensichtlich, dass man aus der Geschichte nichts gelernt hat …

Sie geht in den Garten. Wenigstens hier ist die Welt noch in Ordnung. Der Mensch ist ein Gewöhnungstier, mag keine großartigen Veränderungen. Auch Karoline nimmt sich davon nicht aus. Die Wohnung mit angrenzendem Garten war ein Glücksgriff; die Miete ist erschwinglich und die Nähe zur Natur gut für ihr Seelenheil. Hier in ihrem Reich blüht und gedeiht alles. Freundinnen sind schon ihres ›grünen Daumens‹ wegen neidisch.

Mit den Männern hat es weniger geklappt. Hin und wieder eine Liaison, aber nichts Festes. Ihre Ansprüche scheinen dafür der Hauptgrund zu sein, auch wenn sie beschwört, sie drastisch heruntergeschraubt zu haben. Schuld für die Misere gibt sie Waylon, den sie damals ehelichen wollte, der aber nur Interesse für seine Arbeit hatte. Er hatte nicht einmal bemerkt, dass sie ihn zeitweise mied. Einpaar Jahre darauf erfuhr Karoline, dass er tödlich verunglückt sein soll. Auch damals kamen die Erinnerungen wieder hoch und beschäftigten sie eine Zeit lang.

Glücklich im Sinne von Familie und was dazu gehört ist sie

nicht. Aber sie kann gut damit umgehen, allein zu sein. Und Einsamkeit verspürt sie schon lange nicht mehr; man arrangiert sich eben.

Den Garten zäunt ein von einer Hecke verdeckter Zaun ein. Karoline hat schon oft darüber nachgedacht, die Einzäunung entfernen zu lassen. Dahinter grenzt nur eine Wildwiese, und dort entlang verschlägt es so gut wie nie jemanden. Heutzutage meiden Menschen wilde Natur. Sie hingegen geht gern im Wald spazieren. Die dort herrschende Stille und Luft ist frei von Düften der Zivilisation. Kein Motorenlärm, keine U-Bahn und vor allem kein Menschengetümmel! *Herrlich!*

Morgen wird sie, nach dem wöchentlichen Einkauf, ein paar Schritte jenseits des Grundstücks gehen. Dafür gibt es einen vom Gebüsch zugewachsenen Hinterausgang, den nur sie kennt. Dazu hätte sie eigentlich gleich Lust, aber die Woche war anstrengend und ein bisschen faulenzen schadet nicht.

Sie nimmt den Schmöker vom Tisch und setzt sich auf die Liege. Endlich Wochenende! Zeit, die Karoline gern für sich in Anspruch nimmt, um die Seele baumeln zu lassen. Dazu gehört freitags in einem Wälzer wie diesen zu lesen. Das bringt sie runter und gleichzeitig auf andere Gedanken. Rituale braucht der Mensch, dies wussten schon die Vorfahren, die bekanntlich nur einen freien Tag hatten.

Karoline atmet tief durch und schlägt die Seite mit dem letzten Eselsohr auf. Über diese Macke hat sie schon oft Kritik aushalten müssen. Aber es sind *ihre* Bücher, und damit kann sie machen, was sie will! Bei aufwendig gestalteten Bänden ist ein Lesezeichen selbstverständlich und vorteilhaft. Doch bei Paperbacks oder Heftchen ist es einerlei; die werden einmal gelesen und anschließend wandern sie in die Tonne.

Unter der Überdachung ist sie vor etwaigen Regenschauern

sicher. Absatz um Absatz, Seite für Seite taucht Karoline in die fiktive heile Welt ein. Die beschriebene Grafschaft existiert nicht wirklich, weist jedoch gewisse Ähnlichkeiten zu einer realen auf. Vielleicht deshalb eine fesselnde Lektüre, in der sich viele Leserinnen wiederfinden.

Die Geschichte zieht Karoline voll in den Bann. Es wird Abend. Vereinzelt fallen erste Regentropfen. Vom Horizont her kommen dunkle Wolken auf. Von all dem bekommt Karoline nichts mit. Vielmehr folgt sie der Hauptakteurin in ihrer Schwarte, die auf den Mann trifft, dem alles gehört, soweit das Auge in der Story reicht.

Ein Blitz in der realen Welt erhellt die schwarzen Wolken über den Wald. Noch ist das Gewitter zu weit entfernt, als dass es Karoline aus der Lektüre reißt. Für einen Moment durchdringt die Sonne eine kurzzeitig entstandene Lücke in der Wolkendecke. Dort, wo es gerade eben geblitzt hat, entsteht ein kräftiger, farbenfroher Regenbogen. Die mit Feuchtigkeit erfüllte Luft reflektiert die Sonnenstrahlen.

Auch jetzt wird Karoline noch nicht aufmerksam, obwohl sie für solch herrliche Naturerscheinungen ein Faible hat. Erst, als eine kräftige Windböe die Baumwipfel erfasst, fährt sie empor. Was sich am Himmel inzwischen zusammenbraut, lässt sie erschaudern. Schnell springt Karoline auf und rennt ins Haus, um sämtliche Fenster zu schließen. Als sie gerade im oberen Stock das Schlafzimmerfenster verriegelt, blitzt es gleichzeitig an mehreren Stellen. Spürbar frischt der Wind auf. Ein eigentümlicher Eishauch lässt sie frösteln.

›Ein Glück, bin ich daheim!‹

Nachdem sie sich vergewissert hat, alles fest verschlossen zu haben, beobachtet Karoline mit ungutem Gefühl den Himmel. Etwas kommt ihr komisch vor, kann es aber nicht beschreiben.

Die Blitze häufen sich – wie sie findet – dramatisch. Das Wolkenband weist eine eigentümliche Verfärbung auf; ist es das, was sie innerlich bewegt? Aufgetürmte Wolken können abstrakte Bilder abgeben, das weiß Karoline. Jetzt allerdings entsteht etwas, was sie noch nie vorher gesehen hat.

Horizontumspannend kommt das Ungetüm näher. In dessen augenscheinlichen Mittelpunkt beginnt sich ein spiralförmiges Gebilde zu formieren. Karoline gefriert beim Anblick das Blut. Das Spiralgebilde scheint keine Wolke zu sein! Gleichförmig und auffallend symmetrisch glänzen Windungen wie ein überdimensionaler Korkenzieher. Nur das am sichtbaren Ende keine Spitze ist. Dort wirbelt eine undefinierbare Masse in die entgegengesetzte Richtung.

In einer Höhe von exakt siebentausend Metern, die Karoline nicht so genau einschätzen kann, fehlt ihr selbstverständlich die Relation zu anderen, vergleichbaren Objekten, um die wirkliche Größe zu ermitteln. Allerdings wächst in ihr eine furchtbare Ahnung.

Von einem Augenblick auf den darauffolgenden erfasst sie eine schreckliche Unruhe. So schnell, wie sie kann, lässt Karoline zusätzlich die Rollläden herunter. Doch von Sicherheit fehlt jede Spur. Panik spürend rennt sie fast schon hektisch und nervös auf und ab. Sie hat sich in eine Situation manövriert, die so nicht beherrschbar ist, und sich dem Wichtigsten entzogen – der Sicht. In einem Anflug von Bitterkeit, Angst und Neugier steigt Karoline die Treppe (zwei Stufen nehmend) zum Speicher empor. Das Fenster dort ist das Einzige, welches nicht mit einem Rollladen versehen worden ist. Klopfenden Herzens wagt sie sich gebückt heran und späht hinaus.

Die Spirale hat an Form verloren, dafür ist das untere Ende nun größer und ausgefranster. Auch die gegensätzlichen

Drehungen sind langsamer geworden. Weiterhin zucken Blitze wild durcheinander auf. Gespenstisch. Die Wolkenformation leuchtet von innen heraus. Es sieht aus, als glühe der Himmel.

Karolines Herz schlägt heftig. Geht die Welt unter? Das Himmelszucken wird immer stärker. Doch halt! Etwas passt nicht! Sie runzelt die Stirn. Elektrische Entladungen werden immer von Donner begleitet. Sie lauscht, öffnet das kleine Speicherfenster. Unglaubliche Stille empfängt sie draußen. Kann das sein? Nicht ein einziges Blatt wiegt sich im Winde.

Erneut und zum wiederholten Male staunt Karoline. Die Situation ist neu. Doch kein Gewitter? Aber ...

Da ist doch etwas!

Ein tiefer Ton ... Schwirrend ... Anhaltend ...

Sie hält den Atem an.

Schließt die Augen.

Lauscht ...

Auf einmal wird ihr gesamter Körper von Gänsehaut überzogen; es wird unangenehm kalt. Die Blitze werden weniger, dafür glimmt der Himmel im pulsierendem Licht. In der Luft schwirrt ein sonorer Ton; geradeso vom menschlichen Ohr vernehmbar. Hört man konzentriert hin, wird der Ton vom Schall leicht vibrierend herangetragen. Dieses Schwingen wirkt bald störend, zumal die Ursache nicht einwandfrei zu ermitteln ist.

Dessen ungeachtet beobachtet Karoline intensiv das Himmelsgebilde. Jede Bewegung in den Drehungen, der zwei gegensätzlichen Wolkenmassen, erweckt neue Vermutungen. Fragen kommen auf, vergehen augenblicklich wieder und machen nachdrängenden Platz, die ebenfalls sogleich verpuffen. Die Faszination überwiegt trotz der auflodernden, undefinierbaren, unterschwelligen Angst.

Langsam gewöhnt sich Karoline an den Anblick, nimmt es

als gegeben hin. Und genau in diesen Augenblick passiert das Unfassbare.

Der untere Teil öffnet seine Mitte. Für einen winzigen Moment wird das Blau des Himmels sichtbar, verschwindet jedoch sofort hinter eigenartigen, fremden Lichts. Waren bis eben die Blitze noch weiß und gelbstichig, dominiert nunmehr ein kräftiges Purpur. An den zerfransten Rändern verläuft es sich und geht über in ein grelles Türkis. Darüber hinaus schiebt sich ein weiterer Wolkenstrudel, direkt bis zum Boden herab.

Karoline ahnt nichts Gutes. Die Szene findet, ihres Erachtens, viel zu nah statt. Vom Giebel des Hauses ist der hintere Bereich des Gartens nicht vollständig einsehbar. Immer unruhiger werdend schließt sie sorgfältig das Fenster und stürmt hinunter ins Erdgeschoß. Von Unruhe getrieben, hebelt sie ein stückweit das Rollo der Terrassentür auf, um durch einen Spalt zwischen den Lamellen hindurch zu spähen. Ihr will das Herz aussetzen.

Der vom Himmel herab reichende Schlauch findet in ihren Garten Bodenkontakt!

Diese Erkenntnis schlägt wie eine Bombe ein, was eine außer Kontrolle zu drohen geratene Schnappatmung zur Folge hat. Sie wankt, stützt sich an der Fensterbank ab. Der mit rasanter Geschwindigkeit rotierende Wolkenschlauch wirbelt verhältnismäßig nur wenig Staub und Dreck auf.

Karoline blinzelt. Das Sehvermögen lässt nach und wird immer mehr eingeschränkt. In ihr tobt der unsagbare Kampf zwischen Aufruhr, Hysterie und ein Rest der scheiternden Ruhe. Der innere Friede ist vorbei …

Was dann geschieht, entzieht sich ihrer derzeitigen Wahrnehmungsfähigkeit. Ein gleißend-heller Lichtblitz blendet. Als die Augen sich nach mehreren Minuten langsam davon erholt haben und die Sehstärke zurückkehrt, steht an genau derselben Stelle ein Mann. Ist allein diese Tatsache schon rätselhaft genug, glaubt Karoline in dem Erschienenen eine bestimmte Person zu erkennen. Doch das ist unmöglich ...

Fünfundzwanzig

Uridräo, tausend Jahre vor der arimeanischen Entdeckung.

Es ist ein wahrer Kraftakt. Mit der bewusstlosen Deborah auf den Arm überwindet er das Labyrinth, findet den Geheimgang zu den Ruinen, durchschreitet das Schott und erklimmt die Steigung des Tunnels. Erst am Felsenriss verlassen Nayati endgültig die Kräfte. Er sinkt – einem gefällten Baume gleich – zu Boden und mit ihm Deborah.

Sie ist es auch, die als Erste aus dem traumlosen Dösen erwacht. Verwirrt wischt sie sich übers Gesicht. Es dauert, bis sie den neben sich liegenden Freund sieht. Erschrocken robbt sie zu ihm hin.

»Nayati!«, ruft sie heißer. Für Deborah hört sich die eigene Stimme fremd und strapaziert an. »Nayati ...«

Verängstigt rüttelt ihn die Gewahrerin. Sie bekommt Angst. Wie kommen sie hierher? Hat der Dakota sie gefunden? Oder gibt es weitere Überlebende?

Die Gedanken kommen in Schwung. Deborah wird es eiskalt. Kaum vorstellbar, dass es in der Tiefe welche geschafft haben könnten zu überleben. Aber unmöglich ist es nicht ...

Ihre Hände streichen über Nayatis Schulter. Tränen trüben ihre Augen, wovon es einer gelingt, die Wange zu benetzen.

Hilflos versinkt sie in eine Art Trance. Seltsame Laute ausstoßend, die zeremoniell wirken, rollt Deborah mit den Augen, bis nur noch das Weiß der Augäpfel zu sehen ist. Der jetzt folgende Singsang, von den Wänden gebrochen und zurückgeworfen, wird zu einer mystisch anmutenden Klangkulisse.

Ob Deborahs Gesang der Auslöser oder einfach nur die Zeit reif ist, bleibt ein ungelöstes Rätsel. Auf jeden Fall öffnet Nayati die Augen. Er sieht sich kurz um. Ein prüfender Blick genügt, um zu wissen, was die Gewahrerin macht. In diesem Stadium der Selbsthypnose ist es nicht ratsam, einzugreifen. So lässt er sie gewähren, mit den *Göttern* zu sprechen.

○ O ○

Die Schmelzzone erstreckt sich über viele Quadratkilometer. Und die Sonne Zartaks brennt unerbittlich und erbarmungslos. Adabay kommt schwerlich voran. Längst hat er die Übersicht verloren, aus welcher Richtung er gekommen ist. Die Gesteinswüste lässt die Luft flimmern. In Nähe des Bodens gibt es kaum Sauerstoff. Wegen Wassermangels hat er unsagbare Mühe weiterzugehen. Auch die Augen haben mit der Lichtfülle Probleme.

Wovon der Anomalit absolut keine Ahnung hat, wird kurz darauf offenbar. Allerdings bekommt er davon nur wenig mit. Geschwächt und körperlich überfordert, bricht er zusammen.

Das automatische Ortungssystem des Zeitgleiters hat ihn bereits seit seinem Austritt aus dem Tunnel erfasst und seine Bewegungen verfolgt. Es erkennt, dass er Hilfe benötigt, und sendet die bordeigene IATRA, die autark arbeitende medizinische Einheit, aus. Nachdem diese den Erschöpften erreicht, verabreicht sie ihm die nötige Medizin. Schon nach wenigen Minuten schlägt Adabay die Augen wieder auf.

Der Anblick der Drohne verwirrt ihn einwenig, wirft ihn

aber nicht aus der Bahn. Man hätte es anders erwarten können, doch Adabay hat sich im Griff. Wahrscheinlich denkt er, das Gerät ist ein Überbleibsel eigener Technologie. Sein Instinkt sagt ihm, dass die Drohne ungefährlich ist.

Gefühlte Stunden später sind endlich erste Gräser zu sehen. Er atmet auf. Er hat es geschafft! Freude empfindend taumelt Adabay der Vegetation entgegen …

∘ O ∘

»Was ist passiert? Wo sind wir?«

»In einem Tunnel.«

Nayati ist froh, dem unterirdischen Gefängnis entkommen zu sein.

»Woher wusste die weiße Squaw, wo sie mich findet?«

Deborah stutzt. »Ich wußte es nicht, Nayati. Ich weiß noch nicht einmal, wo wir jetzt sind …«

Der Dakota ist skeptisch. Lügt sie? In ihrer Stimme schwingt nichts Verräterisches mit; dennoch kommt es ihm merkwürdig vor, dass sie plötzlich auftauchte.

»Wie bist du hergekommen, Deborah?«

Sein zunehmend scharfer Ton elektrisiert sie.

»Du glaubst mir nicht …«, erwidert sie traurig.

»Wenn du das durchgemacht hättest, was mir widerfahren ist, dann würdest auch du niemand trauen, Squaw.«

»Aber wir sind Freunde, Nayati! Wir dienen der gemeinsamen Sache!«

Beschämt senkt der junge Dakota den Blick. Dann sagt er: »Verzeih, Deborah. Ja, wir sind Freunde. In meiner Zeit war es fast unmöglich, mit einer Weißen …« Er verstummt.

»Frage dein Herz, Nayati. Und höre darauf, was es dir sagt.«

Deborah lässt von ihn ab und rappelt sich umständlich auf. Sie hat sichtlich Mühe, auf den Beinen zu bleiben. Aber letztendlich schafft sie es.

»Was ist? Willst du hier Wurzeln schlagen?«

Der junge Dakota schaut ihr lange in die Augen. »Du bist stark, Squaw. Doch wirst du den beschwerlichen Weg schaffen?«

Er deutet zum Riss hinüber.

»Na ja, wenn ich es nicht probiere, werde ich es nie herausfinden!«

Sie zwinkert ihn keck zu, was Nayati wiederum nicht deuten kann. In seinem Stamm wäre diese Geste unverschämt und würde mit Missachtung geahndet werden.

Inzwischen ist Deborah bereits ein gutes Stück in den Felsenriss vorgedrungen. Gelegentlich stöhnt sie auf. Als Nayati ihr aber eilend helfen will, hat sie das Hindernis bereits überwunden.

›Ja – die Squaw ist stark!‹, denkt er anerkennend.

Auch der Gewahrerin gehen alle möglichen Dinge durch den Kopf. Das ständige Squaw-Gerede macht sie kirre. Gleichzeitig kramt sie im Gedächtnis, was in den letzten Minuten alles geschehen ist. Wie ist sie nach unten gekommen? Alles ist wie weggefegt! Anstelle einer Erinnerung gähnt an der Stelle unendliche Leere … *Zum Mäusemelken!*

Es fühlt sich an, als wurde ihr Zeit weggenommen.

Deborahs Bewegungen frieren augenblicklich ein. *Zeit gestohlen?* Warum reagiert sie bei diesen Gedanken so aufgewühlt?

Deborah ahnt nicht im Entferntesten, wie nah sie der Antwort gekommen ist.

○ O ○

Viele Jahre ist es her, dass Adabay grüne Pflanzen gesehen, sie berührt und ihren Duft eingeatmet hat. Die nun einstürmende Vielfalt raubt ihn beinahe den Verstand. Er weiß nicht, wohin er zuerst schauen, berühren oder riechen soll! Alles ist neu – und doch unendlich vertraut.

Weit am Horizont erspäht Adabay das tieferliegende Meer. Bis dahin wird es ein anstrengender Marsch werden, der nicht an einem Tage zu bewerkstelligen ist. Was er braucht, ist Wasser und ein wenig zwischen den Zähnen. Sein Magen knurrt schon eine ganze Weile.

Die Fülle von Eindrücken macht Adabay zu schaffen. Er wird unsicherer. Die plötzlich errungene *Freiheit* droht erdrückend zu werden. Keiner ist da, der um Rat gefragt werden kann. Kein Sklave, der die Dinge erledigt, die ihm befohlen werden. Und Pearce brütet wahrscheinlich noch über die alten Schriften …

Eine Rückkehr ist ausgeschlossen; niemals würde er den Tunnel wiederfinden – so viel steht fest. Jetzt weiß er, dass er unüberlegt handelte. Das erste Mal in seinem Leben folgte er seinem Bauchgefühl. Ein folgenschwerer Fehler, den er zutiefst bereut! Bei den seinen gilt er vermutlich schon als Deserteur. Sein Verschwinden muss unterdessen aufgefallen sein. Schon aus diesem Grund kann er nicht mehr zurück, will er nicht in der Recyclingstation enden.

Allein und auf sich gestellt, bleibt Adabay eine winzige Chance. Er muss hinunter an den Strand. Dort existieren alte Höhlen, in denen er Unterschlupf finden kann. Als alter Jäger wird es ihm nicht schwerfallen, für sein leibliches Wohl zu sorgen. Und wenn die Quellen noch nicht versiegt sind, hat er ausreichend Trinkwasser zur Verfügung.

Doch bis dahin ist es ein langer, beschwerlicher Weg.

Es ist bereits dunkel geworden, als Deborah und Nayati ebenfalls den Tunnel verlassen. Die tagsüber vom Gestein gespeicherte Wärme, gibt die Hitze an die Umgebung immer noch ab, sodass es beiden den Schweiß auf die Stirn treibt.

Diese Einöde hätte Nayati nicht erwartet.

»Im Tunnel ist es kühler, lass uns dort die Nacht verbringen«, schlägt Deborah vor. »Bis zum Gleiter ist es zu weit, und wer weiß, ob wir ihn jetzt überhaupt finden.«

Nayati beschleicht der Verdacht, dass die Gewahrerin keinen Plan gehabt hatte, schweigt aber. Die Kehrseite der Medaille ist die einzige Möglichkeit, von hier zu verschwinden.

Einpaar Stunden Schlaf finden sie. Zur Dämmerung sind sie aber schon wieder auf den Beinen. Die Schmelzzone heizt sich rasch auf. Schon etwa einer halben Stunde nach Sonnenaufgang wird die Hitze unerträglich. Deborah geht zielgerichtet in die Richtung, in der sie den Zeitgleiter vermutet. Das Terrain bietet leider keinerlei Anhaltspunkte.

»Wie bist du hierher gekommen?«

Nayati hat die Frage erwartet, gehofft hat er dagegen, sie würde erst später gestellt.

»Ich bin im Schlamm liegend zu mir gekommen«, antwortet er wahrheitsgemäß. Die Erinnerung daran wird er ganz bestimmt nie vergessen. Er schlug die Augen auf und musste erkennen, dass in nur zwei Fingerbreite über ihn ein Gitter angebracht ist. Den Gestank riecht er ebenfalls noch, der von allen Seiten auf ihn einstürmte. Es roch nach Moder und Verwesung, nach Schweiß und Exkrementen.

Deborah unterdrückt einen verhaltenen Entsetzensschrei. Sie ist blass um die Nase geworden, als sie seiner Schilderung lauscht. Zum Glück kommt gerade der Gleiter in Sichtweite. Sie brauchen dringend Erholung. Für Geschichten ist später noch Zeit.

Sechsundzwanzig

Randplanet Aremodon in grauer Vorzeit.
Eine Horde Wilder durchstreift die hügelige Ebene. Bald wird es kalt werden. Doch das Lager ist so gut wie leer. Wenn sie diesmal nicht erfolgreich sein werden, wird die Sippe den Winter wohl kaum überleben.

Erster Frost hat die Nacht eiskalt gemacht. Zwei Jäger der Sippe sind angeschlagen. Die Zeremonien des Schamanen zeigen kaum Wirkung. Es ist eine schwierige Zeit. Der letzte Winter war lang und hart. Fast die Hälfte der Männer wurden dahingerafft. Standen im Frühjahr die Zeichen noch günstig, wurde bald klar, dass ein Fluch über der Sippe liegt. Erst dezimierte eine Krankheit die Tiere, auf deren Fleisch man angewiesen ist. Schon wenig später griff das Sterben auf die Sippe über.

Tagelang durchstreifte Krú mit seinen Mannen die Wälder. Die große Beute ließ auf sich warten. Die dringend benötigten Tiere schienen wie ausgestorben. Bis auf kleine Hasen, deren Fleisch zwar zart ist, aber die Mäuler nicht ausreichend stopfen kann.

Die Zwei-Horn-Tiere kreuzen kaum noch den Weg der Jäger. Von einem Tier hatten sie genügend Vorrat. Doch leider sind die Riesen rar geworden. Deshalb erwägt die Sippe auch, von hier fortzuziehen. Allerdings könnte ihnen ein früher Kälteeinbruch einen Strich durch das Vorhaben machen.

Ganz in der Nähe hört Krú ein Knacken. Sofort gibt er das Zeichen stehen zu bleiben. Sie gehen in Deckung und spähen in die Richtung, in der sie die vermeintliche Bewegung vermuten. Alles ist ruhig. Aber Krús Gespür lässt sich nicht trügen. Er stößt einen leisen knurrenden Laut aus. Seine Begleiter legen sich flach auf den Boden, bleiben regungslos liegen. Einen zustimmenden Laut ausstoßend, kriecht Krú geräuschlos weiter. Behände kommt er mehrere Körperlängen voran, verharrt, lauscht. Geduld ist des Jägers Kapital. Manchmal bleibt er fast den halben Tag in Lauerstellung. Mit dieser bewährten Vorgehensweise wurde schon so manch kapitaler Fang gemacht.

Das Knacken deutet auf ein größeres Exemplar hin. Sein Blick ist starr nach vorn gerichtet. Der günstig stehende Wind ist vielversprechend. Jetzt nur keine Fehler ...

Ganz langsam und bedächtig schiebt sich Krú eine Schienbeinlänge vor. Horcht. Und überwindet nochmals die gleiche Länge.

Knacks.

Direkt von vorn kommt das Geräusch. Das stellenweise kniehohe Gras bietet dem Jäger beste Deckung. Unbemerkt dringt er weiter vor. Bald hat er sich ganz von der Horde gelöst und eine Distanz von sieben Körperlängen geschaffen.

Er ist in seinem Element. Was auch immer da herumlungert, es wird Krú nicht entkommen. Ein Ruf ertönt. Krú zieht den Kopf ein, presst sich auf den Boden. Leichte Vibrationen sind zu spüren. In seinem Kopf arbeitet es. Welches Wesen verursacht solche Bodenschwingungen? Lauert ihnen hier etwa eine andere Sippe auf? Krú übermannen Zweifel. Ein Hinterhalt! Die rivalisierenden Sippen sind sich in letzter Zeit wegen des Nahrungsmangels sehr nah gekommen.

Die entdeckten Spuren weisen darauf hin. Gar nicht gut ...

Eine weitere Gruppe bedeutet zusätzlich zu stopfende Mäuler!

Er beißt knirschend die Zähne aufeinander. Damit hätte er rechnen müssen. Auf ein Zusammentreffen sind sie nicht vorbereitet. Doch eine Konfrontation scheint unausweichlich.

Da nimmt er erneut Bewegungen wahr – ungleichmäßige und unkontrollierte. Das Wesen scheint verletzt. Eine wichtige Erkenntnis! So besteht Hoffnung, aus der Begegnung als Sieger hervorzugehen, die auch Krú verspürt.

Angespannt und zum Äußersten bereit, wartet Krú ab. Sein Atem geht flach und gleichmäßig. Nichts deutet auf den inneren Zustand des Jägers hin. Äußerlich gelassen und hoch konzentriert lauscht und mustert er die Gegend.

Auch seine Gefährten verhalten sich ruhig. Nicht einmal Krú spürt ihre Anwesenheit.

Trotz aller Vorsicht kommt es überraschend. Aus dem Nichts taucht das fremdartig anmutende Wesen auf. Die Statur ähnelt der ihrigen, wenngleich sie aufrechter geht und gebrechlicher wirkt, als die Älteren der Sippe. Krú schluckt. Das Wesen trägt keine Felle oder Vergleichbares. In dessen Hand glitzert ein seltsamer Gegenstand, von den der Jäger zurecht annimmt, dass es sich dabei um keinen Faustkeil handelt. Von der Erscheinung geht etwas Unheilvolles, überwältigend Gefährliches aus.

Wenige Stunden ist es her, dass Orinario den Absturz durch seine unvorsichtigen, risikofreudigen Flugmanöver provoziert und herbeigeführt hat. Es ging noch mal glimpflich aus. Außer einigen Blessuren und Abschürfungen ist er mit heiler Haut davongekommen. Glücklicherweise ist die Atmosphäre atembar, ansonsten hätte es sein Ende bedeutet. Anders sieht es mit dem

Gleiter aus; der ist nur noch ein Häufchen Schrott. In der Steuerung war zu allem Überfluss Feuer ausgebrochen. Erst allmählich ist ihm bewusst geworden, dass er hier endgültig gestrandet ist.

Auf Hilfe kann Orinario nicht hoffen. Niemand weiß von seinen Ausflug. Man wird ihn überall anders suchen, nur nicht auf diesen Randplaneten. Selbst wenn sie eine Ahnung hätten, wo er sich befindet, ist es unwahrscheinlich, dass die exakte Zeit bestimmt werden kann. Der bisher als Segen empfundene Vorteil des Zeitgleiters erweist sich nun als Fluch.

Teile des rissig gewordenen Kristalls, dem Herzstück des Gleiters, hat er an sich genommen. Vielleicht ergibt sich irgendwann doch eine brauchbare Verwendung dafür. Und er hat einen Teil seiner Welt gerettet. Auch die IATRA scheint noch funktionsfähig zu sein. Die Einheit fliegt zwar nicht mehr eigenständig, ist ansonsten aber unversehrt.

Für einen zivilisationsverwöhnten Arimeaner wirkt die unberührte Natur exotisch reizvoll. Was es jedoch im einzelnen bedeutet, darin ist er sich allerdings nicht im Klaren. Er wird sich in dieser einsamen Welt einrichten müssen und hier seine Tage fristen. Eine nicht gerade lohnenswerte Perspektive.

Selbstvorwürfe ändern ebenfalls nichts an der jetzigen Tatsache. Weit und breit ist kein Lebewesen zu sehen. Wenigstens hat diese Welt ausreichend trinkbares Wasser. Ob es verträglich ist, wird sich noch erweisen.

Sein Blick schweift die Gegend ab. Ein geeigneter Unterschlupf wäre erstrebenswert. Im Moment kann er es gut im Freien aushalten, doch wer weiß schon, wie es des Nachts wird. Von nun an wird Orinario auf alle gewohnten Annehmlichkeiten verzichten müssen.

Die Vegetation wird schlagartig dürftiger. Vor ihn breitet sich eine Steppenlandschaft aus, die auf wenig Wasser schließen lässt. Nach einigen Überlegungen beschließt er, in einem überschaubaren Bogen zurückzugehen. Rechter Hand sind hohe Bäume zu erkennen. Wenn er sich nicht täuscht, dann wird dort auch Wasser zu finden sein. Das letzte war ungenießbar gewesen. Beinahe hätte er sich satt getrunken. Nur der üble Geruch von verwesenden Kadavern kleineren Getiers sowie die abgestorbenen Pflanzen brachten Orinario zur Vernunft.

Seit einigen Stunden rebelliert sein Magen. Hunger! Nie hatte er Hunger leiden müssen. Immer war genügend Essen vorhanden. Auf Arimea funktioniert das Verteilsystem hervorragend; sogar die entferntesten Winkel werden lückenlos versorgt. An Verkehrsknotenpunkten sind zusätzlich Wasserentnahmestellen installiert, damit niemand Durst leiden muss.

Anders hier – im wahrsten Sinne des Wortes –, am Ende sämtlicher Galaxie-Welten. Wie oft hat er seine haare-raufende Idee schon verteufelt! Wie oft hat er vor sich selbst in den Boden versinken wollen! Und wie oft hat er seine Gedanken aus seinem Hirn herausreißen wollen! Doch nichts dergleichen ändert daran, dass er nun allein auslöffeln muss, was er sich selbst eingebrockt hat.

Die Steppe wird karger, das Gras immer strohiger und ausgedörrter. Die eingeschlagene Richtung wird nicht seine Zukunft sein. In einen Bogen von etwa neunzig Grad nimmt er nunmehr die vorhin gesichteten Bäume ins Visier. Da, wo Wald ist, fließt bekanntlich Wasser.

Im tiefsten seines Inneren bereut er, nicht mehr von der Planetenbiologie und Typografie gelesen zu haben. Dies war nie ein Thema gewesen. Er glaubt, sich erinnern zu können, eine diesbezügliche Studie gesehen zu haben. Doch wie sooft lässt man außen vor, was gerade nicht ins jeweilige Schema passt.

Nun wird er am eignen Leib fehlendes Wissen erfahren dürfen. Welch Schicksalsironie …

Die Stelle der Notlandung wird Orinario niemals wiederfinden. Schon jetzt, nach der wenig verstrichenen Zeit, die er seitdem auf Aremodon verweilt, hat er eine beträchtliche Strecke bewältigt und auch mehrmals die Richtung gewechselt. Demzufolge wundert es ihn auch nicht, langsam zu ermüden.

Durst und Hunger treiben ihn weiter. Wenigstens noch bis in grünere Gefilde will er gelangen. Die Sonne Aremodons scheint unbarmherzig vom wolkenlosen Himmel. Um nicht gänzlich auszudörren, will er schattige Bereiche erreichen, bevor er eine Pause einlegt. Doch die Wegstrecke zieht sich dahin und er wird zunehmend schlapp.

Die ungewohnt harte Belastung fordert gnadenlos Tribut. Orinario stolpert, strauchelt. Plötzlich verliert er das Gleichgewicht, stürzt. Der Aufprall ist dumpf und hart. Was soeben passiert ist, erreicht seine Gedanken nicht mehr. Er verfällt in einen unruhigen, bleiernen Schlaf.

Auffrischender Wind und angenehme Kühle wecken den Gestrandeten. Es währt eine Weile, bis er realisiert hat. Inzwischen ist es dunkel geworden. Am Himmel funkeln zahllose Sterne. Eine Halbsichel steht über dem Wald, dessen Silhouette er durch fahles Licht ausmachen kann. *Also hat der Randplanet mindestens einen Trabanten*, denkt Orinario. Die meisten bewohnbaren Planeten umkreisen Monde, die deren Umlaufbahn stabilisieren und verlangsamen. Dies ist schon eher sein Metier, doch er ahnt, dass dieses Wissen nicht viel nützen wird.

Seltsame Geräusche haben Orinario umzingelt. Überall knackt es. Flügelschläge werden laut. Heisere Schreie ertönen. Die darauf folgende Stille ist spannungsgeladen. Hinter ihm raschelt es. Etwas huscht in unmittelbarer Nähe an Orinario vorbei. Da kommt zeitgleich etwas durch die Luft angesaust, fällt schwerfällig zu Boden. Ein kurzer, gnadenlos geführter Kampf entbrennt. Dann dringen wieder Flügelschläge an sein Ohr.

Als es ruhig wird, ist Orinario längst auf den Beinen. Panisch will er von hier fort. Aber die Finsternis hindert ihn, einen ebenen Pfad zu finden. Immer wieder strauchelt er. Nur der Zufall hilft ihm, auf den Füßen zu bleiben.

Die verbleibende Nacht über irrt der Arimeaner ruhelos umher. Von Erschöpfung und Angst gezeichnet, plagen ihn Halluzinationen. Hilflos sieht er sich alles verschlingenden Kreaturen ausgeliefert, die nur nach seinen Blut trachten.

Auch die schlimmste Nacht seines Lebens, endet endlich mit dem Morgengrauen. Nebel zieht auf, wird vom Wind erfasst und weggetragen. Durch solch entstehende Löcher in den Nebelschwaden erblickt er den lang ersehnten Wald. Die letzten Kräfte bündelnd, geht Orinario schwankend, mehr schlecht als recht, weiter. In den Nebelfeldern bringt ihn die eisige Temperatur wieder zur Besinnung.

Durch die vorherrschende Feuchtigkeit wird das Durstgefühl ein wenig eingedämmt. Ein hilfreicher Nebeneffekt, der es ihn erlaubt, sich besser auf den Weg zu konzentrieren. Orinarios Sinne erwachen allmählich. Instinktiv ändert er die Route und wenig später wird seine Ausdauer belohnt. Er hat endlich einen klaren, fließenden Wasserlauf gefunden.

Gierig trinkt er einige große Schlucke. Das Wasser ist kalt, schmeckt aber vorzüglich. Er verschwendet keinen Gedanken an die möglicherweise darin tummelnden Mikroben und Bakterien. Stattdessen gibt er sich voll und ganz des erfrischenden Geschmacks hin. Nach all den Strapazen empfindet er die Flüssigkeit als die Beste, die er jemals getrunken hat.

Die zweite Nacht auf Aremodon verläuft ruhiger. Er findet ausreichend Schlaf und Erholung und ist gerüstet für den nächsten Tag.

Aus einer abgebrochenen Rinde fertigt Orinario ein Gefäß, in dem er Wasser aufbewahren und transportieren kann. Nicht sehr komfortabel, aber Not macht erfinderisch. Überhaupt findet er langsam an diesem Leben Spaß. Mit geweckter Abenteuerlust wird sein Aufenthalt erträglicher. Und mit der Zeit gewöhnt man sich an alles.

Am dritten Tag entdeckt er eine kleine Höhle. Etwas Mühe muss er noch investieren, um sie halbwegs wohnlich zu gestalten. Das angenehmste jedoch ist der gleich nebenan fließende Bach.

In einer höherliegenden Ecke findet die medizinische Dienstleistungseinheit Platz. Daneben der defekte Kristall und zwei, drei Dinge aus dem Gleiter, die er noch gebrauchen kann. Den kleinen Handstrahler hingegen führt er bei sich, denn Gefahren lauern überall und zu jeder Tageszeit.

Höher entwickelten Bewohnern ist er noch nicht begegnet. Entweder sie bevölkern dieses Gebiet nicht, oder es gibt keine. Dagegen hat er kleinere Wesen entdeckt. Leider eignen die sich nicht zum Verzehr. Das schließt er daraus, weil sie ein ätzendes Sekret absondern.

Die Tage fließen dahin, wie das Wasser des Bachs vor seinem neuen Zuhause. Als Nahrung dienen ihm verschiedene Beeren und Wurzeln, die Orinario auf seinen kurzen Streifzügen findet. Mit jedem weiteren Tag dehnt er die Märsche aus und bekommt so einen guten Überblick.

Doch die Neugier auf Aremodon ebbt nicht ab. Da muss es mehr geben, als diesen Wald, indem er sich zugegebenermaßen wohl fühlt. Hätte er nur den Gleiter zur Verfügung gehabt …

Was hätte er nicht alles entdecken und erforschen können?

Wehmut beschleicht ihn. Und die Gewissheit, dass er bis ans Ende seiner Tage auf dieser Welt gefangen sein wird.

Bald hört Orinario mit der Tageszählung auf. Sie erinnert ihn nur allzu sehr ans eigne Fehlverhalten und Versagen. Anstelle die Erinnerung daran aufrechtzuerhalten, hat er sich dafür entschieden, dem Leben zu begegnen. Eine gute Gelegenheit, um auf andere Gedanken zu kommen.

Eines Tages überkommt ihn eine regelrechte Sehnsucht, seinen *Bezirk* zu verlassen. Er trifft Vorbereitungen, um am nächsten Morgen loszuziehen. Wie ein kleiner Junge freut er sich auf die bevorstehende Exkursion. Ihn befällt das Entdeckungsfieber. Ob sich so alle großen Forscher vor einer bevorstehenden Reise in ferne Landen fühlten? Das macht dem Forschergeist aus: Nie endende Neugier und ungezügelte Entdeckerfreude!

Er lässt sich von seinem Instinkt leiten. Wenn ihn ein Platz gefällt, verweilt er ein paar Stunden. Orinario sieht sich der Gelegenheit beraubt, umfänglich zu dokumentieren, was ihm widerfährt und was die Welt alles bietet. Der Forschung könnte hier einmalige Studien gelingen. Leider gibt es keine Möglichkeit zur Speicherung seiner Gedanken. Nicht einmal schriftlich kann er gemachte Beobachtungen fixieren.

Welch Vielfalt ein Planet doch hervorbringen kann! Unzählige Pflanzen gedeihen in diesem unberührten Garten. Besonders interessant findet Orinario die niederen Kreaturen, die ihn manchmal das Grausen lehren. Dann wird ihm bewusst, dass er der Wildnis ausgeliefert ist.

Er meint, sich erinnern zu können, einmal etwas über das Fressen und Gefressen werden gelesen zu haben. Arimea kennt nur wenige Tierarten, und wenn, leben diese in der Abgeschiedenheit. Auf Aremodon ist das anders. Überall keucht und fleucht es! Doch eine nachhaltig prägende Situation steht ihm noch bevor …

Es ist früh am Morgen, als ihn Geräusche aufhorchen lassen. Waren das Stimmen? Es kommt ihn wie eine Ewigkeit vor, welche gehört zu haben. Vielleicht schreckt er deswegen auf, weil er nicht mehr damit gerechnet hätte.

Die Geräusche wiederholen sich nicht. Täuschung? Ist die es Einsamkeit, die seine Sinne Dinge aufnehmen lässt, die es gar nicht gibt? Ist sein Wunsch, arimeanischähnliche Geschöpfen zu begegnen? Sein Herz und sein Kopf sind voller Erwartung. Die innere Anspannung wächst ins Unermessliche.

Regungslos und den Atem anhaltend bleibt Orinario stehen. Haben ihn seine Nerven einen Streich gespielt? Er wagt nicht die geringste Bewegung. Diesen Moment würde er liebend gern festhalten. Allerdings drängt sich ein fahler Geschmack in den Vordergrund.

Endlich erklingt erneut ein Geräusch. Es kann alles sein, doch sind es Stimmen?

Die Gegend ist pflanzenüberwuchert. Mittlerweile sieht er die riesigen Gewächse als ein Geschenk, schmecken doch einige recht gut und zudem bieten sie einen vorzüglichen natürlichen Schutz. Ein Nachteil ist, dass die Pflanzen auch seine Sicht versperren. Außerdem erschweren sie Orinarios Orientierung. Kommen die Laute – er ist sich inzwischen sicher – nun von vorn oder eher von der Seite?

Wie in Zeitlupe streckt er den Arm aus, schiebt im selben Tempo die Gräser auseinander. Was er erspäht, lässt schlagartig seinen Blutdruck steigen. Klopfenden Herzens gewahrt er einen Körper, der nur unzulänglich in ungefähr zehn Metern Entfernung von den Pflanzen verdeckt wird. Orinario schreckt auf. So nah ist die kaum zu erkennende Gestalt? Und wenn es mehrere sind?

Angst ergreift ihn übermächtig. Es ist das erste Mal in seinem Leben, das er sich fürchtet. Nicht unbedingt vor der Gestalt an sich; mit der könnte er noch fertig werden. Seine Furcht gilt allein der unsicheren Situation, der er sich nun ausgeliefert sieht. Und er wird sich ihr stellen müssen.

Da bemerkt er mehrfache, nicht natürlich verursachte Bewegungen der Fauna. Also doch: Es sind mehrere Wesen in der Nähe! Und die Wesen visieren ihn mit primitiven Waffen an …

Orinarios Lider sind nur einen Spaltbreit geöffnet. Strahler sind das nicht, sieht aus, als haben sie bearbeitete Steine und Stöcke dabei. Trotzdem fühlt sich der in die Jahre gekommene Arimeaner unwohl. Wie viele mögen es sein? Zehn? Zwanzig? Ihm schaudert's. Die Vorstellung, von Wilden angegriffen zu werden, behagt ihn gar nicht. Vorsichtshalber zieht er seinen faustgroßen Handstrahler hervor.

Es folgt ein *Katz-und-Maus-Spiel*. Ducken – spähen – voran schleichen – ducken.

Orinario hat es bald satt. Er sucht die Entscheidung. Entschlossen geht er auf die Eingeborenen drauf zu …

Krú und seine Sippe akzeptieren den Fremden widerwillig. Dem Arimeaner, der es gewohnt ist zu führen, fällt es schwer, sich zu integrieren und die Hierarchie im Stamm zu verstehen. So manche für ihn logische Entscheidung, wird in der Sippe umständlich gefällt oder einfach ignoriert. Der Stammesälteste hat das letzte, entscheidende Wort. Und in Orinarios Augen entscheidet der nicht immer eines Oberhauptes würdig.

Der alte *Wächter* hat ein Gespür für Fehlentscheidungen. Dieses Gespür hat ihn sehr vor Schlimmen bewahrt. Für ihn steht schon sehr bald fest, dem Stammesführer der Sippe zu stürzen. Nur wie? Darüber ist er sich im Unklaren.

Sein Vorhaben will gut vorbereitet sein. Wilde können unberechenbar werden, darüber ist sich Orinario sicher. Die Zivilisation ist weit weg und hier regiert derzeit das Gesetz des Stärkeren. Körperlich kann er es mit dem Stammesführer nicht aufnehmen; dafür fehlt ihm die Erfahrung in Zweikämpfen. Aber dafür ist er derjenige, der Köpfchen hat …

Ein unscheinbares Weib in der Sippe ist ihm offensichtlich zugetan. Er hätte sie wohl überhaupt nicht bemerkt, aber sie versteht es, seine Aufmerksamkeit zu erringen. Stets ist sie in seiner Nähe, wirft ihm vielsagende Blicke zu. Diese Zeichen von Zuneigung wäre auf Arimea an Orinario sang und klanglos vorbeigegangen. Auf Aremodon allerdings sucht er händeringend nach Verbündete, und sie soll seine Wichtigste werden.

Um sich ihm zu nähern, nutzt sie jede Gelegenheit. *Fast schon aufdringlich*, denkt er bei sich. Einmal gelingt es ihr sogar, seinen Blick einzufangen und festzuhalten. Er ist elektrisiert, berührt sie doch etwas, was Orinario ängstigt und doch gleichzeitig anzieht. Ihre Augen strahlen dabei Güte, Verstehen und Liebe aus; eine Mischung, die ihn dem Weib gegenüber unsicher werden lässt. Vorbei sein selbstbewusstes Auftreten, wenn er ahnt, sie könnte in der Nähe sein.

Eine Nacht wird sich für immer in sein Gehirn einbrennen. Orinarios Lager befindet sich abseits des Stammes. Weit genug, um in Ruhe gelassen zu werden, dennoch nah, sodass ihm nichts entgehen kann. Die Nachttemperatur ist angenehm, ein zusätzliches Feuer daher nicht notwendig. Tagsüber hat er farnähnliche

Äste gesammelt und ausgelegt und sie mit Fellen bedeckt. Nun liegt es sich angenehmer. Kein Vergleich mit den Schlafröhren, die das Befinden ständig überwachen. Aber sein Lager ist nun nicht mehr so unsäglich hart und uneben.

Allmählich driftet sein Geist vom Jetzt ab. So bemerkt er nicht, wie jemand näher kommt. Es geht sehr schnell. An der Schwelle des Schlafs wird er abrupt herausgerissen. Für den *Wächter* eine unvorstellbare Situation. Ohne Vorwarnung legt sie sich neben ihn, schmiegt sich an. Als er realisiert, beginnt das Weib eigenartig zu schnaufen und ihn mit auffordernden Berührungen zu ermutigen.

Er ist zwiegespalten. Zwischendurch lauscht Orinario in die Nacht hinein. Peinlich berührt, will er nicht von der Sippe bemerkt werden. Ihr scheint dies offenbar gleichgültig zu sein. Ohne Unterlass streift sie sich die Kleidung vom Leibe, nestelt an der seinen. Nach anfänglichem Zögern gibt er schließlich ihrem Drängen nach …

Sie bleibt wie selbstverständlich bei ihm. Zu Orinarios Erstaunen kümmert es niemanden. Scheinbar ist er jetzt ein anerkanntes Mitglied der Sippe geworden. Dabei ist seine Gefühlswelt völlig aus der Bahn geraten! Alles ist neu und doch vertraut.

Die darauffolgenden Tage verbringt er ausschließlich mit ihr. Sie lehrt ihn die sippeneigene Sprache. Und erfährt endlich ihren Rufnamen. Móga.

Auch Orinario nimmt fortan an Jagdausflügen teil, die dank seiner Handfeuerwaffe immer erfolgreich sind. Allerdings füllt den Vorrat nur Kleingetier. Die Jäger verlieren mit der Zeit ihre Skepsis. Auch Krú wird freundlicher und beginnt sogar eine Unterhaltung zu führen. Mit Händen und Füßen erzählt er Orinario von der Existenz besonderer Kreaturen. Um den Bedarf an

Nahrung für den Winter zu decken, braucht die Sippe dringend zwei solcher Tiere, wobei das Fleisch zweitrangig ist. Schon bald brechen sie auf und der zum Jäger gewordene *Wächter* ist mittendrin. Der Marsch wird anstrengend und dauert viele Tage.

Und dann erblickt Orinario die gewaltige Kreatur. Er schätzt die Entfernung und kommt zur Erkenntnis, dass es ein respekteinflößender Gigant ist. Und diese Kreatur wollen die spärlich bewaffneten Jäger erlegen? Er ahnt, dass auch sein Handstrahler nicht viel ausrichten wird.

Krú übernimmt die Führung. Behände schleicht er geräuschlos voran, jede sich bietende Möglichkeit der Deckung nutzend. Orinario dagegen bleibt allein zurück und betrachtet aufmerksam das Areal. Hinter dem Giganten, der seelenruhig grast, gibt es eine schmale Schlucht. In dem Wächter entflammt ein Plan. Es sollte möglich sein, die Kreatur dorthin zu treiben.

Entschlossen folgt er den Jägern, schlägt dann aber einen Bogen. Während die anderen seitlich auf das Tier zustreben, hat er vor, den Giganten den Rückweg abzuschneiden. Als er nah genug herankommt, sucht er einen geeigneten Platz, der ihm sicher erscheint, gefahrlos zu schießen.

Da gibt Krú bereits das Angriffszeichen und stürmt laut schreiend vor. Die Horde grölt aus voller Kehle, was wiederum die Kreatur aufschreckt und wutschnaubend in Abwehrstellung geht. Ein überlauter, markerschütternder Ton erschallt. Auch aus der sicheren Distanz, in der sich Orinario befindet, ist die aggressive Haltung der massigen, felltragenden Rüsselkreatur spürbar. Der *Wächter* zielt auf die hintere Partie des in Bedrängnis geratenen Tieres.

Einer der Jäger wird gepackt und zu Boden geschleudert. Krú fuchtelt mit seinen Speer herum. Das Rüsseltier grollt und schnaubt bedrohlich. Da drückt Orinario zweimal ab. Er trifft das Hinterteil. Die Wirkung scheint zu verpuffen. Zwar zuckt der Gigant kurzzeitig, doch das war es auch schon. Orinario denkt nach. Inzwischen hat es einen weiteren Jäger schwer erwischt. Krú zieht sich zurück.

Jetzt wendet der Gigant den Kopf und blickt in Orinarios Richtung. Dieser zielt erneut, diesmal direkt ins linke Auge des Geschöpfs, und drückt ab. Zuerst passiert nichts. Doch nach etwa zwei Sekunden taumelt der Koloss und ergreift die Flucht. Dabei wirft er den Rüssel unkontrolliert hin und her.

Die Jäger reagieren prompt. Mit Kampfgeschrei greifen sie an, rammen ihre spitzen Speere in den mächtigen Tier-Leib. Das verwundete Monstrum wendet nochmals den Kopf. In diesen Augenblick gibt Orinario den nächsten Schuss ab, trifft das andere Auge, sodass das Tier endgültig geblendet und orientierungslos ist.

Des *Wächters* Plan geht auf. Des Augenlichts beraubt, stolpert das Tier mehrfach. Durch das Geschrei irritiert, versucht es zu flüchten. An der Schlucht verliert es den Halt und stürzt.

Die plötzlich einkehrende Ruhe wirkt irreal. Doch schon nach wenigen Augenblicken erfüllt Jubelgeschrei die Stille.

Über den Winter kommt die Sippe, ohne Hunger leiden zu müssen. Für den Arimeaner allerdings ist diese Jahreszeit eine Tortur sondergleichen. Regelmäßig schüttelt ihn Fieber und nicht nur einmal gab der Schamane ihn auf. Móga verabreicht Orinario aufopfernd zubereitete Kräuter und Wurzeln und lässt das Feuer nie ausgehen.

Im Fieberwahn weilt sein Geist weit entfernt von Aremodon. Sieht Dinge, die es hier nicht gibt, redet wirr. Móga umsorgt ihn liebevoll zu jeder Tageszeit. Trotz ihres Zustands ist sie für ihn da.

Gegen Frühjahr hat das Leben ihn wieder. Er kommt zu Kräften und bemerkt an Móga eine drastische Veränderung. Ihre Leibesfülle erschreckt Orinario. Doch Móga antwortet nur mit einem glücklichen Lächeln. Langsam begreift er …

Als der Sommer seinen Höhepunkt erreicht, bringt Móga zwei Kinder zur Welt; beide männlichen Geschlechts. Den *Wächter* überschütten unendliche Glückshormone. Das er das noch erleben würde – daran hätte er im Leben nicht geglaubt! Die Vaterfreuden eröffnen den Gestrandeten eine völlig neue sinnvolle Perspektive.

Fern jeglicher Zivilisation ist der Grundstock einer neuen Generation gelegt worden; einer Generation, die über die Jahrtausende hinweg Bestand haben soll …

Siebenundzwanzig

Sicherheitszone Atmanicum, Gegenwart.

Die Transferstation steht so gut wie still. Jederzeit kehren Atmane in die Gegenwart Atmanikums zurück und werden von der neuen Situation unterrichtet. So viele Atmane wie jetzt waren seit Urzeiten nicht versammelt. Je länger die Transfers verboten bleiben, umso mehr wächst die Unzufriedenheit. Das plötzliche Fehlen der allgemein üblichen Lieblingsbeschäftigung löst Langeweile und Bestürzung aus. Nimmt man jemanden etwas, worin der seinen bisherigen Existenzsinn sieht, fällt der Betroffene in ein tiefes Loch. Da sie erst lernen müssen, mit der neuen Form des Daseins zurechtzukommen, kann es unter

Umständen zu Tumulten kommen. Bislang jedoch bleiben die erwarteten Unruhen aus.

Sutra'mar ist von seinem Trip zurückgekommen. Die Wesenheit trennt die Verbindung und legt ein Signal über die hinterlassene Signatur. Ein erprobtes und effektives Verfahren, um Spuren zu verwischen.

Diesmal war Sutra'mars Ausflug wenig erfolgreich. Kein Wunder, dass die Wesenheit erst einmal die Gedanken sortieren muss. Was war schief gelaufen? Wie immer tauchte sie ein in das Leben der Zielperson. Aber irgendetwas stimmte nicht. Die Zielperson hatte einen starken Willen, die die Wesenheit nicht beherrschen konnte. Eine Erfahrung, an der sie noch lange nagen wird. Doch was ermöglichte der Zielperson, sich derartig zu wehren? Die Seelenkapselvorschau beinhaltete andere Angaben. Weder Zeit noch Ort stimmten überein! Ein Rätsel, welches es rasch zu lösen gilt. Ansonsten war alles vergebens.

Sutra'mar braucht Zeit. Wenn es ihm gelingt, dass das Gremium die Transferstation auf unbestimmte Zeit schließt, wird es ein Leichtes sein, die komplette Anlage unter Kontrolle zu bringen. Bevor die Aktivitäten entdeckt werden würden, hätte Atmanicum tausend Mal sein Zentrum umrundet. Vor allem könnte sich die Wesenheit in Ruhe um die Anomalie kümmern, die sie erfahren hat.

Der Lebenswandler wittert Morgenluft. Die *Zeit* liefert auserwählte Leben, derer sich Sutra'mar bedienen wird. Es bedarf nur noch einer falsch gelegten Fährte ...

\ ^ /

Urigorisches Raumschiff ›Azeptus‹.
Oberbefehlshaber Isador sinnt in seiner Raumkajüte über die

letzten Ereignisse nach. Solang der entflohene Arimeaner nicht gefunden wird, kann er getrost hierbleiben. Er weiß sehr genau um seine Wirkung gegenüber der Mannschaft. Sollen die ruhig schwitzen! Jede Sekunde, in der er sich nicht sehen lässt, wird vielen zur Qual werden. Isador indes hat andere, höhere Probleme zu lösen.

Gellend dröhnt der Alarm, reißt Isador unsanft aus seinen Grübeleien. Er springt, wie vom Stromschlag getroffen, augenblicklich auf. Was ist los? Steht eine Kollision bevor? Da geht ein Ruck durchs Schiff. Isador findet keinen Halt und stürzt schwer. Die Automatik hat die ›Azeptus‹ aus voller Fahrt gebremst. Er ahnt Schlimmes!

Nachdem er sich aufgerappelt und wieder festen Stand hat, eilt er in die Zentrale. Dort erwartet man ihn bereits. Alle sind blass. Ein Blick auf den Hauptschirm beantwortet alle Fragen. Isador schluckt. Nur dank der reaktionsschnellen Automatik sind sie einer Katastrophe entkommen.

Alle Augen sind auf den ebenfalls erbleichten Isador gerichtet.

»Die ›Sternengral‹«, flüstert er kaum vernehmbar.

Niemand der Anwesenden kann die Schriftzüge des aufgetauchten Raumschiffs deuten. Demzufolge ist das Erstaunen groß, dass Isador so selbstsicher scheint.

»Funkkontakt herstellen«, befiehlt er, nun etwas lauter. »Ich will den *Flüsterer* sprechen.«

Ein Raunen geht durch die Zentrale. Zögernd stellt der Kommunikatroniker die Verbindung her. Es entspinnt sich ein seltsam anmutendes Gespräch.

Auf dem Großschirm erscheint ein freundlich wirkendes, hageres, dennoch angespanntes Gesicht. »Ich bin Kommandantin Shatlimya. Was ermächtigt Euch, nach unserem Vorher-

Seher zu verlangen? Kennt Ihr ihn?«

Isador bleibt äußerlich gelassen. In der Stimme der »Sternengral«-Kommandantin schwingt Unwillen mit.

»Nein, Kommandantin. Mitnichten. Verzeiht einem Unwissenden. Ich ahnte nicht, dass die *Wächter*-Regentin persönlich an Bord ist.« Demutsvoll deutet Isador eine Verbeugung an.

»Also kennt Ihr mich?«

»Nein, nein!«, beeilt er sich, zu versichern. »Ich spüre nur eine starke Verbindung.«

Shatlimya mustert ihn eingehend, nickt dann bedächtig. »Wer seid Ihr?«

Isadors Gesichtszüge versteinern. Es kostet einiges an Kraft, den Erzfeinden auf diese Weise zu begegnen. Eine offene militärische Auseinandersetzung wäre Selbstmord. Was er braucht, sind Antworten, und nur dieser Vorher-Seher scheint sie zu kennen. Manchmal ist es eben notwendig, mit dem Feind zu kooperieren.

»Die ›Azeptus‹ gehört dem System Urigoriens.«

Die Miene von Regentin Shatlimya wird schlagartig finster. Es ist offensichtlich, dass sie über Isadors forsche Art erstaunt ist und ihr die Worte fehlen. Persönlich sind sie noch keinen Urigoren begegnet.

»Ihr versteht sicherlich meine Zurückhaltung.«

»Sicher, Regentin.« Isadors Verhalten widerspricht dem tiefen Hass in ihm. Die Seinen halten den Atem an.

»Lasst uns eine Waffenruhe vereinbaren. Unser Konflikt lässt sich bestimmt anderweitig lösen.«

»Einverstanden.«

Shatlimyas Antlitz verschwindet. An Bord der ›Azeptus‹ herrscht gespanntes Schweigen.

Das Bild wechselt und ein Mann erscheint.

»Du verlangst nach mir? Ich bin Sho-Ril.«

Nun nickt Isador bedächtig. Das also ist er, der *Flüsterer*!

»Können wir offen reden? Mein Name ist Isador, Oberbefehlshaber dieses urigorischen Raumschiffs.«

»Die Verbindung ist sicher. Sprich.«

»Du bist der *Flüsterer*?«

Sho-Ril ist ehrlich überrascht. Dass ihn jemand von außerhalb kennt, kommt ihm merkwürdig vor.

»Eine Vision ist der Grund, dass unsere Waffen schweigen. Es liegt also an uns beiden, wie unsere Begegnung endet.«

»Was für eine Vision?«

»Nicht hier«, entgegnet Isador nach einer länger währenden Pause. »Können wir uns treffen?«

Für einen Moment ist es mucksmäuschenstill. Sho-Ril hadert sichtlich, stimmt aber zu. »Nur wir beide und unbewaffnet!«

»Einverstanden.« Isador wirkt zufrieden.

\ ^ /

Weit draußen im Raum schwebt ein Transportgleiter. An Bord befinden sich nur Isador und Sho-Ril. Letzterer ist mit einem Zeitgleiter gekommen, der auch die einzige Sicherheitsvorkehrung ist. Isador akzeptiert, dass der *Flüsterer* darin verbleibt und jederzeit wieder verschwinden kann.

»Erzähle mir von deiner Vision«, fordert Sho-Ril den Oberbefehlshaber auf. Innerlich brodelnde Angst und Neugierde fechten darum, die Oberhand zu gewinnen. Noch herrscht ein gewisses Gleichgewicht.

Es ist schwer, lang gehegten, in Fleisch und Blut übergegangenen, Hass zu bändigen. Das scheinbar Unglaubliche gelingt Isador aber außerordentlich gut. Mit fester Stimme berichtet er von der erfahrenen Vision, die dieses Treffen seiner Meinung nach erforderlich macht. So erfährt Sho-Ril aus dem Munde eines Außenstehenden von seiner Begegnung mit dem Rogaliten.

»Ich war allein«, sagt Sho-Ril misstrauisch. »Und nicht in dieser Dimension ...«

Isador wird hellhörig. Eine andere Dimension? Er nimmt sich vor, darauf nicht weiter einzugehen, aber umso genauer zuzuhören.

»Wenn du davon weißt, hat das bestimmt eine Bedeutung.«

»Vielleicht die, einen entflohenen Gefangenen zu finden?«

Sho-Ril sieht seinem Gegenüber tief in die Augen. »Ein Gefangener?«

Isador bejaht. »Er verschwand spurlos ...«

»Vor oder nach deiner Vision?«

»Ich denke, während ...«

Der *Flüsterer* pfeift kurz. »Du bist sicher?«

Der Urigor denkt nach. »Es muss in dieser Zeitspanne geschehen sein, ja. Aber sicher bin ich mir nicht.«

Über das Gesicht von Sho-Ril fliegt ein Schatten. Seine Augen verlieren kurzzeitig an Glanz. Plötzlich verändert er seine Mimik, wirkt jetzt abgeneigt und distanzierter als gerade eben. Dem Oberbefehlshaber gefällt die Veränderung überhaupt nicht. Der *Flüsterer* wirkt wie ausgewechselt. Er scheint mit etwas zu hadern ...

/ ^ \

Ein erfolgreicher Transfer zeichnet sich hauptsächlich dadurch aus, dass die Schwerkraft einsetzt. Anfangs brach der Wandler nicht selten zusammen, zum Schrecken der umstehenden Leute. Mit der Zeit komprimierte er diesen Nebeneffekt. Nur die kurzfristige Unterbrechung, was einem Aussetzer zum Beispiel einer Blu-ray während dem Abspielen gleichkommt, kann nicht ausgeglichen werden. Besonders auffällig, wenn Sutra'mar in das Leben eintaucht, indem gerade eine Unterredung stattfindet. Einem aufmerksamen Gesprächspartner bleibt das nicht verborgen.

So wie jetzt. In dem ihm geltenden Blick kann Sutra'mar, neben einer gewissen Besorgnis, auch Argwohn feststellen. Nun ist sein Improvisationstalent gefragt. »Mir geht es nicht gut«, pflegt er dann zu sagen. Im Augenblick beschränkt er sich darauf, eine unschuldige Miene zu machen. Leider dauert es eine Weile, bis er Zugang zu den gespeicherten Informationen des Gehirns bekommt.

Der Gesprächspartner wird misstrauischer. Sutra'mar kann deutlich dessen Schwingungen wahrnehmen.

»Verstehe«, hört sich der Wandler mit der Stimme des eigentlichen Körperinhabers sagen.

Erste Informationen des Kurzzeitgedächtnisses sind verfügbar. Der andere nennt sich Isador und sie sprachen von einem Gefangenen. Sutra'mar wird neugierig.

»Was war das für ein Gefangener?«

Der Urigor zögert mit der Antwort. Alles, was er nun sagen wird, wird nicht die ganze Wahrheit sein! Die Signaturen seines Gedankenfeldes sind eindeutig.

»Welcher Rasse er angehört, ist unbekannt.« – *Aha*, denkt Sutra'mar. *Er hält den Gefangenen für einen wie mich in dieser Realität.*

»Sein Name sei Waylon …«

Bei Sutra'mar klingeln sämtliche Alarmglocken! Diesen Namen kennt er doch … Waylon! Eine solche Lebenskapsel gibt es im Archivtempel.

»Was weißt du noch über diesen ... Waylon?«

»Nicht viel«, entgegnet Isador missgelaunt. »Waylon Latham ist ein übler und gefährlicher Zeitgenosse.«

»Inwiefern?«

Isador antwortet genervt. »Wer sich einfach in Luft auflösen kann ...«

Der letzte Wortwechsel vor Sutra'mars Eintritt steht nun dem Atmanen vollständig zur Verfügung und er weiß, von was die Rede ist.

»Dieser ... Gefangene ... Was hat er getan, um euren Unwillen herauszufordern?«

Ein regelrechtes Signaturgewitter strömt Isador aus. Ihm ist diese Frage unbehaglich und er sucht fieberhaft nach einer Erklärung. Der Atman zieht daraus eigene Schlüsse. Wenn der Urigor einem arimeanischen *Wächter* die wahren Gründe verschweigt, bedeutet das, er weiß mehr, als er zugibt.

»Dieser Waylon ist ein Gewahrer ...«

Diese Antwort überrascht Sutra'mar, ändert sie doch entscheidend den Blickwinkel. Damit lässt sich einiges anfangen. Dieser, von Erfolg gekrönte, Ausflug eröffnet neue Perspektiven hinsichtlich seines Vorhabens. Der Zufall wollte es, dass er zur richtigen Zeit am richtigen Ort war.

Er lächelt. So plötzlich, wie er kam, verlässt der Atman wieder Sho-Rils Leben ...

Achtundzwanzig

Uridräo, tausend Jahre vor der arimeanischen Entdeckung.

Es bleibt ihnen nichts anderes übrig, als gemeinsam den Zeitgleiter zu nutzen. Beide sind von schlanker Gestalt, also sollte es kein Problem darstellen. Außerdem dauert der Flug nicht lang.

Am Gleiter angelangt, aktiviert ihn Deborah. Das leise Surren ist wohltuend und die anspringende Klimatisierung bewirkt Wunder.

»Und jetzt?« Nayati bleibt unschlüssig stehen.

»Kehren wir heim«, antwortet sie erschöpft. »Und denken nach, wie wir Waylon wiederfinden.«

»Er ist verschwunden?«

Deborah sieht ihn überrascht an. Sie hatten noch gar nicht die Gelegenheit, darüber zu sprechen. Kurz und knapp unterrichtet sie Nayati in groben Zügen. Der Dakota hört ruhig zu und verzieht keine Miene. Danach entsteht grübelndes Schweigen.

»Und es gibt keinen Hinweis darauf, wer die waren?«

»Nein. So ein Luftgebilde habe ich mein Lebtag noch nicht gesehen.«

Erneut versinkt Nayati in Überlegungen. Nach einer ganzen Weile geht ein Ruck durch seinen Körper.

»Lass uns nach Nosy Be fliegen.«

»Hast du eine Idee?« Deborah wagt kaum, die Frage zu stellen.

»Nein. Aber vielleicht rufen wir noch einmal die Geister an.«

Deborah läuft ein Schauer über den Rücken. Die setzt zu einer Entgegnung an, da geben die Gleiter-Sensoren eine Warnung aus. Auf dem neu aufgeklappten Schwebeschirm wird symbolisch eine menschenähnliche Kontur dargestellt.

»Da benötigt jemand Hilfe«, sagt Deborah im neutralen Tonfall.

»Waylon?«

Beide Gewahrer haben den gleichen Gedanken. Deborah rutscht zur Seite, damit Nayati Platz hat, und schon hebt der Zeitgleiter ab. Der Autopilot funktioniert einwandfrei. Die Insassen müssen sich um nichts kümmern. ›Schon Wahnsinn‹, denkt Deborah. ›Jahrtausendealte Technik ist der unseren haushoch überlegen.‹ Die Fortschrittlichkeit ist nach menschlichen Verhältnissen überwältigend und einfach nur genial.

Mit ihnen fliegt die Hoffnung, dass es sich bei dem Bewusstlosen um Waylon handeln könnte. Ausgeschlossen ist es nicht, wenn auch unrealistisch. Schon oft war das Schicksal für eine Überraschung gut; warum also nicht auch jetzt?

Nach wenigen Minuten setzt der Gleiter direkt neben einen leblos daliegenden Körper auf. Es handelt sich *nicht* um Waylon, das sehen sie sofort.

Kaum haben sie festen Boden unter den Füßen, schwebt das IATRA herbei und beginnt selbstständig mit der medizinischen Versorgung. Deborah hockt sich neben den Körper.

»Männlich. Vermutlich Arimeaner. Auf alle Fälle kein Mensch.« In ihr kommt die Polizistin durch. »Ich tippe auf einen Kreislaufkollaps, vermutlich wegen Wassermangels.«

Nayati schaut verblüfft auf. »Du bist einem Gewahrer würdig!«

Sie lacht. »Ist eher beruflich bedingt«, relativiert Deborah grinsend.

Der Dakota will etwas sagen, da röchelt der Versehrte. Er versucht, zu sprechen, doch nur ein unartikuliertes Krächzen verlässt seine Lippen. Deborah führt ihn etwas Wasser an seinen

Mund und benetzt die trockenen, leicht rissigen Lippen.

»Er muss schon lange ohne Wasser sein«, stellt sie fest.

»Also gibt's hier eine Ansiedlung …«

Deborah glaubt nicht daran. Ein Dorf oder dergleichen hätte der Zeitgleiter gemeldet.

Nein – der kommt von woanders her …

»Was machen wir mit – ihm?«

Sie hat eine Idee. »Ich bleib bei ihm, Nayati. Schnapp du dir den Gleiter und flieg Uridräo ab. Wenn du etwas entdeckst, speicherst du die Position und kehrst sofort zurück.«

»Und was machst du inzwischen?«

»Lass den Wassertank da. Der reicht bis zu deiner Rückkehr. Vielleicht bekomme ich etwas heraus. Wenn nicht, werde ich die Gegend erkunden.«

∘ O ∘

Irgendwo in Amerika – achtunddreißig Jahre später.

Caitlin sitzt teilnahmslos am Fenster und stiert hinaus. Alles kommt ihr vor wie ein Traum. Und zwar einer, der nicht enden will. So klar wie jetzt war sie viele Jahre nicht mehr im Kopf. Deutlich hört sie Stewards Stimme. Sieht sein gealtertes Antlitz vor sich, dass noch immer dieses verschmitzte Lächeln hat wie früher. Das kann nicht nur *Einbildung* gewesen sein!

Aber er ist nicht da! Das Haus bewohnt eine Familie, die sie nicht kennt, aber freundlich zu sein scheint. Caitlins Empfinden sagt ihr, dass etwas anderes, höheres am Werk ist. Das wird ihr, einer alten Dame, aber niemand glauben. Man wird sie verunglimpfen und das Ganze als Spinnerei abtun. Jahrelang war sie geistesabwesend gewesen, vegetierte mehr, als dass sie lebte. So einer wird man keinen Glauben schenken – ausgeschlossen!

Die Situation ist ausweglos … Es ergibt keinen Sinn.

In den letzten Stunden ging Caitlin vieles durch den Kopf. Was ihr wohl alles entgangen sein mochte? Sie hat keinen blassen Schimmer. Vergessene Träume können nichts von dieser Welt zurückholen. Keine Macht der Erde vermag ihr die fehlende Zeit wiederbeschaffen. Für immer Verlorenes ruht im Schoß der Endlichkeit.

Eine Träne löst sich aus Caitlins Auge und rinnt über die faltige Wange. *Wie doch vergangene Zeiten die Gegenwart bestimmen können!* Wenn bloß Steward da wäre …

Wieder in Apathie zu verfallen, wird sie nicht zulassen. *Bei Gott!* Doch wird ihre Kraft dafür ausreichen?

Bis weit in den Nachmittag – die Sonne hat den Zenit längst überschritten –, sitzt die alte Dame auf dem Stuhl und beobachtet das Treiben draußen. Ab und an kommt die Sonne durch aufreißende Wolkenlücken durch. Die so entstehenden Lichtpyramiden geben dem Himmel einen mystischen Anblick, in denen Caitlin versinkt.

Das Lichtpyramidenspiel ist eine wunderbare Ablenkung, um die aufkommenden Gedanken in eine ruhigere Bahn zu lenken. Sie liebt diesen Augenblick. Er ist so friedlich und ausgewogen. In jungen Jahren ließ sie sich nur allzu gern von solch himmlisch schönen Ansichten verzaubern. Geriet nicht selten ins Träumen, und musste lernen, das so mancher Traum ein Schaumschläger war. Doch nichtsdestotrotz wurden solcherlei Himmelsgebilde ihre Freunde.

In Caitlins Augen widerspiegeln sich die Pyramiden aus Sonnenlicht. Immer kräftiger scheinen sie zu werden. Die Wolken reißen auf. Aus den vielen Sonnenpyramiden wird eine einzige, ein Viertel des Himmels einnehmende. Ein grandioses und in einer gewissen Art auch spektakuläres Bild!

Der Kontrast zwischen Hell und dem dahinter liegenden Dunkelgrau wird stärker. Dadurch werden einige Nuancen des Lichts hervorgehoben, die sonst dem Auge verborgen bleiben. Caitlin hat noch nie das Spektrum derartig brillant gesehen.

Ohne es zu wollen, erhebt sie sich – seit Stunden das erste Mal – und geht ans Fenster. Das nun größere Sichtfeld eröffnet ihr eine neue noch bemerkenswertere Perspektive. Caitlin ist berauscht. Eine merkwürdige Atmosphäre wird spürbar, ja beinahe greifbar. Sie kann die Augen nicht abwenden, hat noch nicht einmal das Bedürfnis danach. Warum auch …

Jetzt beginnen sich die heller leuchtenden Strahlen zu bewegen. Nicht etwa seit- oder auf- und abwärts: Es entsteht eine nach allen Richtungen kreisende, räumliche Bewegung. Dadurch kommt Unruhe ins Bild, die Caitlin aber nicht davon abhält, weiter wie hypnotisiert hinzusehen.

Allmählich verschwimmt das dunkle Grau hinter der Lichtpyramide. Anstelle des Phänomens treten grell-weiße Quellwolken, einem *Himmelsauge* gleich. Im Zentrum dieses Schauspiels, würde man nun das Auftauchen azurnen Himmels erwarten. Nicht so jetzt! Stattdessen vergrößert sich das »Auge« proportional, bis es den gesamten sichtbaren Bereich des Himmels einnimmt. Und anstatt des Blaus erscheint eine unbekannte Landschaft …

◦ O ◦

Uridräo, tausend Jahre vor der arimeanischen Entdeckung.

Nayati beendet seine Suche erfolglos. Auf dem Mond ist keine Ansiedlung zu finden. Es existieren zwar undefinierbare Signale, diese geben allerdings keinerlei Aufschlüsse. Unverrichteter Dinge kehrt er zu Deborah zurück.

Die Gewahrerin kümmert sich rührend um den Dehydrierten, der noch immer nicht das Bewusstsein wiedererlangt hat. Wenigstens sind seine Werte konstant.

»Was nun?« Nayati ist ratlos.

»Auf dieser Seite des Mondes kenne ich mich nicht aus«, antwortet Deborah nachdenklich. »Um ehrlich zu sein: Ich kenne mich hier überhaupt nicht aus. Waylon wüsste sicherlich mehr. Der war mehrmals hier gewesen …«

»Fliegen wir nach Nosy Be?«

Deborah überlegt.

»Das wäre unter anderen Umständen wohl das Beste … Aber ich habe eine andere Idee. Bleiben wir hier.«

Nayati runzelt die Stirn. »Aber … Du sagtest doch eben, dass du nicht weisst …«

»Ich nicht«, lächelt sie. »Waylon schon …«

Nayati versteht rein gar nichts. Sein Gesichtsausdruck spricht Bände und bringt Deborah zum Lachen.

»Wechseln wir einfach die *Zeit*!«

Neunundzwanzig

Sicherheitszone Atmanicum, Gegenwart.

In seiner Niederlassung studiert Sutra'mar die Lebens-kugel. Die Wesenheit ahnt um deren wahren, immens wichtigen Bedeutung. Deshalb scheut sie sich, die Seelenkapsel sofort zu benutzen. Sie will diesen großen Moment vollständig auskosten. So kurz vorm Ziel, welches nicht einmal Sutra'mar wirklich umreißen kann, dürfen keine Fehler gemacht werden.

Die Vorschau des vor ihr befindlichen Lebens ist vielversprechend. Dieser Waylon Latham hat spezielle Einblicke in bestimmte Kreise, die bis zur Ursprungs-Existenz zurückrei-chen. Genau diese Spezies interessiert die Wesenheit, ist sie doch den Atmanen ebenbürtig und erscheint ihr als würdiges Pendant. Ein bezeichnender Grundgedanke, hat die Existenz absolut keinen Respekt vor Individuen. Ihr ist es gleichgültig, ob ein Transfer eventuelle Schäden hinterlässt. Darüber gibt es seitens der Atman-Riege weder Untersuchungen, geschweige denn Interesse! Wenn, dann sieht man darin höchstens einen unterhaltsamen Zeitvertreib, der die auf Atmanicum fehlende Lebensqualitäten vermittelt.

Die Seelenkapsel schwebt vor Sutra'mar. Nein, für den Transfer ist die Wesenheit noch nicht bereit. Erst gilt es, das Vorgehen bis ins letzte Detail zu durchdenken.

\ ^ /

Kurz vorher auf der Sterneninsel.

Im Signatur-Dschungel der noch laufenden Transfers wird es überschaubarer. Endlich greifen die getroffenen Maßnahmen. Die *Hüter* sind zuversichtlich. Jetzt sollten unautorisierte Bewegungen sofort erkannt werden. Laufende Transfers haben eine stabile, fast geradlinige Wellenform. Die Schwankungen liegen an der Intensität, die gerade dort stattfindet.

Tzúk'ranac ist zufrieden. Sie jagen nicht mehr orientierungslos dem Phantom hinterher. Die eingeleiteten Schritte tragen Früchte.

Auch Ora'kunac beobachtet permanent die Signaturströme. Jedwede Veränderung würde dem *Hüter* sofort auffallen. Und dann können sie die Anomalie endlich stoppen.

Das Ereignis, das alles ins Rollen gebracht hat, geht Tzúk'ranac nicht aus dem Sinn. Hinzu kommt, dass sie schon einmal auf den Planeten einer Spur gefolgt sind. Leider konnte die betreffende Person seitdem nicht mehr aufgespürt werden. Bei dem gesuchten Individuum handelte es sich um eine Frau, die die Fähigkeit besaß, von einem Moment auf den anderen den Standort zu wechseln. Was sie hierzu befähigte, interessiert die *Hüter* brennend. Leider fehlt jede Spur von ihr und es ist, als hätte sie es nie gegeben.

Beide Vorkommnisse weisen eine gewisse Ähnlichkeit auf, die in den Signaturen begründet sind, die gemessen wurden. In beiden Korridoren sind bestimmte Teilchen besonders stark verwirbelt. Derartige Reaktionen können nicht natürlichen Ursprungs sein. Hierzu ist eine ausgeklügelte Technik notwendig, die nicht einmal Atmane kennen.

Gerne würde Tzúk'ranac auf die Erde zurückkehren, um weitere Nachforschungen zu betreiben. Aber der aktuelle Fall hat oberste Priorität. Sollten sie jetzt versagen, gäbe es wo-möglich keine Alternative mehr, dem Wandler habhaft zu werden. Nicht auszudenken, wie sich dann die Atman-Gesellschaft entwickeln würde …

Alle Helfer, die den *Hütern* an die Seite gestellt worden sind, beobachten unter Ora'kunacs Aufsicht die verbleibenden Transfer-Ströme. Zurzeit läuft alles normal und geregelt. Keine Auffälligkeit oder gar Unregelmäßigkeit. Ora'kunac zeigt sich zufrieden.

/ ^ \

Sicherheitszone Atmanicum, Sutra'mars Niederlassung.

Die Wesenheit setzt die Lebenskugel auf die dafür vorgesehene Halterung. Kaum ist der Kontakt hergestellt, beginnt die programmierte Routine mit der Arbeit. Die Teilchen der Kugel werden beschleunigt und das Netz leuchtet auf. Dann beginnt ein gleichmäßiges, konstantes Pulsieren.

Sutra'mar überprüft noch einmal die Einstellungen über Ort und Zeit, in der sie in Waylons Leben einzutauchen beabsichtigt und vergleicht die Daten mit der Kugel-Vorschau. Alles ist korrekt. Sutra'mar initiiert den Startvorgang.

Anders als im Archivtempel umschließt die Wesenheit eine weitaus kleinere Sphäre, die auch nicht im Mindesten als stabil zu bezeichnen ist. Für die Dauer des anstehenden Transfers reicht es aber allemal. Nachdem die Sphäre Sutra'mar vollständig einhüllt, wird eine unscheinbare Apparatur in Gang gesetzt, die Sutra'mars Signatur mit einem sinnlosen, chaotischen Muster überlagert. Damit bleibt der Wandler unsichtbar.

Die Teilchenströme jagen dahin, streben den Zielpunkt an, um sich mit den dortigen Atomen und molekularen Strukturen zu verbinden. Dieses *Andockmanöver* ist kompliziert und für alle Beteiligten nicht ungefährlich. Ein Restrisiko begleitet alle Wesenheiten, die diese Technologien nutzen. Für Sutra'mars Unterfangen kommt noch hinzu, dass die Probanden sich im ungünstigsten Fall bewegen können, was eine hochpräzise Berechnung, unter Berücksichtigung aller denkbar eintretenden Faktoren, erfordert. Besonders problematisch wird es, wenn die Zielpersonen unter Wasser sind; dafür hat auch Sutra'mar keine Lösung parat.

\ ^ /

Zeitgleich auf der Sterneninsel Atamorenus.

Einer der *Hüter*-Helfer schlägt Alarm! Eine nicht identifizierbare Signatur ist entdeckt! Tzúk'ranac packt die Gelegenheit am Schopfe und folgt dem Teilchenstrom, dessen Korridor sich bereits wieder schließt. Das ist ungewöhnlich; ein Indiz dafür, dass manipuliert wird.

Die *Hüter*-Existenz muss sich beeilen, um nicht den Anschluss zu verlieren. Es geht rasant weiter und mehrmals wird Tzúk'ranac beinahe aus dem Korridor hinausgeschleudert.

/ ^ \

Sutra'mars Teilchen fließen mit Lichtgeschwindigkeit durch den vom Transfer erzeugten Stromtunnel. Nach etwa einem Fünftel der Wegstrecke wird der Raum gekrümmt, was die restliche Distanz über achtzig Prozent schrumpfen lässt. Dann wird ein weiteres, künstlich geschaffenes schwarzes Loch erreicht, was Sutra'mar ans Ziel katapultiert.

Während des Vorgangs, der nur wenige Sekunden Echtzeit währt, ist Sutra'mar paralysiert. Der Wesenheit Schicksal liegt allein im angeschobenen physikalischen Prozess. Es sind *die* Sekunden, die über ihr Sein entscheiden …

\ ^ /

Der Austritt aus dem Stromtunnel geschieht urplötzlich und übergangslos. Auf einmal ist die verfolgte Signatur, einschließlich des Korridors, verschwunden. Der *Hüter* prallt in ein alles Sagendes nichts, voll vom fehlenden Teilchengewirr, was soeben noch vor der Wesenheit lag.

War sie zu langsam? Oder ist etwas Außergewöhnliches, Unvorhersehbares geschehen?

Tzúk'ranac versteht die Situation nicht. Wie kann eine Signatur so einfach verschwinden? Wurde der *Hüter* vom Weg abgedrängt? Dazu hätte aber dem Wandler bekannt sein müssen, dass er verfolgt wird …

Die Wesenheit sieht sich um. Sie hat es in einer menschlichen Wohnsiedlung verschlagen. Der Stil ähnelt dem, den sie auch bei einem ihrer ersten Besuche dieser Welt vorfand. Daraus schließt Tzúk'ranac, dass es sich um die gleiche Zeit wie damals handelt. Schon verwirrend, welch hochrangige Rolle bei den biologisch Lebenden die «Zeit» einnimmt. Tzúk'ranac selbst hat nur wenige Transfers durchgeführt, kennt also die üblichen Begrifflichkeiten hierzulande, hat sie – durch die Besuche – sich zu eigen gemacht. Dennoch hat der *Hüter* darüber noch nie nachgedacht, wie jetzt.

Er ist enttäuscht. Unverrichteter Dinge verlässt Tzúk'ranac diese Welt.

/ ^ \

Sicherheitszone Atmanicum, Gegenwart.

Viele Tage später fällt den Existenzen Sutra'mars Fehlen auf. Eine Begehung ihrer Niederlassung erbringt die Gewissheit, dass sie geheime Transfers durchgeführt haben muss. Sämtliche Beweise hierfür werden sicher verwahrt und der Ort versiegelt. Noch Jahrtausende später wird man auf die Rückkehr des Wandlers warten – vergebens …

Dreißig

England, Gegenwart.

›Er ist es!‹, schießt es Karoline durch den Kopf.

Einige Schritte weicht sie zurück. In ihrem eingefrorenen Gesicht steht blankes Entsetzen geschrieben. Die übermäßig geweiteten Augen können nicht fassen, was sie gerade erblicken. Der soeben aufgetauchte Mann verhält sich ebenso, nur gefasster. Ruhig und äußerlich gelassen bleibt er an Ort und Stelle stehen. Genau diese ausgestrahlte Seelenruhe ist es, die Karoline noch mehr Angst einjagt; eine Geistererscheinung könnte nicht schauriger sein. Vom Körper ausgeschüttetes Adrenalin verstärkt die Empfindung zusätzlich.

Als er ansetzt, etwas zu sagen, bekommt Karoline endgültig Panik. Laut aufschreiend rennt sie ins Haus. Ihr Geschrei ist bis auf die Straße zu hören. Gott sei Dank gehen gerade keine Spaziergänger vorbei …

Verdattert bleibt der Ankömmling stehen und schaut noch lange in die Richtung, in der Karoline verschwunden ist. Es vergehen Minuten, ehe er sich gesammelt hat. Langsam lässt er seine Augen über die Terrasse und den Garten wandern. Er ist enttäuscht. Wo sind all die schönen Blumen hin? Auch ist das Grundstück seiner Meinung nach verwildert und wirkt abgewohnt. Was ihn erst später auffällt und sehr merkwürdig erscheint, ist die Farbe der Wiese, mit ihrem Blaustich.

›War ich solange weg?‹ Waylon – um den es sich handelt – kann es nicht fassen. Der Schuppen fehlt! Und was ist das für eine schreckliche Farbe da am Haus!

Obwohl es sein Zuhause ist (oder einmal war?), wirkt alles fremd und – anders. Waylon fühlt sich zunehmend unwohl. Was ist hier los? Oder verwechselt er etwas? In seinem Kopf beginnt die Gedankenmaschinerie anzuspringen. Hirn und Geist arbeiten hochtourig.

Immer suspekter und geheimnisvoller kommt ihm die Sache vor. Waylon kann es nicht benennen, es ist so ein verdammt blödes Gefühl, was sich seiner mehr und mehr bemächtigt. Endlich löst er sich aus einer Art Schockstarre. Bedächtig und jeden Schritt wohl überlegend, setzt er einen Fuß über die Schwelle der Terrassentür. Ihm ist, als kehre er nach unzähligen Jahren in eine ehemals vertraute Umgebung zurück, die eine kaum sichtbare Veränderung erfahren hat. Doch wie so häufig: Der Teufel liegt im Detail. Da steht ein Stuhl an anderer Stelle, das Fernsehgerät trägt einen unbekannten Markennamen. An der Wand hängen unbekannte Bilder. Und auch der Geruch ist eigenartig.

Die Küche ist Waylon völlig fremd; wirkt klinisch rein, ist aber in nichts identisch, als noch vor Wochen. Davon geht er wenigstens aus, dass es *nur* Wochen sind, in denen er abwesend war. Gefühlt sind es, bei aller Betrachtung, Jahre!

Im Hause ist es still geworden. Zu still, seines Empfindens nach. An der Treppe, die nach oben führt, bleibt er länger stehen, lauscht in die Stille, die enorm geladen scheint. Die Ruhe vor dem Sturm?

Pochenden Herzens geht er Stufe für Stufe weiter, zieht sich am Handlauf hoch. Hier sind die Wände kahl. Die Schlafzimmertür ist angelehnt, versperrt den Blick hinein. Ungewöhnlich steht sie doch ansonsten weit offen! Er tritt nah heran, macht einen tiefen, seufzergleichen Atemzug und drückt die Tür ein stückweit auf. Zu seiner Überraschung ist der Raum alles andere, als das Schlafzimmer. Und das nicht erst seit Wochen! Ihm schwindelt es. Eine veraltete, fast antike Tapete macht den Raum düster. Sahen so nicht die Räume aus, als sie damals das Haus erworben haben?

Es riecht muffig. Ein uralter, schwerer Schrank steht an der Wand. Man könnte meinen, gleich kippe das Zimmer …

Von irgendwoher reißt ein kurzes Klappen Waylon aus den Gedanken. Merklich zuckt er zusammen, fährt herum. Die Tür muss zugegangen sein, und das Klappen verursachte das Einrasten des Schlosses. Ansonsten ist es ruhig. Kein Geräusch stört. Waylons Aufmerksamkeit widmet sich dem alten, wuchtigen Schrank. Den kennt er überhaupt nicht! Der Schlüssel steckt. Soll er nachsehen? Er zögert. Es ist sein Haus, schließlich ist er mit Karoline verheiratet. Doch auch diese gedankliche Mutzusprechung hält ihn davon ab.

Waylon spürt, dass einiges im Argen liegt. Aber weshalb? Kennt ihn jemand? Er nimmt sich vor, nachher ein Exempel zu statuieren. Vielleicht kann das Rätsel gelüftet werden. Jetzt aber wird erst einmal im Schrank nachgesehen!

Knarrend erzeugt die Tür das erneute Gefühl, Verbotenes zu tun! Mit geschärften Sinnen überfliegt Waylon den Inhalt. Alte, vergilbte Papierbündel liegen unter einer dicken Staubschicht. Ebenso sind alte Bücher kreuz und quer übereinander und lieblos gestapelt. Er ist erschüttert! Karoline ist eine sehr ordentliche, teilweise penible Frau. Wie kann sie es zu einer solch verwegenen Unordnung kommen lassen?

Das oberste Fach ist, bis auf den Staub, leer. Ganz unten hingegen befindet sich ein Behältnis. Waylon geht in die Hocke. Sieht wie ein Koffer aus …

Vorsichtig und sich davon überzeugend, dass Karoline nicht ins Zimmer kommt, zieht er das kunstlederne Behältnis ein Stück heraus. Sein Gewicht ist ungewöhnlich schwer. Was wird er darin finden? Auf dem Deckel liegt der Staub besonders hoch. Wie lang mag der Koffer nicht geöffnet worden sein? Der mittig angebrachte Verschluss ist leicht oxidiert. Ehrfürchtig und ein wenig zittrig drückt er ihn auf. Das klickende Geräusch durchschneidet scharf die Stille.

Weit entfernt dringen Schritte zu Waylon. Er horcht auf, ohne es zu wagen, sich umzudrehen. Die Schritte kommen, leicht stampfend, näher. Es klinkt bedrohlich!

Waylon bleibt hocken. Der Koffer hält ihn im Bann; einem Mix aus Neugier und Furcht. Fest steht allerdings, dass Schrank und Inhalt nicht von ihm stammen! Doch wie kommt alles in *sein* Haus? Ist es das überhaupt? Die Zweifel werden größer.

Über seine Grübelei hat er die Schritte nicht weiter beachtet. Jetzt bemerkt er, dass sie verstummt sind. Aber noch etwas lässt ihn aufmerksam werden und erschaudert. Es ist verdammt kühl geworden! Ein Blick zum geschlossenen Fenster beantwortet seine Frage nach dem etwaigen Grund nicht. Vielmehr löst die Erkenntnis eine Reaktion in seinem Inneren aus, die ihm noch mehr frösteln lässt.

Unverkennbar – es geschieht etwas, was nicht beeinflussbar sein wird. In früheren Jahren hätte er die Flucht ergriffen. Aber nach den ganzen Ereignissen, die ihm seit sechsundvierzig Monaten begleiten, rechnet Waylon nicht unbedingt mit dem Schlimmsten. Dennoch sind seine Sinne hellwach und ungewöhnlich geschärft.

Die Kälte im Raum wird unerträglich. Waylon wendet der Tür den Rücken zu, kann also nicht unauffällig erspähen, ob noch jemand hier ist. Ihm kommt der Verdacht, das zumindest einer vor der Tür steht und lauscht. Doch Karoline schließt er von vornherein aus, passen die Schritte in keinesfalls zu einer Frau! Da beschleicht ihn eine weit hergeholte und unrealistische Idee.

Dako!

Kaum spukt Waylon der Name seines indianischen Erzeugers durch den Kopf, geht die Tür auf. Er fährt herum. Es ist Dako! Wendig betritt der das Zimmer, macht ganz leise die Tür zu.

»Dako … Was zum Teufel …«

Mit einer Geste schneidet der Dakota Waylon das Wort ab. »Die weiße Squaw kann uns hören«, zischt er. »Still!«

Waylon blickt ungewollt zur Tür.

»Die ›Squaw‹ ist *meine* Frau«, entgegnet Waylon zwar leise, aber scharf. Der Eindruck, Dako mag Karoline nicht, provoziert seine Verteidigungshaltung.

Der Dakota schaut ihn sorgenbeladen an. »Hier ist sie eine Fremde, *micinksi*!«

Waylon will laut protestieren, allein Dakos Blick hält ihn davon ab. Möglich, dass er ebenfalls spürt, dass es nicht so ist, wie er es denn glaubt. Verunsichert schweigt er.

»Wir müssen hier weg, ehe es zu spät ist!«

Waylon hockt noch immer am Boden vor dem Koffer. Jetzt wendet er sich endgültig von dem Fund ab und steht auf.

»Was erzählst du für einen Stuss?!«, zischt er zurück. Er ist wahrlich erbost. Was ist in den Alten gefahren?

»In *deiner* Realität mag dies stimmen«, fährt der Dakota ruhig fort. »Nur hier trifft es nicht zu, *micinksi*.«

Das sitzt! Dakos Worte lösen starke Zweifel aus, die Waylon in solchem Ausmaß nur selten hat.

»Wie meinst du das?«

Die Falten im Gesicht des alten Dakota werden tiefer. »Später, *micinksi*, später. Wir müssen gehen!«

Der Tonfall ist bittend und gleichzeitig bestimmend. Auch schwingt große Sorge mit. Würde er den Alten nicht besser kennen, würde er Dako aus seinem Haus werfen – und zwar eigenhändig und im hohen Bogen, auf Nimmerwiedersehen. Für einen Moment spielt er sogar mit diesen Gedanken, verwirft ihn aber.

»Komm jetzt! Ist höchste Zeit!«

Waylon besinnt sich des Koffers. Wortlos verschließt er ihn wieder sorgfältig und ergreift den Griff.

»Was ist das?«

»Keine Ahnung. Deswegen nehme ich es mit!«

»Das darfst du nicht!« Dako schüttelt entschieden den Kopf. »Es könnten Folgen entstehen, die nicht mehr beherrschbar sind …«

»Darauf lege ich es gerne an«, sagt Waylon demonstrativ gleichgültig. »Ich nehme das mit!«

Aus den Tiefen des Hauses dröhnt es. Die Männer haben Mühe, sich auf den Beinen zu halten.

»Ein Beben?« Ungläubig starrt Waylon Dako an.

»Komm endlich«, ächzt der. Dako stürmt, so gut es geht, zur Tür, reißt sie auf und schwankt zur Treppe. Dort angekommen, überzeugt er sich davon, dass Waylon ihn folgt. Als beide sich mit einem Blick verständigen, ertönt ein heller Schrei. Karoline steht mit festgekrallten Händen im Türrahmen. In ihrem Antlitz ist pure Panik.

»Karo!«

Das Getöse aus dem Erdinneren wird immer extremer. An den Wänden zeigen sich erste Risse und Putz rieselt herab.

»Wer sind Sie?! Um Gotteswillen, verschwinden Sie!«

Waylon ist irritiert. »Ich bin es … Waylon …«

Karoline wird noch blasser, als sie es schon ist. »Nein … nein … « Ihre Stimme wirkt besessen. »Es gibt keinen Waylon mehr …«

Er denkt nach, was durch die Erschütterungen des Hauses ziemlich schwer und fast unmöglich ist.

»Aber du hast einen Waylon gekannt?«

Sie bewegt langsam den Kopf von links nach rechts und von rechts nach links. Ihre Augen wirken ängstlich und wirr und voller Grauen.

»Er … er … ist … gestorben …«

Waylon kann es kaum fassen. Was hat Karoline gerade gesagt? Sie muss sich irren! Er steht doch vor ihr, leibhaftig …

»Komm endlich, *micinksi*!«

Ein Fenster birst. In Sekunden verteilen sich die Splitter im gesamten Flur. Wären Dako und Waylon unten gewesen, hätte es sie voll erwischt.

Erneut schwankt das Haus beträchtlich. Im Dachgebälk reißt das Holz auf.

Der Dakota springt wagemutig über mehrere Stufen auf einmal hinunter. »Waylon! Wir müssen gehen!« Dann verschwindet Dako aus dem Sichtfeld.

Waylon rührt sich nicht. Seine Augen berühren Karolins.

»Ich bin es«, ruft er ihr durch den berstenden Krach hindurch. »Ich bin es wirklich.«

Für einen winzigen Augenblick gibt es nur sie und ihn. Das alte, beide verbindende Band ist noch nicht gerissen, das kann er fühlen.

»Gehen Sie!«, sagt Karoline gedehnt.

Das Erdbeben holt zu einem weiteren Schlag aus. Der Stoß ist enorm hart. Waylon wird von den Füßen gerissen, stürzt. Die Wucht ist so stark, dass das Treppengeländer einfach abbricht. Ein gellender Schmerzensschrei übertönt den Lärm.

»Dako?«

Die Sorge um den Alten bringt Waylon in die Gegenwart zurück und er realisiert die unmittelbare Gefahr. Er sprintet hinterher, überwindet mit einem Sprung die Lücke in der Treppe, die das Beben gerissen hat.

Der Dakota liegt verletzt zwischen Geröll und einer, langsam absenkenden Staubwolke.

Waylon packt Dako unter die Achseln und zieht ihn aus der Gefahrenzone. Am Bein klafft eine blutende Wunde. Ein offener Bruch! Er reißt sich sein Hemd vom Leib, dann in Streifen. Anschließend legt er einen provisorischen Pressverband an, um die Blutung zu stoppen und zu vermeiden, dass noch mehr Schmutz in die Wunde gelangt.

Dako beißt vor Schmerz die Zähne fest aufeinander, macht aber keinen Mucks.

»Das wird wieder«, beruhigt Waylon, während der Ersthilfe. »Wir müssen hier schnellstens weg.«

»Ich werde es … es nicht schaffen …«

»Keine Widerrede!« Es sollte aufmunternd klingen, was Waylon jedoch nicht gelingt.

Vom Dach her durchdringen Geräusche das Grummeln aus der Erde, die vorm nahen Einsturz des Hauses warnen.

»Wo ist der Gleiter … Du bist doch mit einem gekommen?«

Dako nickt bejahend und deutet die Richtung an.

»Im Garten?«

Wieder nickt der Verletzte.

Ohne weiter darauf einzugehen, packt Waylon seinen Vater und schleift ihn durch den Flur ins Wohnzimmer. Auch hier rieseln Fontänen von Putz herunter. Waylon hustet. Nur noch wenige Meter …

Das Haus ächzt. Jederzeit kann es einstürzen. Er muss rasch handeln, will er auch Karoline retten, die er noch immer im ersten Stock wähnt. Da – der Gleiter!

Waylon stolpert über Schutthalden von herabgefallenen Ziegeln. Mit ungeahnten Kräften, die diese Notsituation hervorruft, erreicht er Dakos Gefährt. Erst jetzt erkennt er, dass es weder eine Glaskabine noch ein Kurzstreckengleiter ist. Form und Material deuten auf eine andere Bestimmung hin.

»Bring mich höher, damit der Irisscan funktioniert«, ächzt Dako heiser. Erst nach dem dritten Anlauf kann das System den Alten identifizieren und öffnet eine Luke.

»Schaffst du es?«

Dako nickt, hält ihn aber am Arm fest.

»Es ist zu spät ...«

Waylon schaut zurück. Die Fassade schwankt bedrohlich. Selbst wenn das Beben jetzt aufhört, wird das Gebäude nicht mehr zu retten sein.

»Ich muss es wenigstens versuchen ...«

Er will sich von Dakos energischen Griff befreien.

»Sie wird sterben. Niemand kann sie mehr retten ...«

Waylon wirkt verstört und verzweifelt. Tränen trüben seine Augen, lassen alles verschwimmen.

»Sie ist doch ... meine Frau ...«

Mit letzter, aufbäumender Kraft gelingt es Waylon, dem eisernen Griff zu entkommen. Nur mit den einen Gedanken, rennt er Hals über Kopf zur Terrassentür.

Plötzlich wird er von einem heftigen Erdstoß von den Beinen gerissen. Wieder fällt Waylon hart zu Boden. Und dann geschieht das Unfassbare ...

E ✑ N · D ✐ E

DER MORGEN KRISTALL

DAS FINALE

F ür Waylon beginnt die aufregendste Zeit seines Lebens. Seit Auffinden des Kristalls ist er Teil von Ereignissen, die er sich hätte niemals träumen lassen. Überfordert von den zahlreichen Facetten des Seins verliert er nicht nur einmal die Nerven. Auf der Suche nach sich selbst wird bald deutlich, wie schmal der Grat des eigenen Handelns ist und begreift, was er damit auslöst. Der seltsame Koffer, den er noch retten konnte, könnte einer der Schlüssel sein. Ein weiterer Hinweis führt Waylon und Dako an einen Ort, an dem sich die Neun versammeln werden, um den Kreis endgültig zu schließen. Damit würde eine Prophezeiung in Erfüllung gehen, die zeitübergreifend das gesamte Universum betrifft. Wird es gelingen die Neun zu finden? Wird er jemals wieder in seine Realität zurückkehren, die schon einmal zu seinen Gunsten verändert wurde? – Doch er ahnt nicht, dass der finale Countdown schon längst begonnen hat …

DEMNÄCHST

Charaktere, Personen & Begriffe

Toby (›Bulle‹), Söldner des Majors

Joshua Brown, Obdachloser, 32 Jahre alt

Irving-Anwesen, Hausruine, in der Joshua Unterschlupf findet

Hal Milan, Labormitarbeiter von New Scotland Yard

Nightingale, 86, Professor im Ruhestand

Arimea – Vor 154 Millionen und 3.500.74 Jahren, 5,75 Million Jahre Erdzeit

Amerona, Kommandantin des Raumkreuzers »Sternengral«

Teasar

Amedara, Partnerin von Teasar

Lokar, 16, Wächter in der 23. Generation

Eliwor, 18, Mitgliedsanwärterin des Kreises

Mila, Biologin

Orinario, momentan Ältester der Wächter

Tuteno, Vorsitzender des Wächter-Magistrats

Patriarch *Dharidma*, Herrscher von Arimea und Erfinder des Zeitgleiters

Matario, Schreiber der alten Überlieferungen

Band #5 – Thedaró

Olivia McGowan, Tochter von Karoline und Waylon

Benjamin McGowan, Olivias Mann

Amelia, jüngste Enkelin Waylons

Jason, Enkel Waylons

Tonweya – Scout (Kundschafter)

Arimea – Vor 154 Millionen und 3.500.74 Jahren und 5,75 Million Jahre nach Erdzeit

Khrill, Repräsentantin einer Intelligenz aus dem Sternensystem Mondrëum. Flüchten auf Planeten, den sie später Arimurius nennen. Nach der ›Großen Katastrophe‹ wird daraus *Arimea*.

Sho-Ril, 412 J., lebt zurückgezogen, Kristall-(Rogalit)-Flüsterer (#5); Vorher-Seher, Mitglied des amtierenden Wächter-Magistrats

Shatlimya, Regentin (auf Lebenszeit) der Wächter und Vorsitzende des Magistrats sowie Kommandantin der »*Sternengral IV*« (#7)

Rhobal, ältester Einwohner (*Methelem* genannt) der Enklave (1421 Jahre alt), wirkt wie ein Teen

Urio, 997 J., Methelem

Vyn, Technikassistent

Band #6 – Schattenriss

Martha Latham, Waylons Mutter

Nayati, »der, der ringt«; jüngeres Ich von Mr Dako

Arimea

Moriol und *Pryar*, ›RZG‹-Anwärter

Limuria, lehrt den Umgang mit dem Zeitgleiter

Band #7 – Atman

Caitlin Fraser, US-amerikanische Journalistin

Steward, Ex-Freund von Caitlin

Ethan Mason, sich erinnernder Atman, schleierhaftes Energie-Nebelwesen; melodiös-zischelnde Sprache

Megan, Ethan's Mutter

Lily, Ethan's Tante

Uncle Sam, Schmalgesichtiger; Atman, dem es verbotenerweise gelungen ist, in ein bereits bestehendes Leben zu schlüpfen, Wandler

Atmane

Wesenheit – geschlechtsneutrales Nebelwesen außerhalb unseres sichtbaren Wellenbereichs

Atmanicum, Ort der Wesenheit-Existenz

Sterneninsel *Atamorenus*, hier überwachen die Hüter die Lebenswandler

Transfer-Hüter, Atman

Tzúk'ranac und *Ora'kunac*, Hüter

Anomaliten

Arcley – Soltectorin der zweiten Kaste

Laynjala – Monarchin der Anomaliten

Adabay – Ranghöchster Soltector

Pearce –

Herrschende – Regenten-Kaste

Soltectoren – Beschützer, Soldaten

Anomaliten – Ureinwohner von Uridräo, 1.000 Jahre vor arimeanischer Entdeckung; aus denen nach der Vertreibung die kriegerischen Urigoren werden. Sie lösten den *Ewigen Krieg* aus. Die Anomaliten-Gesellschaft ist straff durchorganisiert; vergleichbar mit der Organisation von Ameisen und Termiten.

Worker – Arbeiter

Schwärmer – Erkunder

Regenten-Rat – bildet die Regierung der Anomaliten; Gesetzgeber

Arimea

Or'dul, Navigator der »Sternengral IV«

Arlo, Erforscher von Leerbereichen im All

Band #8 – Zeitparasit

Ahram,

Isador, Oberbefehlshaber des urigorischen Flottenverbandes und Kommandant der ›Azeptus‹

Mr *Edlund*, Einzelgänger

Sutra'mar, Wandler zwischen den Leben

Begriffe:

Arimea

Thetaether, neunkantiges Symbol, was sich nach dem Einsetzen des ›Neunter Kristall‹ bildet und den Zeitentunnelriss schließt.

Thetaró ›Neunter Kristall‹, Meister-Rogalit

Neugenetisierung, heute: Inkarnation, Begriffsprägung durch Waylon

Geflügelter Turm, Ewigkeitsgemach

Rhogal, Name vom sagenumwobenen Basilisk in arimeanischer Mythologie

Rogalit, nach dem Basilisken genanntes Kristallvorkommen

viergehörnte beflügelte Schlange, Basilisk, der Legende nach entstammt sie der Ur-Sonne

des Universums

Wächter

Blender, Gegner der Wächter, die im Untergrund (in Form von Falschmeldungen) agieren und die Regentschaft der ›Sternenbruderschaft‹ untergraben

Anomaliten

Reinigung, gleichzusetzen mit Quarantäne

Atmane

Der Begriff *Atman* kommt aus der indischen Philosophie. Im Sanskrit wird damit der Atem, die Seele oder das Selbst bezeichnet; im Pali (*atta*) bedeutet er ursprünglich *Lebenshauch*.

Analysator

Archivtempel, Aufbewahrungsort der gesammelten Lebenskugeln auf Atmanicum

Signaturabtastung

Luftwiederstandskorridor

Lebenskugel, Seelenkapsel

Landwesen, Begriff der Atmane für Menschen

Anenergetiker, Apparat, der Atmane neutralisiert und handlungsunfähig macht

Coda'ans, atmanische Bezeichnung für die kleinste Zeiteinheit

Dakota (Lakota)

ahbleza – Gewahrer

Atius Tirana – der "Große Geist"

wakan – Mysterium, ein Unbekanntes

wakanhca – ein wahrer Seher, ein Denker

wakantanka – jedes große Mysterium, unentdecktes Gesetz

wakanya hibu yelo – auf geheimnisvolle Weise komme ich

wakicun, wakicunsa – Männer, die entscheiden, Entscheider

Urigoren

Troxodra, Kriegs- und Rachegott der Urigoren

Technik

Arimea

IATRA autarke, ausgeklügelte medizinische Dienstleistungseinheiten, die im Bereich der Nanobiologie arbeiten; die Lehre von der Heilkunst wird auch Iatrik genannt

»Sternengral IV«, Schwer-Raumkreuzer vierter Klasse #7

Nanodrohnen

Glaskabine, Glaskapsel, Zeittransmitter (von den Wächtern ›Raum-Zeit-Gleiter‹ [›RZG‹] auch *Zeitgleiter* genannt) mit diversen Modi, z. B. Zukunftsschau- und Aural-Modus; letzterer wird durch Lichtwellenverschiebung unsichtbar, bei dem nur eine leicht fluoreszierende Teil-Korona bzw. Aura bleibt. Der Zeitgleiter ist ein Fluggerät, das auf Patriarch Dharidma zurück geht.

Veränderer, Lichtwellenwandler, verändert und passt die Wellenlänge an, damit Objekte sichtbar werden.

CrisCom, Kommunikation über Kristalltechnik

Lift-Kapsel, freischwebender Lift

Prismencomputer, arbeiten auf Rogalit-Basis

Erneuerer, Apparatur zur Zellerneuerung

Planeten & Ansiedlungen

Arimea – Planet mit erstem bekanntem Leben und des ›Mutterkristalls‹. 1 arimeanischen Jahr entspricht ca. 18,5 Monate der heutigen Erde. A. besitzt 7 Monde. Ein Mond wurde vor 65 Millionen Jahren zur Erde gelenkt, der dort einschlug und den Weg für höheres Leben bereitete, was beinahe daneben ging. Der neunte Mond ist verschwunden.

Aquoras, Unterwasserstadt

Burali, Geburtsstätte von Lokar und Eliwor

Methua, abgeschirmte Inselenklave

Provinz *Arkonim*, Hauptsitz der Wächter auf Arimea

Zartak, Planet um den *Uridräo* kreist. Auf Uridräo wurde ein Stützpunkt einst von der ›Sternenbruderschaft‹ errichtet, später aber von ihr aufgegeben. Die Wächter haben ihn dann für sich entdeckt und nutzen ihn seither als Basis! Der Mond hat eine Atmosphäre und ein integres Ökosystem, welches aber kein irdisches Leben trägt. Die einstigen Ureinwohner – die *Anomaliten* – haben ihre Heimatwelt noch vor Eintreffen der Arimeaner verlassen.

Aremodon (Randplanet), laut arimeanischer Legende Ursprungsplanet der Viergehörnten Schlange (Basilisk Rogal); wird während einer der arimeanischen Expeditionen vor 5,75 Millionen Jahren Erdzeit Aremodon getauft; spätere Erde

Isidoria, Nebelplanet der *Oktopteriden* – Achtflügler (ähneln Schmetterlingen)

Urigoren, menschenähnliche kriegführende Rasse; besitzen Schallwellen-Technik, Energiestrahl aus Schall

Tiere
Arimea
Springschnorchler
Dotekalum, Fisch mit breitem Maul, an Wangen und Seiten aufstellbare Flossen, unterhalb vom Kopf zwei Tentakel, die das Opfer lähmen

Wissenswertes

Aus was besteht das Universum?
Materie, Energie, Elementarteilchen, großräumige Struktur (Galaxien)

Heutiges Universum besteht aus:
4,6 Prozent Atome
23 Prozent Dunkelmaterie
72 Prozent Dunkle Energie
> 1 Prozent Neutrinos

380.000 Jahre nach Urknall bestand es aus:
10 Prozent Neutrinos

12 Prozent Atome
63 Prozent Dunkelmaterie
15 Prozent Photonen
vernachlässigbar der Anteil der
Dunklen Energie

Menschen sehen in welcher Wellenlänge?

Wellenlängenbereich: 380 nm (violett) - 780 nm (Rot)

Universum – universus »gesamt«

unus versus »in eins gekehrt«

auch: Kosmos »Ordnung« – Gegenbegriff zum Chaos, Weltall

Es gibt kein »Außerhalb« oder »Davor«

Extrem-Bedingungen der ersten 10^{-43} Planck-Zeit (kleinstmöglicher Zeitintervall)

Voids – grossskalige Leer- und Hohlräume im Universum; Riesenlöcher im All (Astronomie), Leerbereich [Quantenkosmologie: Vakuum-Universen; quantenmechanischer Grundzustand]. Südwestlich vom Orion im Sternbild Eridanus (keine Strahlung, Galaxien, Staub, Sterne, dunkle Materie (Größe: 1 Milliarde Lichtjahre) z.B. Lyman Alpha Klumpen

Urknall: aus Energie entsteht Materie

Eine Atombombe macht aus Materie Energie. Treffen Materie und Antimaterie aufeinander löschen sich beide aus

Higgs-Feld, Higgs-Boson ohne dies gäbe es keine Masse. Wird auch Gottesteilchen genannt!

teleologisch - Pragmatisch